Auch Kanada blieb nur ein Traum

Buch

Es gab drei Dinge, die im Horrorwinter 1947 das Leben der beiden unzertrennlichen 14-jährigen Jungen Alex und Ecki bestimmten: Essen, Rache an Hagedorn und Mädchen. Wobei sich die Reihenfolge allmählich zugunsten der Mädchen verschob. In diesem eiskalten Winter wird ein Pferd der Besatzungsmacht geschlachtet, die in Liebesdingen bereits erfahrene Franzi erteilt den großmäuligen, aber völlig ahnungslosen Jungen den ersten Sexualunterricht und der verhasste Zuträger und Hilfspolizist Hagedorn wird ermordet.

Als Alex` Freundin Pia und Kumpel Ecki über Nacht aus seinen Leben verschwinden, verwandelt sich seine Seele in ein schwarzes Loch, in dem für lange Zeit all seine Gefühle verschlossen bleiben.

Viel Jahre später gibt es ein Wiedersehen, das voller Überraschung und Überschwang beginnt und doch schmerzhaft endet.

Der Autor

Andreas Pietzsch wurde 1937 in Dresden geboren, arbeitete als Chemiearbeiter, Heizer, auf dem Bau und in der Landwirtschaft. Er studierte Naturwissenschaften und Pädagogik und wurde Lehrer.

Außer "Auch Kanada blieb nur ein Traum" erschienen von A. Pietzsch bereits die Kriminalromane *"Weil man es zulässt"* und *"Wenn ich rede, bin ich tot"* aus der Serie "Hauptkommissar Asbach ermittelt.“

Andreas Pietzsch

Auch Kanada blieb nur ein Traum

Die in diesem Roman agierenden Personen sind vom Autor frei erfunden. Ähnlichkeiten mit lebenden und verstorbenen Personen sind zufällig und nicht beabsichtigt.

Herstellung und Verlag:
BoD – Books on Demand, Norderstedt
ISBN 97837446034102

I

Das Pferd tat mir leid. Aber was willst du machen? In den Nächten biss uns der Frost und am Tage der Hunger. Richtiger Hunger, der dir die Eingeweide zerfrisst. Hunger eben, wie ihn nur die kennen, die das Jahr 1947 erlebt hatten.

"Was ist", fragte Ecki, "machen wir rüber zur Villa?"

"Klarer Fall", sagte ich.

In der Villa, die bis Kriegsende der Familie Hellendorf, "Guß und Stahlerzeugnisse", gehört hatte, saßen jetzt russische Offiziere.

"Der Graue wird schon warten", sagte ich.

"Hoffentlich hat der sein Brot noch nicht gefressen", murmelte Ecki.

In dem Stall, der am Ende des riesigen Parks stand, waren drei Pferde untergebracht, um die sich kaum einer der Russen kümmerte. Nur gefüttert wurden die Gäule regelmäßig - und nicht gerade schlecht. Möhren, Rüben, Kohlstrünke und altes Kommissbrot. Die Möhren und das Brot mussten sie mit uns teilen. Sozusagen als Deputat für geleistete Unterhaltung in Form von Mähne streicheln und Hals klopfen. Wobei das kleinere, zottige und zutrauliche Panjepferd immer besser wegkam als die beiden stumpfsinnigen, schweren Ackergäule. "Wenn man nicht genau wüsste, dass das ein Pferd ist, würde ich eher auf Hund tippen", sagte ich, als wir über die Brücke mit dem breiten Eisengeländer marschierten. Irgendwo in der Mitte musste noch ein Stück Haut von meiner Zunge hängen.

Mutprobe bei fünfzehn Grad minus in der vierten Klasse. Obwohl das fast vier Jahre her war, konnte ich mich an den Schmerz noch gut erinnern.

"Ist schon merkwürdig, wie der auf dich zu warten scheint", lachte Ecki, "wie die Braut auf den Bräutigam."

Manchmal dachte ich, Panje lässt sein Brot extra für uns liegen. Ohne die Futterreste wäre unser Kohldampf wahrscheinlich nicht auszuhalten gewesen. Dafür bekam er seine Extrastreicheleinheiten. Und wie es aussah, schien ihm das Geschäft zu gefallen. Wir besuchten die Pferde fast jeden Tag ohne dass die Russen was merkten. Ein paar Schrauben an der Rückwand des Schuppens gelöst, und eine Sperrholzplatte ließ sich herausnehmen.

Heute hatten wir getrödelt. Draußen war es bereits schummrig und es fiel eine Art Eisregen aus dem fast schwarzen Himmel. Panje begrüßte uns mit einem freudigen Wiehern. Die Ausdünstungen der Pferde und die animalische Wärme des Stalls umfingen uns nach der feuchten Kälte draußen wie ein mit einer Wärmflasche angewärmtes Bett.

Ich fuhr Panje mit der Hand über die feuchten Nüstern und blies ihm meinen Atem in die Nasenlöscher. Panje atmete tief ein, machte den Hals lang und rieb seinen Kopf an meiner Schulter.

"Und jetzt küssen", feixte Ecki.

„Nur keinen Neid", agte ich, „wer hat der hat."

„Hauptsache schön warm, sagte der schwule Beduine bei Karl May und stellte sich dicht hinter sein Kamel."

"Selber schwul", knurrte ich.

Ecki sammelte inzwischen nicht oder nur mäßig angeknapperte Möhren und halbwegs erhaltene Brotstücke zusammen. Ich ging noch zu den Ackergäulen, strich ihnen über die Kruppe und klopfte ihnen den Hals.

Keine große Gegenliebe. Panje schaute argwöhnisch herüber.

Bevor wir mit unserem Futtersack verschwanden, drückte ich meine Wange noch einmal an seinen Kopf.

"Mach`s gut, Alter", sagte ich leise in sein Ohr.

"Man kann`s auch übertreiben", grinste Ecki.

Als wir an der Brücke waren, hörten wir ein Geräusch hinter uns. Wir drehten uns um. Da kam Panje mitten auf der Straße hinter uns hergelaufen. Wir hatten vergessen, die Sperrholzwand wieder festzuschrauben und diese Gelegenheit hatte er sich für einen Ausflug nicht entgehen lassen.

"Schöne Scheiße", sagte Ecki.

"Ich bring ihn zurück", sagte ich.

"Bist du blöd oder was", fuhr Ecki auf mich los. "Wenn dich die Russen mit dem Gaul erwischen, bist du dran. Diebstahl von Militäreigentum! Sibirischstes Sibirien! Todsicher! Im wahrsten Sinn des Wortes!"

"Was machen wir?"

"Nichts", sagte Ecki, "der findet sich allein zurück.

Aber da sollte er sich geirrt haben.

Wie gesagt, Panje tat mir leid. Aber es war Winter. Winter 47. Hatte ich ja schon gesagt. Soll auch keine Entschuldigung sein. Höchstens eine Erklärung – eine mierable noch dazu. Ich fand bis heute keine bessere, außer dass Winter war. Winter 47! Wie gesagt.

Was jetzt in dieser Samstagnacht geschah, prägte meine Erinnerung wie das glühende Eisen die Haut des Rindes. Immer wenn die Winternächte sich wie eisige Schmierseife anfühlen, habe ich den Geruch des Pferdeblutes in meiner Nase und sehe Annis schwere Brüste am Hals des ahnungslosen Tieres.

Anni hielt Panje an einem derben Strick und Fritz wog den schweren Vorschlaghammer in den Händen. Panje blickte mich mit seinen großen braunen Augen verwundert an und begann unruhig zu tänzeln. Anni drückte ihren Oberkörper gegen den Hals des Pferdes, schob es näher an das Waschhausgeländer und band es daran fest. Dann trat sie zur Seite.

Ich hatte das Gefühl, der größte Verräter des Universums zu sein.

Fritz hob den Hammer. Es gab einen dumpfen Schlag. Panje stieß einen markerschütternden Schrei aus und begann zu taumeln. Das linke Auge des Tieres war eine blutige Masse, das rechte Auge schien aus seiner Höhle zu quellen. Fell war aufgerissen und Knochen lagen blank. Anni riss Fritz den Hammer aus der Hand, schwang ihn hoch über ihrem Kopf und schlug zu. Panje brach mit einem schauerlichen Röcheln erst in die Knie und fiel dann wie in Zeitlupe seitlich gegen das Waschhausgeländer. Dabei schien das hervorquellende Auge in maßlosem Entsetzen und unsäglicher Traurigkeit direkt auf mich gerichtet zu sein.

Mir war so schlecht, dass ich mich auf eine der Treppenstufen setzen musste. "Mensch, Alex, du siehst vielleicht Scheiße aus!", Ecki setzte sich neben mich. "Hätt` ich ihn bloß zurückgebracht", sagte ich leise und der Kloß in meinem Hals schnürte mir die Luft ab.

Ecki klopfte mir auf die Schulter und zog mich hoch. Das schwerste Stück Arbeit kam jetzt. Das Pferd musste in die Waschküche bugsiert und dort zerlegt werden. Mein Vater und die zwei anderen Männer des Hauses, die den Krieg unbeschadet überstanden hatten, knoteten eine Wäscheleine um den Hals des Tieres und zogen mit vereinten Kräften in Richtung Waschhaustreppe. Ecki, mit dem ich seit acht Jahren in eine Klasse ging, stand neben mir, und auf Annis Kommando schoben wir von hinten. Dabei hatten wir Annis prallen Hintern direkt vor uns.

"Mann, oh Mann", stöhnte Ecki neben mir. Ich musste trotz meines Elends grinsen, da ich wusste, was Ecki dachte. Ich dachte dasselbe.

Anni gab weiter leise Kommandos und schob neben mir. Der Geruch des toten Tieres, vermischt mit Annis Achselschweiß, machten mich schwindlig. Meine Arme verwandelten sich in Pudding. Ich taumelte und fiel und versuchte mich an Annis Hinterteil festzuhalten. Die gab mir eine Kopfnuss, Ecki feixte blöd und ich begann wieder zu schieben.

Endlich war das Pferd in der Waschküche. Aus dem großen Kessel, in dem sonst die Wäsche kochte, stiegen Dampfwolken und brachten die eiskalten grünen Ölwände des Raumes zum Schwitzen.

Die Männer schlugen sich auf die Schultern, umarmten sich und Anni und tranken quietschsauren Apfelwein, den mein Vater im vergangenen Jahr angesetzt hatte. Ecki und ich mischten uns Himbeersirup mit Wasser.

"Also, dann mal ran an die Buletten", sagte Anni.

Das war Humpels große Stunde. Humpel-Fritz hatte während des Krieges eine Lehre bei Fleischermeister

Döblin auf der Bahnhofstraße angefangen. Im letzten Lehrjahr hatte er den Unfall mit dem Bolzenschussgerät beim Schwarzschlachten und seit dem Tag fehlte ihm die vordere Hälfte seines linken Fußes. Man munkelte, der Meister sei an dem Tag wohl nicht ganz nüchtern gewesen, aber die Sache blieb für den Fleischermeister ohne Folgen, da Fritz den Unfall nicht so tragisch nahm. Immerhin ersparte es ihm die Teilnahme an der sich immer schwieriger gestaltenden Vaterlandsverteidigung und brachte ihm auch in den Nachkriegstagen eine, wenn auch magere, Wurstversorgung ein. Und den Spitznamen Humpel.

Humpel war unser Experte für sexuelle Angelegenheiten.

"Eh, Humpel, wie war das mit dem Meister und der Verkäuferin?"

Das genügte, um Humpel in Fahrt zu bringen.

Wenn die Meisterin donnerstags in der Mittagspause zum Frisör ging, kam die stramme Elli ins Schlachthaus und der Meister schickte Fritz in die Küche, die unmittelbar daneben lag. Fritz hatte sich anfangs nichts weiter dabei gedacht, bis er eines Tages Ellis lautes Stöhnen hörte. Er war erschrocken aufgesprungen, weil er annahm, dass der Verkäuferin etwas zugestoßen war. Durch die Scheibe der Küchentür sah er dann, was im Schlachthaus wirklich ablief.

"Mann, hat der einen behaarten Arsch", erzählte Humpel uns die Geschichte wohl zum hundertsten Mal und erfand immer neue Details.

"Alles voller Haare wie Schweinsborsten, bis zur Musrinne! Und gerammelt hat der die Elli, immer feste, bis die gestöhnt hat, dass ich dachte, die kratzt ab. Dann hat er sie umgedreht und von hinten weiter gemacht."

Spätestens an dieser Stelle drohten uns die Hosen zu platzen. Bei mir trat erst wieder Ruhe ein, wenn Humpel erzählte, dass der Meister mit Vorliebe zum Frühstück Bulleneier verspeiste, leicht angebraten, innen rosa, mit Pfeffer und Salz. Pfui Teufel!

Jetzt zückte Fritz sein Fleischermesser und schnitt dem Pferd in einem Zug die Kehle durch. Blut quoll mit einem gurgelnden Geräusch aus dem Hals des Tieres und über das Fell liefen wellenartige Schauer. Anni hielt eine Schüssel unter den Blutstrom und die Männer pumpten am rechten Hinterbein des Pferdes.

Mir stand die Himbeerlimo im oberen Teil des Halses. Ein Blick zu Ecki, grünes Gesicht und heftige Schluckbewegungen. Humpel setzte jetzt das Messer erneut an und führte es mit einer einzigen Bewegung vom Hals bis zum Geschlechtsteil des Tieres. Mit einem klatschenden Geräusch fiel das Gedärm auf den Zementfußboden.

Ich erreichte gerade noch die oberste Treppenstufe, dann kotzte ich Himbeerlimo mit irgendetwas auf die gefrorene Wiese. Ecki hatte es nicht mehr bis nach oben geschafft und reiherte in einen alten Blumen-kasten.

"Gibt im Frühjahr herrlichen Sauerampfer", krächzte ich zwischen zwei heftigen Rülpsern.

"Kotzgrün und fein säuerlich im Geschmack", gab Ecki seinen Senf dazu.

Die kalte Luft brachte uns schnell wieder auf die Beine. Ich hatte das Gefühl, als würde mir der Schweiß auf dem Rücken gefrieren. Wir machten, dass wir wieder in die Waschküche kamen.

"Na, geht`s wieder?", fragte mein Vater, der gerade an einem der Pferdebeine herumfuhrwerkte.

"Geht schon", sagte ich, während Ecki nur nickte.

"Kotzt mir bloß nicht auf die Fleischstücke, ihr Helden", lachte Anni.

Humpel war dabei, die Därme zu wenden und zu säubern und es roch nach Blut und Pferdescheiße. In mir tobte es wie im Popocatepetel kurz vor dem Ausbruch, nur dass die Lava schon raus war. Anni hatte in der feuchtheißen Luft des Waschhauses ihre Wattejacke ausgezogen und die obersten Knöpfe des am Körper klebenden Männerhemdes aufgeknöpft.

Soweit ich sehen konnte, trug sie nichts darunter und das lenkte mich etwas von meinem Elend und meinem schlechten Gewissen ab.

Humpel schnitt inzwischen Fleischstücke aus dem Kadaver und klatschte das blutige Pferdefleisch auf den großen Waschtisch. Mein Vater stand an der Tür, die in das Hausinnere führte und schmiss jeder der Frauen, die leise und ängstlich in der Waschküche erschienen, einen Brocken in die mitgebrachten Schüsseln.

"Nur nachts braten!", gab er jeder der Frauen mit auf den Weg.

"Klar", sagten die Frauen und verschwanden ebenso leise, wie sie gekommen waren.

So ziemlich als die letzten kamen Mutter und Großmutter. Als Mutter das Blut roch und den abgetrennten Pferdekopf in der Ecke sah, wurde sie leichenblass und wäre sicher umgefallen, wenn Großmutter sie nicht gestützt hätte.

"Das arme Tier", flüsterte meine Mutter.

"Not kennt kein Gebot", sagte meine pragmatisch veranlagte Großmutter, die für fast alle Lebenslagen einen Spruch auf Lager hatte. Mir fielen die Zehn Gebote aus dem Konfirmationsunterricht ein und was man so alles nicht begehren sollte und da war auch irgendwo vom Vieh die Rede. Ich konnte nur hoffen, dass Großmutters Notgebot die anderen vorübergehend außer Kraft setzen würde.

Anni hatte inzwischen eine Art Fleischwolf aufgebaut und begann, die rötliche Masse aus der großen Schüssel durchzudrehen und in die ausgewaschenen Därme zu füllen. Es roch heftig nach Majoran. Hatte Humpel organisiert.

Ich ging rüber zu Anni und fragte: "Kann ich helfen?"

Anni grinste und nickte: "Kannst das Wasser am Kochen halten und die geplatzten Würste rausfischen."

Ich schob Holz nach und fuhrwerkte mit einer Art Paddel, mit dem die Frauen sonst in der Kochwäsche herumstocherten, im Kessel herum.

"Nicht so heftig, Jungchen! Du zerrammelst ja diese feinen, prallen Dinger!"

Anni grinste und ich wurde rot.

Dann starrte ich wie gebannt auf Annis Hand. Aus dem Loch, das sie mit Daumen und Zeigefinger formte, glitten sanft und geschmeidig die feuchtglänzenden Würste. An ihrer Bluse hatte sich ein weiterer Knopf geöffnet und die großen schweren Brüste schwangen bei jeder Kurbeldrehung hin und her. In meinem Unterleib spannte der Teufel seinen Bogen.

Da rief mein Vater. Mit einem Blick auf meine Hose murmelte er:

"Junge, Junge!", aber das klang eher verwundert als tadelnd.

"Alex, hör gut zu. Du machst dich jetzt mit Ecki runter zu Kohlenarno und gibst ihm das Paket!"

Damit drückte mir Vater einen Klumpen Pferd in Packpapier in die Hände.

"Du sagst nur, beim Aschengrubenräumen alles wie abgesprochen, Gruß Martin!"

Wir starteten. Aus dem dunklen Nachthimmel rieselte ganz leicht feiner Schnee und puderte die Landschaft.

"Ein Glück, dass das jetzt erst anfängt", sagte Ecki.

"Kannst du aber annehmen." Ich dachte an die Spuren, die wir hinterlassen hätten.

Wir schlichen dicht an den Hecken entlang bis zur ersten Kreuzung. Im Eckhaus von Schneiders Kolonialwarenladen war alles dunkel. Gegenüber, in der Reichskrone, brannte noch eine trübe Funzel. Als wir gerade die Straße überqueren wollten, ging die Tür der Kneipe auf und eine dunkle Gestalt torkelte die Treppe herunter.

Ich erkannte Hagedorn. Flurschutz, Hilfspolizist und Zuträger.

Mir fiel Großmutters Spruch ein, wenn von solchen Leuten wie Hagedorn die Rede war: Hüte dich vor kaltem Wind und vor Leuten, die nichts können und trotzdem was geworden sind!

Ich zog Ecki hinter einen alten Apfelbaum. Er hatte Gott sei Dank nicht mitgekriegt, wer da besoffen die Kneipentreppe runter getaumelt kam.

Eckis Reaktionen auf Hagedorns Anblick waren unberechenbar.

Wir wechselten auf die andere Straßenseite, da die zwei Meter hohe, fast schwarze Mauer, die das Betriebsgelände von Dachdeckermeister Kotsch umschloss, den Fußweg in völlige Dunkelheit hüllte.

"Der Arsch ist Klasse", sagte Ecki und ich wusste, warum er Hagedorn nicht erkannt hatte.

"Nicht nur der", sagte ich.

"Hm", grunzte Ecki und ich merkte, das er ziemlich woanders war.

In der alten Färberei, die an das Dachdeckergelände anschloss, brannte noch Licht. Hier wurde oft bis in die späte Nacht gearbeitet. Gleich nach Kriegsende war die Färberei einer der gefragtesten Betriebe der nahen und weiteren Umgebung geworden. Es musste viel, sehr viel umgefärbt werden. Auch jetzt wurde noch viel gefärbt. Das Motto lautete: Aus Alt mach Neu! Denn ganz Neu war nicht.

Am Ende unserer Straße, bevor das Brachgelände anfing, lag auf der linken Seite als letztes Gehöft Arnos Kohlen- und Holzhandel, kurz Kohlenarno genannt.

Aschenarno wäre treffender gewesen, denn das Wort Kohle hatte sich zu einem Fremdwort entwickelt. Inzwischen wurde alles verheizt, was brennbar war. Gartenzäune, Holzschuppen, Bäume, die keine essbaren Früchte trugen, Kellertüren, Bodenzwischenwände, alte, ausgemusterte Möbel, kurz alles, was sich in Wärme verwandeln ließ.

Kohlenarno hatte sich auf das Räumen von Aschengruben spezialisiert und dieses Geschäft bis weit in die

Stadt hinein ausgedehnt. Er war der einzige Unternehmer, der einen dreirädrigen Holzgaser besaß.

Im Erdgeschoss brannte noch Licht. Wir schlichen über den Hof, vorbei an alten Schrottautos und Hängern ohne Bereifung. Ich pochte leise an die Haustür. Kohlenarno öffnete sofort und nahm mir das Paket ab. Ich sagte meinen Spruch auf.

"Geht in Ordnung, sag`s deinem Vater!", Tür zu, Licht aus.

Wir traten den Rückweg an. Die Kälte hatte nachgelassen. Es schneite jetzt in großen, weichen Flocken und die Nacht war heller geworden.

"Mensch, hattest du Schwein", sagte Ecki, "direkt vor den Möpsen!"

"Rosa", setzte ich noch einen drauf, "und prall wie die Handballblasen in unserer Turnhalle." Unwillkürlich formte ich mit den Händen, was meine Augen gesehen hatten.

"So was müsste man mal anfassen können", murmelte Ecki.

Stimmt, dachte ich und war mir sicher, dass wir beide garantiert eine unruhige Nacht haben würden. Wobei wir sowieso von unruhigen Nächten geplagt waren, es sei denn, wir erledigten bestimmte Dinge noch vor dem Einschlafen.

***

Als wir von unserer Pferdefleischverteilungstour zurück waren, flogen gerade die letzten Knochen in die

Aschengrube. Die Waschküche sah aus, als wäre gerade jemand mit der großen Wäsche fertig geworden. Nichts verriet, dass ich meinen Freund verraten hatte, und ich dachte kurz an Judas Ischariot, von dem uns Pfarrer Böhme erzählt hatte und den wir alle gleichermaßen abgründig verabscheuten, den Judas, natürlich.

Ecki verschwand mit seinem Fleischpaket Richtung dritte Etage und ich ging mit Vater hoch in unsere Wohnung im Erdgeschoss.

In der Küche saßen meine verängstigte Mutter, meine Großmutter und mein Großvater.

"Wenn die Russen das Pferd suchen...", sagte meine Mutter gerade.

"Pferde laufen manchmal weg", erwiderte Großvater.

"Aber wenn die Russen das Pferd suchen... ", fing meine Mutter wieder an.

"Kommt Zeit, kommt Rat", sagte Großmutter.

"Kann man Pferd überhaupt essen?", wollte Mutter wissen.

Sie war sehr vorsichtig und ängstlich seit ihrer lebensgefährlichen Gelbsucht. Irgendwer im Hause hatte fünfundvierzig ein Fass Öl vom Güterbahnhof organisiert. Hundert Liter Öl. Feinstes Fischöl. Oder eher so eine Art dünnflüssigen Lebertran.

Im Winter, als der Hunger erbarmungslos zuschlug, stank unsere Straße bis hinunter zu Kohlenarno nach Fisch. Hafenstraße mit verwesendem Wal. Es gab Bratkartoffeln in Fischöl, Plinsen in Fischöl, Puffer in Fischöl, arme Ritter in Fischöl, kurz alles, was gebraten werden musste, wurde in Fischöl gebraten. Der Gestank war infernalisch.

Mutter wurde krank. Schwere Gelbsucht. Meine drei Jahre alte Schwester starb. Bei meinem Vater und mir wurde lediglich das weiße in den Augen gelb. Großmutter und Großvater waren resistent. Die hatten schon Anderes erlebt.

"Wenn die Russen...!"

"Schluss jetzt! Ab in die Betten!", mein Vater schob Mutter vor sich her in Richtung Schlafzimmer.

Ich verzog mich in meine Bude. Mir taten alle Knochen weh und ich war todmüde. Ein Glück, dass die Schule Kälteferien machte. Ich fiel ins Bett und war weg.

Irgendwann kam der Traum. Anni stand mit hochgerafftem Rock in einer weißen Wolke aus Wasserdampf. Die Bluse hatte sie ausgezogen und darunter war sie nackt. Ihre großen, schweren Brüste leuchteten mir weiß und auffordernd entgegen. Als ich meine Hände danach ausstreckte, kam Panje mit aufgeschlitzter Kehle angetrabt und drängte sich zwischen uns. Plötzlich stand ein Soldat mit angelegter Maschinenpistole vor Anni und schoss. Die Kugeln, von denen ich jede einzelne deutlich sehen konnte, flutschten unter ihren Rock. Anni lachte und stieß kleine, kehlige Schreie aus. Dann wurde es still. Das Pferd war weg, der Russe war weg. Nur Anni und ich waren noch da. Ich hatte eine von Annis festen Brüsten mit beiden Händen umfasst und rieb mich an ihrem Oberschenkel. Als mein Mund die Spitze der Brust umschließen wollte, löste sich etwas in mir und der Soldat begann wieder zu schießen.

Ich erwachte. Meine Hose war feucht und klebrig. Die Schüsse kamen von der Aschengrube. Alle Frauen des

Hauses leerten ihre Müll- und Ascheeimer an diesem Sonntagmorgen und das Zufallen des Eisendeckels hatte mich aus meinem Traum gerissen.

Sonntag. Ich hasse diesen Tag. Heute noch. Sterilität pur!

"Mach dich nicht schmutzig, Alex, heute ist Sonntag!"

"Seid nicht so laut im Hof, heute ist Sonntag!"

"Kämm dir die Haare, heute ist Sonntag!"

Scheißsonntag!

Die Gartenwege geharkt, das Treppenhaus frisch gescheuert, der Hof gekehrt oder wie heute Morgen bereits Schnee geschoben, Kirchenglocken, keine Sau draußen. Totensonntag. Jeder Sonntag war Totensonntag. Das einzig Gute daran war, dass man nicht aufstehen musste am Sonntag. Aber das war zur Zeit sowieso egal, da wir Kälteferien hatten.

Ich quälte mich trotzdem aus dem Bett, stopfte meine feuchte Hose in die hinterste Schrankecke, zog meine altgediente, schon zwei Mal ausgelassene Manchesterhose an, streifte den restlos verfilzten Schafwollpullover über und schlich in die Küche.

Großmutter stand am Herd. Zwischen den gusseisernen Ringen zuckten Flammen und in der blechernen Kaffeekanne summte es.

"Moin", knurrte ich.

"Guten Morgen, mein liebes Alexchen. Hat der Herr gut geruht?"

`Mein liebes Alexchen` brachte mich derart auf die Palme, dass ich augenblicklich hellwach war. Großmutters Trick funktionierte immer wieder.

"Bin ich ein Meerschwein?", fauchte ich wütend und sah aus den Augenwinkeln, wie Großmutter grinste.

Ich ging zur Gosse, putzte mir die Zähne, spritzte mir kaltes Wasser ins Gesicht und setzte mich an den Küchentisch.

Das dunkelgrüne Linoleum hatte Brandflecke von Großvaters Zigarettenkippen und die Holzkante zeigte Kerben meiner frühen Holzschnitzkünste. Die Küche war der einzige Raum der Wohnung, der im Winter beheizt wurde, und so spielte sich das gesamte Familienleben in diesem Raum ab.

"Sirup oder Stalinbutter?", fragte Großmutter.

"Schinken", sagte ich.

"Dann zieh schon mal die Hosen runter", lachte Großmutter, zeigte mit ihrem Küchenmesser auf mein Hinterteil und schob mir eine dicke Scheibe graues, spelzendurchsetztes Brot mit Stalinbutter vor die Nase. Majoran!

Dieser ganz weit entfernt nach Leberwurst riechende Brotaufstrich wurde von den Hausfrauen aus Paraffin, einer Messerspitze Margarine, Zwiebeln, viel Majoran und einer Mehlschwitze hergestellt. Das Zeug war außerordentlich magenfreundlich. Es rutschte glatt durch den Verdauungstrakt und landete manchmal in der Unterhose, ohne dass man es merkte.

Ich schlang wortlos das Brot runter und spülte mit Muckefuck nach.

"Danke", murmelte ich, denn ich wusste, dass ich wieder einmal eine Scheibe Brot gegessen hatte, die sich Großmutter vom Munde abgespart hatte.

In der Regel wurde bei uns sonntags halb neun gefrühstückt - und zwar alle zusammen.

"Feste Gewohnheiten halten die Welt zusammen." Großmutter!

Käse, quadratischer! Wir frühstückten seit Jahren jeden Sonntag zusammen und die Welt war trotzdem in tausend Stücke geflogen.

Trost-und Hoffnungssprüche eben. Der Regulator über der Küchentür zeigte sieben Uhr und ich verschwand wieder im Bett.

Robinson! Das Tagebuch faszinierte mich. Ich las unter dem fünften November, wie Robinson mit Hund und Flinte bewaffnet, eine wilde Katze erlegt und ihr das Fell abzieht. Ich sah augenblicklich wieder Panje und den gestrigen Abend vor mir und hatte große Mühe, meinen Mageninhalt unter Kontrolle zu halten.

Ich las schnell weiter. Für scheußliche Situationen hatte ich mir Ablenkungspraktiken angeeignet. Eine davon war Lesen. Konzentriert lesen. Selbst wenn die Gedanken zurück wollten, lesen!

Nur dass Katzenfleisch ungenießbar sein sollte, nahm ich Robinson nicht ab. In unserer gesamten Umgebung war schon lange keine Katze mehr zu sehen.

Aber Panje essen. Nie und nimmer!

"Lies weiter, Alex", sagte ich laut zu mir. Aber es klemmte.

Panje essen wäre mir wie schlimmster Kannibalismus vorgekommen.

***

Halb zehn. Großmutter hatte verhindert, dass ich zum offiziellen Sonntagsfrühstück geweckt wurde. Wo doch das Jungchen so spät ins Bett gekommen war!

Ich verdrückte noch eine Scheibe Brot mit schwarzem Rübenhonig und ging hoch zu Wünschmanns.

Ecki schlürfte irgend einen grauen Brei in sich hinein und biss zwischendurch krachend von einem alten Kommisskanten ab, der mir bekannt vorkam.

"Friss nicht so viel", sagte ich, "du wirst eindeutig zu fett."

Eckis Mutter, die am Herd herumhantierte, drehte sich um und warf mir einen vorwurfsvollen Blick zu. Sie mochte unseren Straßenjargon nicht, hatte aber längst resigniert.

Wünschmanns hatten bis Kriegsende in der Villa gegenüber dem Bahnhof gewohnt. Rechts neben der Villa stand das Fabrikgebäude aus rotem Backstein mit den typischen gusseisernen, in kleine Quadrate unterteilten Fenstern.

Über dem Eingang prangte in vergoldeten Eisenlettern:

Otto Wünschmann - Chemische Fabrik

Die Wünschmannsche Klitsche (mein Vater) stellte bis Kriegsende Schuhcremes her. Am bekanntesten war Wünschmanns Stiefelwichse für die Deutsche Wehrmacht. Auf den runden, schwarzen Dosen stand in Goldschrift:

Norden, Osten, Süden, Westen, Wünschmanns Wichse ist am besten!

Darunter prangte ein glänzend gewichster Knobelbecher.

Ende Mai fünfundvierzig flogen Wünschmanns aus der Villa, und die Russische Kommandantur in Person eines mittelgroßen, prasseldürren Majors zog ein. Wünschmanns bekamen eine Wohnung in unserem Haus zugewiesen.

Im Juni holten die Russen Herrn Wünschmann ab.

Hinter vorgehaltener Hand wurde das Wort Bautzen geflüstert. Wenig später munkelte man, dass der jetzige Hilfspolizist Hagedorn seinen ehemaligen Chef, den Fabrikanten Wünschmann, bei den Russen denunziert hätte.

Hagedorn, der dank seiner Trinkgeldpfote (die linke Hand war nach hinten verdreht und zeigte mit der Handfläche nach oben) nicht eingezogen worden war, hatte in der Wünschmannschen Fabrik gearbeitet und war vierundvierzig wegen wiederholter Trunkenheit am Arbeitsplatz entlassen worden.

Rache ist Blutwurst!

"Na, Alex, wie gehts der Familie?", fragte Frau Wünschmann. Ich wusste, dass sie das in Wirklichkeit nicht die Bohne interessierte.

"Danke der Nachfrage", sagte ich. Blöder hatte ich`s nicht. Alltagsfloskel! "Geht ganz gut so", schob ich nach.

Ecki kaute an den letzten Bissen und verdrehte die Augen. Er wusste so gut wie ich, dass seine Mutter, seit ihr Mann verschwunden war, in ihrer eigenen Welt aus Hoffnung und Verzweiflung lebte.

"Also, wir verschwinden jetzt", sagte Ecki immer noch kauend.

"Denkt dran, heute ist Sonntag", gab uns Frau Wünschmann mit auf den Weg. Von Eckis Augen war nur noch das Weiße zu sehen.

Auf dem Hof sagte Ecki: "Mann, hab ich einen Scheiß geträumt. Als Humpel dem Gaul die Kehle durchgeschnitten hatte, war das plötzlich Hagedorn, der da auf dem Boden lag."

"Ich hab Anni obenrum nackig gesehen", sagte ich.

"Im Traum", feixte Ecki und formte mit den Händen zwei große Kugeln vor seiner Hühnerbrust.

Es gab drei Dinge, die unsere Fantasie beschäftigten und unser Leben bestimmten: Essen, Rache an Hagedorn und Mädchen. In diesem Jahr hatte sich die Reihenfolge eindeutig zu Gunsten der Mädchen verschoben. Das wirklich Dumme an der Sache war, dass wir nicht die geringste Ahnung hatten, was so zwischen Männlein und Weiblein in Wirklichkeit ablief. Unser bisheriges Wissen setzte sich aus den Ungereimtheiten zusammen, die wir von den Größeren aufschnappten, speziell von Humpel. Und was dabei herauskam, sollte sich noch zeigen.

"Machen wir rüber zu den Russen?", fragte Ecki.

"Klarer Fall", sagte ich.

Wir marschierten fast jeden Tag rüber zu den Russenkasernen nach Nickern. Die Soldaten schmissen ihre Abfälle, meist Graupen, die bei uns Kälberzähne hießen, und Kohlsuppe, in große Fässer, die an der Rückwand der Kaserne standen. Wir waren nicht die Einzigen, die sich aus dieser Quelle ernährten und am Leben erhielten. Um die Mittagszeit kamen aus allen Himmelsrichtungen Jungen wie wir und füllten ihre zwei Kochgeschirre oder Milchkannen. Einmal Eigenbedarf, einmal Bevölkerungsbedarf.

Im Park, gegenüber dem Bahnhof, warteten täglich alte Leute bereits voller Gier auf unsere Suppe. Schande über uns! Wir nahmen Geld und Zigaretten für Leben.

Geben ist seeliger denn Nehmen, predigt Pfarrer Oehme.

Wer nicht arbeitet, muss auch nicht essen, sagt Josef W. Stalin.

Jeder ist sich selbst der Nächste, sagt meine Großmutter.

Mach was draus, sagten wir und verschenkten manchmal einen Schlag Suppe. Wenn einer gar nichts hatte, uns aber was versprach. Ecki zog zwei zerknautschte Zigaretten mit langem Pappmundtück aus seiner Manteltasche.

Machorka. Bahndamm, dritte Ernte, wie Großmutter zu sagen pflegte, wenn Großvater das Zeug qualmte.

Ich nahm den Glimmstengel, steckte ihn aber ein. Bei der Kälte qualmen, ich hätte mich totgehustet.

Auf der Bergstraße kamen uns von oben zwei ältere Frauen entgegen. Als sie etwa noch hundert Meter von uns entfernt waren, wechselten sie die Straßenseite. Kein Wunder bei unserem Anblick. Ecki trug einen schwarz umgefärbten, viel zu großen Wehrmachtsmantel. Ich hing in der dunkelblauen Wattejacke meines Vaters. Galeere!

"Mal was von deinem Vater gehört?"

"Kannst du vergessen", sagte Ecki, "meine Mutter rennt jede Woche zur Kommandantur oder zur Gemeinde. Nichts! Absolut nichts! Wenn die so weiter macht, ist die eines Tages genau so verschwunden wie mein Vater."

Ecki spuckte aus und schmiss die Kippe in den Straßengraben.

"Hagedorn, das Schwein, hat schon so was angedeutet. Jetzt, wo der fast das letzte Stück Schmuck aus meiner Mutter herausgeholt hat, lässt der die Maske fallen.

Verdammte Hyäne!", knirschte Ecki mit den Zähnen, "hätten wir besser den geschlachtet!"

Eckis Augen waren fast schwarz vor ohnmächtiger Wut.

"Bin gespannt, wann die Schule wieder los geht", lenkte ich ab.

Ecki brummte irgendetwas.

Seit wir bei Polenta Zeichnen, Deutsch und Sport hatten, konnte es der größte Teil der Jungen kaum erwarten, dass die Schule wieder anfing.

Fräulein Polenta war ein Traum. Der Traum einer Horde von Jungen in der schönsten Pubertät. Noch nie hatten wir so über unseren Hausaufgaben gesessen. Die vom Glück begünstigten, deren Aufgaben kontrolliert wurden, waren in den Pausen umlagert wie die Märchenerzähler aus Tausendundeinernacht.

Fräulein Polenta beugte sich bei der Korrektur über unsere Aufgaben und ihr weit ausgeschnittener Pullover heizte unsere Fantasie an. Dazu der weiche Geruch nach Zimt, der aus ihrem Ausschnitt heraus in unsere gierigen Nasen stieg. Mann, oh Mann! Nachts lagen wir in den Betten und wurden von feuchten Träumen geplagt. Ich hatte mein erstes sexuelles Erlebnis gleich zu Anfang der siebenten Klasse am Kletterseil. Obwohl ich für mein Alter ziemlich groß und kräftig war, bin ich nie ein Sportass gewesen. Ich quälte mich mehr schlecht als recht am Seil hoch, während Fräulein Polenta den Knoten unten festhielt. Knapp zwei Meter über der Matte begann in meinem unteren Bauchbereich ein merkwürdiges Ziehen. Mit jeder Reibung des Seiles zwischen meinen Oberschenkeln verstärkte sich dieses Gefühl. Ein Blick nach unten in den prall gefüllten Pullover gab mir den Rest. In dem Moment, wo es in meine Turnhose spritzte, durchflutete mich ein Gefühl, das ewig in meinem Gedächtnis blieb. Mich verließen sämtliche Kräfte und ich fiel wie eine überreife Pflaume senkrecht nach unten.

Fräulein Polenta konnte meinen Sturz mit Körpereinsatz bremsen, fiel aber mit mir auf die Matte. Ich lag mit dem Kopf in ihrem Schoß. Es roch nach Zimt und ich stellte mich tot. Dann wurde mein Kopf vom Paradies auf die stinkend Matte gelegt.

Ich war eine Woche die Nummer Eins in der Klasse. Dass ich vor Schwäche vom Seil gefallen war, hätte mir sowieso keiner abgenommen. Bei der Beschreibung von Fräulein Polentas Zimtgeruch musste ich wohl übertrieben haben, denn nach dieser Woche hatte ich meinen Spitznamen weg: Zimt! Kurz und bündig: Zimt!

Wir stapften, jeder in das Netz seiner Gedanken eingesponnen, weiter in Richtung der Kasernen.

Plötzlich blieb Ecki stehen.

"Wenn du Unkrautex zwischen das Schwarzpulver mischst und den Schwefelanteil erhöhst, kannst du was erleben. Das geht ab durch den Sauerstoff wie Sau. Kannst du Häuser in die Luft jagen, jede Wette!"

Vor allem so Behelfsheime in Gartenanlagen, dachte ich.

Hagedorn!

Ecki war in seinem Element. Experimente, bei denen es knallte und stank, waren seine Welt.

Die Umwelt verformt den Menschen, sagt meine Großmutter.

Ecki hatte schon als Kind am liebsten im Labor seines Vaters gespielt. Glänzende Reagenzgläser, Erlenmeyerkolben, Bechergläser, Messzylinder, Pipetten und Büretten hatten ihn mehr fasziniert als elektrische Eisenbahnen oder Fußball. Ätz, unser Chemie-, Klassen- und Neulehrer, hatte sehr schnell Eckis Leidenschaft für das Fach erkannt und ihn kurzerhand zum Chemiehelfer ernannt. Ätz war nur wenig älter als wir, und ihn mit seiner chemische Kurzausbildung auf uns loszulassen war an sich schon ein Experiment.

Seine Feuertaufe, im wahrsten Sinn des Wortes, hatte Ätz mit Eckis Hilfe glänzend bestanden. Bei dem Versuch, Natrium mit Wasser zur Reaktion zu bringen, hatte Ecki ein ziemlich großes Stück des weichen Metalls mit dem Messer abgeschnitten.

Ätz hatte das Stück ohne zu zögern in ein Becherglas mit Wasser geschmissen.. Ecki war vorsichtig zwei Schritte zurück getreten. Das Natrium verwandelte sich im Wasser in eine silberglänzende Kugel, die wie ein Motorboot mit betrunkenem Steuermann über das Wasser zischte.

Dann gab es einen Knall, das Becherglas zersprang in tausend Stücke und Wasser und Natrium sausten an die Klassenzimmerdecke, und zurück. Etwas Natrium landete auf dem Kopf von Ätz. Aus der dunklen Lockenpracht stieg Qualm und es zischte.

Ätz stand zur Salzsäule erstarrt am Lehrertisch. Ecki nahm ein zweites Becherglas mit Wasser und goss es Ätz über den Kopf. Der Natriumrest landete auf dem Tisch und verzischte.

"Danke, Ecki", sagte Ätz.

Und an uns gewandt: "Denkt dran, Jungs, beim Experimentieren immer nur kleine Substanzmengen verwenden, manche Stoffe sind ätzend."

Das Gebrüll der Klasse klang wie eine zweite Explosion. Wir lagen auf den Bänken und trommelten mit den Fäusten.

Ätz lachte mit.

Ätz war geboren!

Und Ecki war ein Held!

Topschote bei späteren Klassentreffen!

Inzwischen waren wir bei den Kasernen angekommen und füllten unsere Kochgeschirre. Aus den Augenwinkeln sah ich, wie zwei junge Soldaten auf uns zukamen.

"Scheiße", murmelte ich zu Ecki.

"Ruhe bewahren", sagte Ecki. Dann standen die beiden Russen vor uns. Der größere hatte wasserhelle Wimpern, wasserhelle Augen und ein rotbackiges Gesicht. Der Kleinere war ein dunkelhäutiger Kal-mücke.

Der Wasserhelle lachte mich an und sagte: "Wodka?"

Ich schüttelte den Kopf und sagte: "Nix Wodka!"

Der Wasserhelle lachte weiter und sagte: "Du Wodka, du Chleb!"

Aha, dachte ich, Wodka gegen Brot. Nicht schlecht, aber woher sollten wir Wodka kriegen?

Ich schüttelte den Kopf und wiederholte: "Nix Wodka!"

Inzwischen hatte der Kalmücke Ecki eine der Pappmundstückzigaretten angeboten.

"Du Wodka, du Papyrossa", sagte er zu Ecki.

Ecki nahm die Zigarette, schüttelte aber nur den Kopf.

Der Wasserhelle klopfte mir auf die Schulter, fuhr mit dem Zeigefinger zwischen sich und mir hin und her und wiederholte.

"Du Wodka, du Chleb!"

"Abgang", flüsterte ich Ecki zu. Dabei lachte ich die beiden Russen an und sagte: "Doswidanja." Dann machten wir, dass wir fortkamen.

Auf dem Rückweg sagte Ecki: "Wenn wir Wodka hätten, könnten wir das Geschäft unseres Lebens machen!"

"Haben wir aber nicht", knurrte ich.

"Könnten wir aber herstellen", hielt Ecki dagegen.

"Mann, die Fässer in der Hütte!", rief ich.

"Du hast es erfasst, Alter", sagte Ecki.

"Wie willst du aus der Brühe Wodka machen?", dachte ich laut.

"Destillieren", grinste Ecki.

Am Bahnhof angekommen, gingen wir in den Park und verscherbelten jeder ein Kochgeschirr Beutesuppe gegen Bares oder Zigaretten an unsere Stammkunden.

Als wir in unseren Hof kamen, war dort der Teufel los.

„Wo ist Pferd?", schrie der russische Major. Sein Kopf war puterrot und drohte zu platzen. Am Hofeingang standen zwei Soldaten mit schussbereiten Maschinenpistolen.

"Wo ist Pferd?", tobte der Major weiter. Der Kopf war inzwischen blaurot.

"Wenn Pferd nicht da, alle Weiber ...!", schrie der Major außer sich. Dabei stand ihm der weiße Wutgeifer auf den Lippen und er fuhr mit dem Zeigefinger der rechte Hand in dem Loch, das er mit

Daumen und Zeigefinger der anderen Hand gebildet hatte, raus und rein.

Er schien kurz vor einem Schlaganfall.

Mein Vater trat einen Schritt vor und sagte: "Was Pferd?"

Das war zuviel. Der Major stürzte sich wie ein wilder Pavian auf meinen Vater und nestelte an seiner Pistolentasche.

Anni trat dazwischen und sagte: "Ich dir zeigen Pferd, komm!" Dabei nestelte sie an den Knöpfen ihrer Bluse, drehte sich um und ging mit schaukelnden Hüften in Richtung Haustür. Der Major rief den Muschkoten einen Befehl zu und folgte Anni.

Der Hof leerte sich. Wir setzten uns auf die Bank, die neben der Aschengrube stand.

"Möchte wissen, was die mit dem Major macht?", grübelte Ecki.

Ich hatte keine klare Vorstellung, was da ablaufen könnte, sagte aber trotzdem: "Die wird sich pimpern lassen."

"Hm", gab Ecki von sich und ich wusste, dass er genau so wenig wusste wie ich.

Kurz gesagt, wir schmissen mit schweinischen Ausdrücken nur so um uns, obwohl wir von Tuten und Blasen keine Ahnung hatten. Was wir im Überfluss besaßen, war Fantasie. Fantasie und Magazine. Die Magazine hatten wir beim Stöbern auf dem Dachboden entdeckt. In einem alten Wäschekorb voller Gerümpel. Unter dem Gerümpel lag ein Grammophon, ein gewaltiger Stapel von Schellackplatten mit Filmmusik und rosafarbene Magazine mit fast nackten, rosafarbenen Frauen.

Grammophon, Platten und Magazine befanden sich jetzt in unserer Hütte. Nur von den Magazinen hatten wir einige mit in unsere Zimmer genommen. Die Bilder der rosa überhauchten Frauen auf rosa Bettlaken in Zimmern mit rötlichen Vorhängen waren die Vorlagen für unsere nächtlichen Trockenübungen, die immer feucht endeten.

"Guck dir das an!", Ecki stieß mir den Ellenbogen in die Rippen und holte mich zurück.

Der Major kam aus unserem Haus. Die blaurote Schlaganfallfarbe war aus seinem Gesicht verschwunden und sein Gang war federnd und leicht. Er schien mir jetzt größer als vorhin und irgendwie hatte ich das Gefühl, dass er von innen leuchtete. Mit einer lässigen Bewegung scheuchte er seine beiden Wach-hunde weg und schlenderte pfeifend die Straße hinunter.

"Ich krieg die Tür nicht zu", murmelte Ecki völlig verdattert.

"Möchte wissen, was die mit dem gemacht hat", sagte ich in einem ähnlichen Zustand wie Ecki.

"Ob der wiederkommt?", fragte Ecki.

"Garantiert!", erwiderte ich.

"Wir müssen rauskriegen, was da abgelaufen ist", Ecki war total aufgedreht.

"Bloß wie", sagte ich. Hatte aber schon eine Idee.

***

Nach dem Essen machten wir uns auf den Weg zur Hütte. Durch die Siedlung, über Feldwege, durch die

Unterführung am Bahndamm bis hinaus in das Brachgelände mit seinen verkrüppelten und verwilderten Apfel- und Pflaumenbäumen. Die völlig verwahrloste Obstplantage gehörte meinem Großvater, der das Gelände kurz vor der Inflation aus der Konkursmasse eines versoffenen Großbauern gekauft hatte.

Großvater war es gelungen, aus Scheiße Geld zu machen. Im wahrsten Sinn des Wortes. Sein Wahlspruch: Geschissen wird immer, hatte ihm ein beachtlichesVermögen eingebracht.

Begonnen hatte er mit dem Bau und der Aufstellung von Latrinen auf den Elbwiesen während der Dresdner Vogelwiese. Das Geschäft florierte. Es florierte so gut, dass Großvater Abortfrauen einstellen musste, von denen er regelmäßig beschissen wurde. Bis zu dem Tag, wo Großvater die Anzahl eingenommener Groschen pro volles Fäkalienfass berechnete.

Aber auch dann wussten sich die ausgepufften Abortfrauen zu helfen. Nach Einbruch der Dunkelheit schöpften sie aus den Fässern in Eimer, trugen diese zur Nahe gelegenen Elbe und kippten Großvaters Bares ins Wasser.

Wie gesagt, das Geschäft florierte!

Für alle!

Bis eines Tages das Unglück passierte.

Eine Gruppe besoffener Bauernknechte begann auf dem Rummelplatz zu randalieren und kippte eine von Großvaters Latrinen um. Großvater wurde ungemütlich. Er packte den ersten johlenden Kerl blitzschnell mit beiden Händen an den Hüften, hob ihn aus und ließ ihn in das halbvolle Fäkalienfass fallen.

Die Rummelplatzbesucher klatschten Beifall, denn die Burschen, die am Samstag ihren Wochenlohn versoffen und dann gern Schlägereien anzettelten oder die weiblichen Besucher belästigten, waren allgemein unbeliebt.

Während der in der Scheiße steckende Bursche aus dem Fass zu klettern versuchte, stürzten sich zwei seiner Kumpane wutentbrannt auf Großvater. Der war zwar nur mittelgroß, aber die breiten Schultern und der kräftige Nacken verrieten, dass mit ihm im Ernstfall nicht gut Kirschen essen war.

Ehe es sich die Angreifer versahen, flogen beide in Richtung des Fasses und drückten den erste Burschen zurück in die braune Brühe. Das Suffgejohle der Trunkenbolde schlug in ein gefährliches Wutgeschrei um. Inzwischen waren andere Buden-und Karussell-besitzer Großvater zu Hilfe gekommen und die Keilerei war in vollem Gange. Großvater hatte einen der Burschen so fest im Schwitzkasten, dass der langsam blau anlief.

Und da passierte es.

Der Eingeklemmte griff mit der Hand in einen Eimer und schmiss Großvater eine Handvoll weißes Pulver in die Augen.

Kalk!

Ungelöschter Kalk zur Desinfektion der Fässer.

Großvater stieß ein tierisches Gebrüll aus, drückte noch einmal kräftig zu, ließ seinen Gegner auf die Erde fallen und schlug beide Hände vor die Augen.

Die Keilerei hörte schlagartig auf. Großvater schrie markerschütternd, rieb sich die Augen, was die Sache noch verschlimmerte und lief wie irrsinnig im Kreise.

Bis die dicke Erna, der die Schießbude gehörte, mit einer Schüssel Wasser kam. Die Männer hielten Großvater fest, rissen ihm die Hände von den Augen und Erna kippte ihm mit Schwung das Wasser ins Gesicht.

Von da an ging es mit Großvater bergab.

Er ging erst zum Arzt, als beide Augen nicht mehr zu retten waren.

Die toten Augen wurden entfernt und durch Glasaugen ersetzt.

Großvater war blind!

Mit Anfang vierzig!

Lebenslang!

Die Latrinen, die dazu gekommenen Rummelbuden und Karussells wurden verkauft und das verwilderte Brachland gekauft.

Großvater rechnete damit, dass sich die Stadt im Verlaufe der Jahre weiter ins Land ausdehnen würde und er versprach sich vom späteren Verkauf des in Parzellen aufgeteilten Baulandes erhebliche Gewinne.

Großmutter sagte: "Der Mensch denkt und Gott lenkt!"

Und sie behielt Recht!

Die Inflation kam wie das große Wasser übers Land!

Die relativ massive Hütte, die sogar unterkellert war, hatten Ecki und ich zum Saloon umfunktioniert. Vater hatte den Bau nach der Inflation errichtet und wollte daraus in besseren Zeiten ein Wohnhaus für die Familie bauen.

Die besseren Zeiten kamen in Form des zweiten großen Krieges und das war`s dann.

Vorläufig!

Aber die Idee meines Vaters, die Bude mal zu säubern und aufzuräumen, war Gold wert gewesen.

Für uns!

Wir verlegten die Hütte nach Kanada, stauten den durch das Gelände fließenden Bach mit Steinen und Ästen an und machten daraus den GROßEN SKLAVENSEE!

Über die Eingangstür nagelten wir ein Brett mit den eingebrannten Buchstaben: SALOON!

Kanada! Was willst du mehr mit vierzehn?

Träume sind die Taten der Jugend!

Im Saloon stank es wie Affenscheiße. Alter Machorkaqualm. Wir rissen Fenster und Tür auf. Ecki kratzte die Asche aus dem alten gusseisernen Kanonenofen und ich holte Holz. Wir hatten, bevor der Winter kam, alles an alten Ästen und umgekippten Stämmen zur Hütte geschleppt, zu Feuerholz verarbeitet und auf dem Dachboden gestapelt.

Als das Feuer brannte, gingen wir hinter die Hütte und öffneten die Kellertür. Als ich reingehen wollte, zerrte mich Ecki energisch zurück.

"Bleib um Gottes willen draußen", rief Ecki, "der Keller ist garantiert voller Kohlendioxid!" Dann sprang er mit zugehaltener Nase in den Keller, riss das Lüftungsfenster an der gegenüber liegenden Wand auf, kam wieder herausgeschossen und atmete tief durch.

"Und wie willst du wissen, wann das Kohlengas raus ist?", fragte ich.

"Hol `ne Kerze, Zimt, dann zeig ich`s dir!"

Als ich mit dem Kerzenstummel kam, klemmte Ecki das Stück Wachs in die Gabelung einer Wäschestütze, zündete den Docht an und schob die Stange vorsichtig in den Keller. Etwa in der Mitte des Raumes erlosch die Kerze.

Ich wurde blass und Ecki grinste.

Mir fiel die Rede vom Lebenslicht ausblasen ein.

Ecki nahm ein großes Stück Pappe und begann vor der Kellertür damit zu wedeln.

Dann wiederholte er das Experiment mit der Wäschestütze.

Die Kerze brannte ruhig weiter.

"In Ordnung", sagte Ecki, "wir können rein."

Der Keller maß etwa drei mal vier Meter und war frostfrei. Wir hatten im Sommer alles, was irgendwie nach Apfel, Birne oder Pflaume aussah, zur Hütte geschleppt, zermatscht, in alte Fässer geschmissen und mit Wasser aus dem Großen Sklavensee aufgefüllt.

Die Fässer standen an der Südwand der Hütte direkt in der prallen Sonne und die Pampe begann bereits am dritten Tag zu gären und zu stinken.

Ein Paradies für blauschillernde Scheißhausfliegen und bösartige Wespen. Nachdem Ecki zwei Mal gestochen worden war, deckten wir alte Sackleinwand über die Öffnungen und irgendwann gaben die Viecher auf.

Bevor der Frost kam, füllten wir die stinkende Brühe in die Gärballons aus dem Wünschmannschen Labor und verschlossen mit Gärröhrchen und Wachs.

Die Idee, aus Fallobst Wein zu machen, hatte ich aus einem Heft, das mir beim Stöbern in Vaters Nacht-schrank in die Hände gefallen war. Gesucht hatte ich allerdings nach einem Buch mit nackten Frauen, denen man den Bauch aufklappen konnte.

Das Frauenbuch hatte sich uns nicht erschlossen. Mit Vagina, Eierstock, Gebärmutter, Klitoris und all dem Zeug waren wir total überfordert.

Das Weinheft hingegen sollte sich als Volltreffer erweisen.

Ecki entfernte von einem der Ballons den Korken samt Gärröhrchen und goss die trübe, stinkende Brühe in zwei alte Eimer, die wir hoch in die Hütte geschleppt hatten.

Während ich den Ofen fütterte, holte Ecki einen Glaskolben, ein langes Glasrohr, ein Stativ mit Klemmen und Bechergläsern aus dem Keller.

Nach wenigen Minuten stand die Destillationsanlage auf dem Tisch.

Unsere Ausstattung an Laborgeräten und Chemikalien ließ nichts zu wünschen übrig. Wir hatten, als in der Schule der Chemieunterricht begann, fast die gesamte Laboreinrichtung aus der verrotteten Fabrik von Eckis Vater in unseren Saloonkeller umgesiedelt.

"Hol schon mal Schneereste und Eiszapfen zum Kühlen", sagte Ecki, während er die inneren gußeisernen Ringe aus der Herdplatte nahm und die Destille auf den Ofen stellte. Dann füllte er die trübe Brühe in den Glaskolben und umwickelte das ungefähr einen Meter lange Glasrohr mit Klopapier.

"Kühlen!", wies Ecki mich an, als es in der Hütte zu stinken begann.

Der Befehlston gefiel mir zwar überhaupt nicht, aber auf der Strecke war Ecki nun mal der Experte und ich tröpfelte Eiswasser oben auf das Klopapier.

Nach einiger Zeit begann es am Ende des Rohres zu tröpfeln und ein infernalischer Gestank erfüllte die Hütte.

Als das Becherglas, das unter dem Ende des Glasrohres stand, halbvoll war, kostete Ecki.

"Pfui Geier!", brüllte Ecki, spuckte das Zeug in den Kohlenkasten und hielt mir die Tasse hin.

Gleicher Erfolg.

"Schmeckt wie Hundegalle und stinkt wie alte Socke!", knurrte ich.

"Schuss in den Ofen", stellte Ecki fest, "das Zeug hau`n uns die Russen um die Ohren."

Die Destillation war in vollem Gange. Der Gestank in der Hütte wurde bestialisch. Ich riss die Tür auf und ein Schwall dicker Luft entwich nach draußen.

"Wir lassen das Zeug einfach ein paar Tage ausgasen", sagte Ecki, "kann durchaus sein, dass sich der üble Geruch verliert."

"Oder wir mischen die Brühe mit Rübensirup", dachte ich laut.

"Mann, das ist die Idee des Jahrhunderts", brüllte Ecki und schlug mir wie ein Wilder auf die Schulter. "Los, probier das mal! Im Schrank muß noch ein Rest von dem Zeug sein."

Ich kratzte aus dem verkeimten Einweckglas einen Löffel von dem fast schwarzen Sirup, verrührte ihn mit dem Schnaps im Becherglas und gab noch die Spitze eines Eiszapfens dazu.

Ich hielt mir die Nase zu und kostete.

"Kannst du auf jeden Fall trinken, wenn der Gestank raus ist.

Ecki probierte.

"Geht glatt als französischer Kognak weg", jubelte Ecki, "wenn wir den Schnaps einige Tage ausgasen lassen, reißen uns den die Russen aus den Händen."

"Die stehen aber auf Wodka", versuchte ich Eckis Euphorie zu dämpfen.

"Mensch", lachte Ecki, "die saufen doch alles, Hauptsache es dreht."

Wir ließen das Feuer ausgehen, legten eine von den alten Platten auf und qualmten noch eine.

Dann machten wir uns auf den Rückweg.

***

Der Major besuchte Anni jetzt mindestens aller zwei Tage.

"Irgendwie würde mich interessieren, was die mit dem Major veranstaltet", sagte Ecki.

"Am besten, du legst dich einfach mal unter Annis Bett", feixte ich.

"Mann, Zimt, warum eigentlich nicht. Muss ja nicht unterm Bett sein, aber denk mal an die Schränke." Die Bodenkammer, in der Anni seit Mai fünfundvierzig wohnte, gehörte zu unserer Wohnung und war vom Wäscheboden durch zwei Riesenschränke abgetrennt. Dabei war so etwas wie ein Zimmer entstanden, zwar ohne Wasseranschluss, aber immerhin mit Kanonenofen.

Anni gefiel es. Und ich hatte Glück bei der ganzen Sache. Mein Zimmer war für Anni gedacht gewesen und ich hätte in das Schlafzimmer meiner Eltern gemusst.

Hilfe!

Mit vierzehn!

Bei Vater und Mutter!

Obwohl, bei manchen Leuten ging es noch enger zu.

Wohnungsmangel an allen Ecken.

Die Stadt war nahezu vollständig zerstört und Obdachlose und Umsiedler hatten sich über die Vororte verteilt oder waren verteilt worden.

Wie gesagt, ich hatte Glück mit Anni.

Wasser holte sie sich bei uns und Großmutter kam gut mit ihr zurecht. Da Anni meist im Bademantel zum Wasserholen kam und der nicht immer hoch geschlossen war, hatte ich auch noch was davon.

Anni, die für solche Sachen eine extra Antenne besaß, beugte sich manchmal tief über unseren Küchentisch und dann trug ich ihr meist den Wasserkrug nach oben.

Großmutter grinste bei solchen Gelegenheiten und sie und Anni warfen sich merkwürdige Blicke zu.

Was mich allerdings nicht im geringsten störte. Ich hatte jedenfalls wieder Nahrung für meine stets hungrige Fantasie.

Wie gesagt, Anni war für mich mehr ein Glücksfall als eine Einquartierung.

Das war auch die Meinung meines Vaters, wenn auch aus einer anderen Perspektive. Nehme ich an.

"Die hat mir doch glatt das Leben gerettet", erzählte er später gern die Pferd-Major-Anni-Geschichte. Nur meine Mutter guckte dann etwas säuerlich und wünschte Anni dahin zurück, wo sie hergekommen war. Hergekommen war Anni aus der Gegend um

Breslau, obwohl sie aus Hamburg stammte. Annis Mutter und auch schon die Großmutter waren fleißige Dienerinnen des Herrn - oder besser gesagt der Herren, die sich die Nasen an den Schaufenstern der Herbertstraße platt drückten.

Als Anni vierzehn war und die Mutter spürte, dass ihre Tochter mehr den praktischen Dingen des Lebens als den geistigen zugewandt war, gab sie das bildhübsche Mädchen mit den blonden Locken und den strahlend blauen Augen in eine Lehre nach Pinneberg, mit Familienanschluss, versteht sich.

Und ein Familienanschluss wurde es im wahrsten Sinn des Wortes. Der Lehrmeister und Besitzer der Baumschule war ein Mann in den sogenannten besten Jahren, während seine graumausige Frau ihre besten Jahre bereits hinter sich hatte. Die Arbeit bei Wind und Wetter hatte ihre ehemals zarte Haut gegerbt und die ewige Bückerei hatte sie krumm gemacht.

So dauerte es nicht lange und der Lehrmeister versuchte, seinen Setzling bei dem schönen und taufrischen Lehrmädchen einzupflanzen.

Das Lehrmädchen Anni hatte im Grund nichts dagegen. Ihre körperliche Entwicklung hatte den Punkt erreicht, wo der erste Versuch nur noch eine Frage der Gelegenheit war. Aus weiblicher Intuition heraus ließ sie ihren Lehrmeister jedoch zappeln, bis der Mann vor innerer Hitze zu platzen drohte.

Anni fand schnell Gefallen an den heißen Spielen mit dem Lehrmeister, zumal es ihrer Eitelkeit schmeichelte, von einem reifen und erfahrenen Mann derart wild begehrt zu werden.

Für den Lehrmeister war es seit vielen, vielen Jahren eine Art Auferstehung. Nach Wochen wilder sexueller Vergnügungen im Stroh, im Geräteschuppen oder auf der bloßen Erde verlegte der Meister die Leibes-übungen mit dem gelehrigen Mädchen ins Wohnhaus.

Und es kam, wie es in solchen Fällen zu kommen pflegt. Gier und Leichtsinn sind bekanntlich Ge-schwister. Eines Tages kam die Frau früher als erwartet vom Feld. Als sie die Küchentür öffnete, sah sie zuerst die Hinteransicht ihres Mannes.

Mit heruntergelassener Hose.

Auf dem Küchentisch lag Anni.

Mit hochgerafftem Rock.

Und schneeweißen, entblößten Schenkeln.

Es gab Krieg!

Ehekrieg vom Feinsten! Langandauernd und erbittert!

Der Mann war in das junge Blut bis zur Raserei verliebt und dachte nicht im Traum daran, seinen Jungbrunnen zuzuschütten!

Die Bedürfnisse der Frau nach körperlicher Liebe waren durch schwere körperliche Arbeit und die Jahre stark geschrumpft. Aber sie liebte ihren Mann - genau so, wie sie die Baumschule liebte. Und die Liebe zu Besitz und Eigentum kann Kriege auslösen.

Doch irgendwann werden die Waffen stumpf, und wenn es keinen Sieger gibt, gibt es Burgfrieden.

Die Wende brachte Annis sechzehnter Geburtstag. An diesem Tag gab es ein Fest anlässlich ihres Ehrentages. Aus der Nachbarschaft und den umliegenden Baumschulen kamen die jungen Leute zum Gratulieren und Feiern.

Unter den Gratulanten war auch ein dunkelhaariger Junge mit samtbraunen Augen, der Anni schon längere Zeit den Hof machte und das Sandkorn im Auge des nicht mehr so ganz frischen Liebhabers war.

Kurz und gut, Anni wurde in der Abenddämmerung von ihrem Lehrherrn in eindeutiger Position mit dem Jüngling, an der Scheunenwand lehnend, erwischt.

Der Junge konnte dank seiner flinken Füße dem wutschnaubenden Baumschulenbesitzer entkommen, während Anni die volle Wut ihres Lehrherrn und Liebhabers traf. Der gehörnte Lehrmeister verlor jede Kontrolle über sich. Vor Wut an der Grenze zur Besinnungslosigkeit schlug er wie wahnsinnig mit den Fäusten auf Anni ein.

Erst ein kräftiger Schlag mit einem harten Holz auf den Hinterkopf des Tobenden beendete das Spektakel. In dem Schlag entlud sich die ganze Demütigung der Frau, und für sie war es mehr ein Schlag der Befreiung als der Wut.

Annis Gesicht leuchtete am nächsten Morgen in den Farben des Regenbogens, und am Nachmittag traf sie zu Hause ein. Die Mutter, die eine geschäftstüchtige Frau war, stattete dem Baumschulenbesitzer einen kurzen Besuch ab.

"Hurenbock!"

"Missbrauch von Minderjährigen!"

"Körperverletzung!"

"Vergewaltigung!"

"Stengelschwein!"

Und so weiter, und so weiter.

Dann verließ die Mutter die Baumschule mit einem Scheck, der eine weitere Verfolgung der Angelegenheit ausschloss.

Anni begann eine zweite Lehre in einer bekannten Hamburger Kaffeefirma. Wie bei vielen Mädchen, die früh mit der Liebe beginnen, war Annis körperliche Entwicklung nahezu abgeschlossen. Dazu besaß sie das heiße Blut der Mutter und fühlte sich von allem Männlichen unwiderstehlich angezogen.

So war es nicht weiter verwunderlich, dass Anni bald der Ruf eines sehr freizügigen Mädchens vorauseilte.

In der Kaffeefirma wetteiferten die männlichen Angestellten damit, sich in den Lagern auf den prall gefüllten Kaffeesäcken mit dem schönen und heißen Mädchen zu vergnügen. Als die Prinzipalin davon Wind bekam, fürchtete sie um den guten Ruf der Firma und beendete das Lehrverhältnis.

Anni stand wieder auf der Straße und eigentlich war das ihre Bestimmung.

Die Mutter gab auf. Sie stattete ihre Tochter mit einem Teil des Geldes aus der Baumschule aus und schickte sie nach Berlin zu einer alten Freundin. Die Freundin besaß ein kleines, gut gehendes Cafe im Berliner Westen.

In diesem Cafe konnte man Kaffee trinken.

Man konnte auch Zimmer mieten.

Man konnte auch Zimmer mit Bedienung mieten und sich bedienen lassen.

Das Cafe lief, wie man zu sagen pflegte.

Anni arbeitete im Haushalt und in der Küche, hätte aber lieber die Herren in den Zimmern bedient. Aber das wollte ihr die Chefin erst genehmigen, wenn Anni achtzehn war.

Und dann war Anni achtzehn!

Die Arbeit machte Anni Spaß. Sie hatte ihr Vergnügen und verdiente dabei noch gutes Geld. Die gutsituierten Herren waren spendabel, denn Anni war jung und erfüllte alle an sie gestellten Wünsche.

Anni hatte ihre Bestimmung gefunden!

Doch eines Tage fuhr die Liebe in das Mädchen wie der Blitz in eine mit Stroh gefüllte Scheune.

Brandstiftung!

Es geschah in einem der großen Berliner Kaufhäuser. Anni wurde von einem gutaussehenden jungen Mann mit dunklen Haaren und grauen Augen im Gedränge auf einer Treppe fast umgerissen.Was sie nicht wusste war, dass der Herr das schöne Mädchen schon längere Zeit im Visier hatte. Der Herr entschuldigte sich tausendfach und gab sich untröstlich.

Er lud Anni zu einem Kaffee und dann zu sich nach Hause ein.

Anni verliebte sich in den schönen und sie auf Händen tragenden Mann. Sie verliebte sich bis zur Selbstaufgabe. Sie wurde dem Manne hörig und verwandelte sich in ein hoffnungslos mit den Flügeln schlagendes Huhn ohne Kopf.

Anni verließ das Cafe, zog zu ihrem Geliebten und wurde eines von drei Mädchen, von deren Geld sich der Herr ein feines Leben gönnte.

Bis Anni eines Nachts früher als gewöhnlich nach Hause kam und ihren Angebeteten im Schlafzimmer überraschte.

Mit einem anderen Mädchen! Reitend! Reitend auf IHREM Mann!

Splitterfasernackt! Wollüstig stöhnend!

Anni heulte wie eine Sirene vor dem Luftangriff!

Der Angebetete warf die Reiterin ab, sprang auf und versetzte Anni zwei schallende Ohrfeigen. Anni hörte auf zu schreien, lief in die Küche, griff sich ein schweres Nudelholz, lief zurück und schlug zwei Mal mit aller Kraft zu.

Die Schlüsselbeine des Zuhälters zerbrachen mit einem trockenen Splittern. Es klang wie das Zerbrechen morscher Äste und wurde abgelöst von einem Schrei, der an eine Kreissäge erinnerte, die sich durch sehr hartes Holz quält.

Anni verließ in derselben Nacht die Stadt. Selbsterhaltungstrieb! Sie zog gen Breslau und widmete dort ihre ganze Kraft der Aufrechterhaltung von Kampfmoral und Siegeswillen der deutschen Wehrmacht. Was gegen Ende des dritten Kriegsjahres als patriotischer Einsatz nicht hoch genug bewertet werden konnte.

Als der Krieg zurück nach Deutschland kam, machte sich Anni gerade noch rechtzeitig auf den Weg HEIM INS REICH und entging so den Massenvergewaltigungen der Sieger. Tripper und Syphilis blieben ihr so erspart, nur ihr Erspartes reduzierte sich wieder auf das, was ihr die Natur in überreichem Maße mitgegeben hatte.

Die ganze Geschichte erzählte mir Anni Jahrzehnte später, als wir uns bei meinem ersten Ausflug in das andere Deutschland in Hamburg wiedersahen.

***

Unser Plan stand fest. Die Rückwand des einen Schrankes, der Annis Bodenkammer vom Wäscheboden abtrennte, bestand aus Sperrholz und ließ sich durch Lösen einiger Schrauben heraus nehmen.

Das war`s!

"Der kommt meistens so mit Einbruch der Dunkelheit", sagte Ecki und meinte den Major.

"Und mittwochs immer!", ergänzte ich.

Heute war Dienstag.

Anni war nicht da. Wir lösten die Schrauben der Rückwand. Der Schrank war fast leer, aber es stank bestialisch nach Mottenkugeln. Mit dem Spiralbohrer aus Vaters Kellerwerkstatt bohrten wir zwei Löcher in die Schranktüren.

Der Ausblick war beschränkt, aber ausreichend.

"Wenn einer von uns niest, sind wir dran", sagte ich.

"Wir stecken Taschentücher ein", erwiderte Ecki.

"Und wie kriegen wir die Rückwand wieder an den Schrank, wenn wir drin sind?", fiel mir ein.

"Hm", machte Ecki. "Griffe!"

Wir suchten auf dem Boden nach zwei Holzstücken und schraubten die innen an die Sperrholzplatte.

Mittwoch. Abenddämmerung. Wir lungerten auf dem Boden herum, bis Anni mit dem Wasserkrug runter zu meiner Großmutter ging.

Die würden mindestens eine viertel Stunde tratschen. Wir entfernten die Sperrholzplatte, schlüpften in den Schrank und drückten die Rückwand mittels der angebrachten Holzstücke problemlos in die Nuten. Dann hockten wir uns in den Schrank und harrten der Dinge, die da kommen sollten.

Und die Dinge entwickelten sich.

Teils, teils.

Anni kam mit dem Wasserkrug und begann sich zu waschen. Mit dem Rücken zu uns. Mist! Doch dann drehte sie sich um. Der Anblick verschlug uns den Atem. Das hatten wir so noch nie gesehen.

Ich starrte wie betäubt auf das kupferfarbene Dreieck.

Dann griff Anni einen Glasbehälter mit Gummiball und Fransen daran und stäubte Achseln und Dreieck ein. Es roch augenblicklich intensiv nach Maiglöck-chen.

Ecki atmete hörbar und der Jäger in mir spannte den Hahn.

Es wurde warm im Schrank.

Von draußen waren Schritte zu hören, die Holztreppe knarrte.

Der Major rückte an.

Anni hatte sich einen rosafarbenen Morgenmantel übergeworfen und sah jetzt fast wie die Rosafrauen in unseren Magazinen aus. Der Major legte ein Kommiss-brot auf den Nachttisch und stellte eine Wodkaflasche daneben.

Anni griff zwei Wassergläser und schenkte ein.

"Nasdarowje", sagte der Major.

"Nasdarowje", prostete Anni zurück.

Beide leerten ihr Glas in einem Zug und Anni goss nach.

Der Major griff ihr oben in den Morgenmantel und Anni quietschte leise.

Was dann abging, hielt sich in meinem Gedächtnis wie in grauen Nebel verpackt. Anni ließ sich auf die Bettkante sinken und fummelte an der Hose des

Majors herum. Was sie da zu Tage förderte, war unglaublich. Wie ein so prasseldürrer Kerl ein solches Ding haben konnte, blieb mir ewig rätselhaft.

Meine Ausstattung kam mir dagegen verdammt mickrig vor. Obwohl es in meiner Hose inzwischen verdammt eng zuging.

Als das gewaltige Gerät in Annis Mund verschwand, war mir klar, dass sie daran ersticken musste. Doch sonderbarerweise bekam der Major die Luftbeschwerden.

Von Ecki kamen ebenfalls Asthmageräusche.

Dann gab es einen Knall!

Ecki hatte genießt!

Wie ein Pferd!

Der Major war mit zwei Sätzen am Schrank. Die Türen flogen auf und im selben Augenblick griffen die kräftigen Hände des Majors zu. Mein Hals wurde zusammen gedrückt und wieder frei gegeben. Dann traf mich eine gewaltige Backpfeife, Anni riss die Tür auf und mit einem gepfefferten Tritt in den Hintern flogen wir auf den Boden hinaus.

Unser Abgang wurde begleitet von Annis schallendem Gelächter und dem Ziegenmeckern des Majors.

"Macht nichts", krächzte ich, "auf jeden Fall wissen wir jetzt, wie das abläuft."

"Humpel ist doch das größte Rindvieh, das ich kenne", ergänzte Ecki.

Ich wusste sofort, was er meinte. Humpel hatte uns weisgemacht, das die Mädchen zwischen den Beinen eine Öffnung hätten und dort müssten wir unser Ding reinstecken. Wenn wir dabei keinen Pariser nehmen würden oder nicht aufpassten (was ich nicht so richtig verstand), kämen Kinder zur Welt und wir müssten Alimente zahlen.

Schöne Scheiße! Für so was hätte ich nie Geld ausgegeben!

Hirnverbrannter Mist, was Humpel da erzählt hatte!

Natürlich war das, was wir gesehen hatten, viel logischer. Die Befruchtung ging durch den Mund, im Bauch würden die Kinder ausgebrütet und unten, zwischen den Beinen, kamen sie dann zur Welt. Bei Fischen musste es so etwas Ähnliches geben, denn ich hatte schon von Maulbrütern gehört.

Dann fiel mir meine Mutter ein. "Wenn Anni das von vorhin meiner Mutter erzählt, bin ich geliefert", sagte ich.

"Glaub ich nicht", sagte Ecki, "Anni ist Kumpel.

***

Ich hatte gerade meinen Teller bläulichgrauer, wässriger Kartoffelflockensuppe verdrückt, als die Küchentür aufging und Anni Wasser holen kam.

Hilfe! Mir wurde warm! Anni guckte mich an, kniff das rechte Auge zu und grinste.

Das Ding war gelaufen! Die Hitzewellen ebbten ab.

Ecki klingelte, zwei Mal kurz, zwei Mal lang. Unser Erkennungszeichen.

Wir machten uns auf den Weg zur Hütte. Ecki hatte aus irgend einem Keller ein halbes Glas Rübensirup organisiert, womit wir unseren Fusel veredeln wollten.

Während Ecki heizte und die Destille anwarf, mischte ich in einem Kaffeetopf den inzwischen ausgegasten Fusel von der ersten Destillation mit Sirup.

Ich kostete. Das Zeug brannte zwar im Mund, im Hals und im Magen, aber es war trinkbar und der infernalische Gestank war verflogen. In einem zweiten Kaffeetopf ließ ich ein Stück Eiszapfen schmelzen, gab Brausepulver mit Himbeergeschmack und einen Schuss von der ersten Mischung dazu.

Klasse! Schmeckte phantastisch!

Ich hielt Ecki das Glas hin.

"Hm", machte Ecki, "schmeckt, aber für Soldaten-kehlen zu dünn!"

Ich hielt ihm das erste Glas hin. Ecki kostete, ließ den Schluck im Mund kreisen, schluckte, sprang wie von der Tarantel gestochen auf und brüllte: "Mann, das ist Kognak, bester französischer Kognak! Guck dir die Farbe an! Wie Bernstein! Das reißen uns die Russen aus den Händen. Und kein Gestank mehr!"

Euphorie pur! So hatte ich Ecki lange nicht erlebt. Er kurbelte das Grammophon an, ließ die Stahlnadel in die Rille der Platte gleiten, schnappte sich Papier und Bleistift und eine von den Pappmundstückzigaretten und sagte:

"Also..."

Wenn Ecki einen Satz mit also anfing, konnte man sich auf etwas gefasst machen.

"Also, wenn wir mal davon ausgehen, dass der Alko-holgehalt der Brühe so bei sechs bis sieben Prozent liegt, höher auf keinen Fall, da wir das Zeug ohne Zucker angesetzt haben und im Keller so an die zweihundertfünfzig Liter stehen..."

Geh mir nicht auf den Sack, dachte ich und mixte in einer Kaffeetasse Sirup, Fusel und Brausepulver, gab ein Stück von einem Eiszapfen dazu und kostete.

Schmeckte richtig gut. Und wärmte.

"Also rein theoretisch", murmelte Ecki weiter vor sich hin, "kriegst du aus einem Liter so an die sechzig Milliliter reinen Alkohol. Wenn du den auf vierzig Prozent verdünnst..."

"Das mit Anni gestern war der Hammer", versuchte ich abzulenken.

"Mist, daß ich niesen musste", sagte Ecki, ohne seine Rechnerei zu unterbrechen.

Leck mich, dachte ich und mixte mir noch einen.

Schmeckt irgendwie immer besser. Dann drückte meine Blase.

Draußen schien eine untergehende Sonne von einem fahlkranken Himmel und es war saukalt. Ich pinkelte eine weitere gelbe Stelle hinter der Hütte in die Schneereste und machte, dass ich wieder rein kam.

Die dicke Luft in der Hütte machte mich schwindlig.

Ecki rechnete.

Ich mischte mir noch eine Kaffeetasse voll Schnaps-limo, steckte mir eine an und knallte mich auf die Pritsche.

"Hätte nie gedacht, dass der dürre Hund von Major einen derart gewaltigen Pimmel hat", murmelte ich.

Ecki unterbrach seine Rechnerei und sagte:" Eins steht fest, in den Mund stecken, nee, spielt sich nichts ab. Bist du mit fünfzehn oder sechzehn Vater. Nicht mit mir! Ade Kanada, ade Freiheit und so."

"Und Alimente, oder wie das heißt, musst du außerdem zahlen."

"Wovon?", fragte Ecki.

"Da kommt die Mutter von der Mutter oder der Vater von der Mutter oder die Eltern von der Mutter, beziehungsweise die du zur Mutter... Ach Scheiße, die kommen jedenfalls zu deiner Mutter und wollen Geld für das Kind..."

Ich verlor die Übersicht.

Ecki guckte mich sonderbar an, tippte sich an die Stirn, setzte sich wieder, sagte also, leckte den Tintenstift an und murmelte: "Bei zweihundert Litern..."

Mir wurde endgültig schlecht. Die ganze Bude begann sich zu drehen. Ich legte mich auf den Rücken. Die Decke wurde zum Kettenkarussell. Eckis Stimme waberte durch den Raum: "Sechs Prozent bei zehn Litern auf vierzig Prozent..."

Ich musste kotzen! Als ich mich hochrappelte und aufstehen wollte, flog ich aus der Koje und musste die Hand auf den Mund pressen.

Endlich merkte Ecki, was mit mir los war. Er packte mich an den Armen, stieß die Tür auf und dann flogen wir beide die zwei Stufen runter auf die hart gefrorene Erde.

Im selben Moment drehte sich mir der Magen um und ich kotzte.

Ich reiherte mehr aus mir heraus, als ich je im Leben gegessen und getrunken hatte. Dabei liefen mir die Tränen übers Gesicht und mir war klar, dass ich jetzt sterben würde.

Dass Ecki mich, als ich vollständig leer war, wieder in die Hütte schleifte, mich mit einer alten Tischdecke zudeckte und mir die Kotze aus dem Gesicht und vom Hals wischte, kriegte ich nicht mehr mit.

Ich war vorübergehend gestorben.

Als ich aufwachte, war es dunkel. Auf dem Tisch brannten zwei Hindenburglichter. In der Hütte herrschte eine bullige Hitze und auf dem Ofen stand das verbeulte Essgeschirr aus Alu, das wir zum Wasserholen benutzten und in dem irgendwas köchelte.
Ecki saß auf seiner Pritsche, blätterte in den Rosafrauen herum und aus dem Grammophon dröhnte ein Trompetensolo.
Eckis Lieblingsstück.
Mir biss es die Ohren ab. Mein Mund war trocken wie altes Holz, die Zunge völlig taub und geschwollen und irgendwie roch ich säuerlich.
Bei dem Versuch, mich zu setzen, wurde mir wieder schwindlig und mir drohte der Kopf zu platzen.
"Mach bloß die Scheißmusik aus", stöhnte ich, "mir platzt gleich die Birne."
"Altes Saufschwein", lachte Ecki, "während ich im Schweiße meines Angesichts an unserer Zukunft arbeite, besäuft sich der Kerl. Ich kann`s nicht fassen!"
Aus Eckis Visage grinste mir die blanke Schadenfreude entgegen.
Ich legte mir die Hände auf die Ohren. "Mach aus!", stöhnte ich, "meine Assel platzt!"
Ecki hob den verdrehten Grammophonarm von der Platte und ganz langsam kehrte das Leben in mich zurück.
Ich setzte mich. Dabei wurde mir wieder schlecht und der Fußboden fing an zu schwanken. Ich biss die

Zähne zusammen, zog mich am Pfosten der Doppel-
stockpritsche hoch und schleppte mich zum Tisch.

Ecki stellte einen Teller mit uralten, steinharten
Brotresten vor mich hin, streute eine geballte Ladung
Pfeffer darüber und übergoss das Ganze mit
kochendem Wasser.

"Los, hau das hinter, Alter, das bringt dich wieder auf
die Stelzen!", befahl Ecki.

Ich würgte die Pampe mit Todesverachtung hinunter
und unterdrückte mit aller Kraft die Gegenbewegung..
Das heiße Zeug brannte im Hals wie Schwefelsäure.
Ich schluckte trotzdem.

Und Ecki hielt dazu mit Pfarrer Oehmes Stimme eine
Predigt über die Verkommenheit der Jugend: "So sage
ich euch", fuhr Ecki mit gequetschter Fistelstimme auf
mich los, "und bezeuge im Herrn, dass du so, nichts-
würdiger Heide, der du bist, nicht länger leben sollst
wie eben diese. Und ich sage euch", fistelte Ecki
weiter, drehte seinen rechten Arm spiralförmig auf
mich zu und stach mit dem ausgestreckten Zeigefinger
gegen meine Brust...,"dass euer Verstand, vom Alkohol vernebelt und verfinstert, abgestumpft und der
Ausschweifung hingegeben, den unreinen Dingen des
Lebens zugewandt statt unserem Herrn, voller
trügerischer Begierden und nicht achtend der Zehn
Geb..."

"Halt die Fresse", schrie ich.

Ecki hob den Kaffeetopf, in dem noch ein Rest Fusel
schwappte und hielt ihn mir unter die Nase.

"Noch einen Schluck für den Rückweg?"

Dafür hätte ich zum Mörder werden können.

***

Als ich am nächsten Morgen, es war Samstag, der erste März, erwachte, hatte ich einen Geschmack im Munde, als hätte mich eine Kompanie Soldaten als Latrine benutzt.

Mir brummte der Schädel wie ein Bienenstock. Der Durst trieb mich einer Ohnmacht entgegen. Mir war verdammt nach Sterben.

Ganz langsam und vorsichtig quälte ich mich in Richtung Küche. Der Regulator zeigte zwölf.

"Bist du krank, Alex?" Großmutter klang besorgt.

Ich sagte kein Wort, ging zum Herd, schnappte die alte Blechkanne und setzte die Tülle an die Lippen. Ich hörte erst auf zu schlucken, als die Kanne leer war. Gute anderthalb Liter Muckefuck schwappten in meinem Bauch.

Bloß nicht bücken!

Ich setzte mich an den Küchentisch. Es war warm und roch vertraut nach Majoran. Großmutter hantierte am Herd mit irgend welchen Pfannen.

"Spät gestern", warf Großmutter über die Schulter in meine Richtung.

"Hm". Mehr ging nicht. Mein Hals! Galoppierende Angina!

"Wenn die Schule wieder anfängt, ist Schluss damit!"

"Hm".

Wenn es spät wurde, kletterte ich über das Waschhausgeländer in mein Zimmer. Gott sei Dank wohnten wir im Erdgeschoss. Trotzdem bekam Großmutter alles mit. Behielt es aber für sich. Meine Mutter hätte sich nur aufgeregt und das hätte nichts geändert. Außer, dass es ihrer angeschlagenen Gesundheit geschadet hätte.

Reg dich nicht über Sachen auf, die schon passiert sind, war Großmutters Spruch für das seelische Gleichgewicht des Alltags.

Sie schob mir einen Teller mit Brot zu. Ich schüttelte den Kopf und zeigte auf meinen Hals.

"Dann bring es runter zu Großvater in den Keller. Der hat garantiert Hunger", sagte Großmutter, "und danach kümmere ich mich um deinen Hals."

Großvater verbrachte seine Vormittage am liebsten im Keller mit Holzhacken.

Als Blinder! Vater konnte kaum so viel Holz besorgen oder klauen, wie Großvater für seine Lieblingsbeschäftigung brauchte.

Mir wurde beim Hinsehen schon schlecht. Großvater tastete mit den Fingerspitzen über das Holz, holte mit dem Beil aus und schlug zu. Ich schloss jedesmal die Augen und sah trotzdem das Blut an die weißgetünchte Kellerdecke spritzen oder einen abgehackten, blutigen Finger neben den Hackstock fallen.

Großvater schlug nie daneben. Sein Tastsinn war unglaublich. Manchmal fuhr er mir mit seinen Händen über das Gesicht und sagte: "Bist wieder gewachsen, Junge!"

Er konnte zum Beispiel die Scheine der Reichsmark allein durch Anfassen präzise auseinander halten und war nicht zu bescheißen.

Obwohl ich das schon versucht hatte. Als Probe. Versteht sich!

"Frühstück von Oma", sagte ich.

"Halbe halbe, Alex?", Großvater wusste, dass mein Magen an normalen Tagen erst im Bereich der Knie endete.

"Danke, Opa", krächzte ich, "Halsschmerzen!"

Hätte ich versucht, feste Nahrung zu mir zu nehmen, wäre mein Mageninhalt Großvater garantiert vor die Füße geflogen. Mir war so was von sauelend, ich hätte mich am liebsten eingegraben.

"Jeder erkundet die Welt auf seine Art", sagte Großvater und biss mit Genuss in das Stalinbutterbrot.

Großvaters Sprüche gaben mir seit eh und je Rätsel auf. Man wusste nie so genau, woran man bei ihm war. Durchschaut er dich oder nimmt er dich auf den Arm. Heut war`s mir egal.

Oben in der Küche hatte Großmutter inzwischen Salbeitee für den kranken Jungen gekocht und mit drei Stücken Kandiszucker aus ihrer eisernen Reserve veredelt. Ich musste damit gurgeln und hätte um ein Haar in die Gosse gereihert. Mit einem kalten Umschlag um den Hals und Großmutters Genesungswünschen schlich ich zurück in mein Zimmer und machte mich lang.

Verdammter Fusel!

Ich versuchte zu lesen. Sacco und Vanzetti. Doppelmord in Amerika. Das Buch hatte mir meine Mutter zu Weihnachten geschenkt. Ich sollte mich bilden. Was sich als hoffnungslos erwies, zumindest mit diesem Buch und in diesem Alter. Aber zum Einschlafen war es bestens geeignet. Die entfernten Küchengeräusche und die leise Musik, die aus der Nachbarwohnung kamen, taten ein Übriges.

Ich erwachte am frühen Nachmittag, zog mich an und schlurfte zur Küche.

"Tschüss, Oma. Bin bei Ecki und dann irgendwo."

"Um fünf wird gegessen", sagte Oma.

"Kann eventuell später werden", rief ich über die Schulter zurück.

Wenn Großmutter Bescheid wusste, war das kein Problem. Dann stand das Essen in der Röhre. War ja sowieso meistens Suppe.

Das mit dem Nachmittgsessen hatte sich bei uns so ergeben, seit Vater wieder arbeiten ging. Was für ihn in der neuen antifaschistisch-demokratischen Ordnung nicht ganz einfach gewesen war. Den Krieg hatte er als Schweißspezialist für irgendwelche U-Bootteile in einer Rüstungsfirma überstanden. Manchmal war er monatelang zur Ausbildung in Kiel gewesen und dort hatte er auch das Kriegsende erlebt. Außerdem war er vor dem Krieg, um aus der Arbeitslosigkeit heraus zu kommen, kurzfristig in die SA eingetreten.

Na also!

Nazi!

Als er aus Kiel zurück war, musste er sich auf der Gemeinde melden.

Dort saß Hagedorn! Verantwortlicher für Entnazifizierung! Unter anderem.

Vater nahm seine SA-Stiefel mit, knallte sie Hagedorn auf den Schreibtisch und sagte: "Drei Mal getragen!"

"Nazi bleibt Nazi", sagte Hagedorn.

Erst als Vater auf Hagedorns Entlassung aus der Schuhcremefabrik Wünschmann anspielte und äußerte, dass gewisse Leute aus der Stadt, jetzt in gehobenen Positionen tätig, mit denen Vater das große Glück hatte, verwandt zu sein, sicher an Leuten mit unmoralichem Lebenswandel und so weiter, und so weiter...

Dem Satz konnte der einfach gestrickte Entnazifizierer nicht folgen.

Und es klang ziemlich gefährlich.

Und es war kein Sterbenswort davon wahr.

Aber es half.

Vater war sauber und durfte für die neue Ordnung arbeiten.

Ich klingelte bei Ecki.

Ecki öffnete und ich fuhr entsetzt zurück. Die Nase war geschwollen und ähnelte eher einer alten Kartoffel denn einem Riechorgan. Das linke Auge war zugeschwollen.

"Warst du besoffen oder ich?", entfuhr es mir.

"Das Schwein bring ich um!", fauchte mich Ecki an.

Durchgeknallt, dachte ich.

"Den mach ich kalt!" Ecki ballte die Fäuste.

Erst auf dem Weg zur Hütte erfuhr ich, was passiert war.

Gestern Abend, als Ecki in die Wohnung kam, stand seine Mutter mit dem Rücken am Küchenbuffet mit vor Ekel und Abscheu verzerrtem Gesicht. Vor ihr stand Hagedorn und fummelte an ihrer Bluse herum.

Ecki war mit einem Satz hinter Hagedorn und schlug ihm mit aller Kraft die Faust ins Genick. Hagedorn gab einen dumpfen Laut von sich und verpasste Ecki zwei Hiebe auf Auge und Nase. Ecki flog gegen den Küchentisch. Auf dem Tisch lag das Brotmesser.

Als Ecki mit dem Messer in der Faust auf Hagedorn losging, warf sich seine Mutter dazwischen.

"Nicht Ecki, nein, die holen dich ab wie Vater", schrie sie wie von Sinnen.

Hagedorn verließ die Wohnung und zischte beim Hinausgehen: "Dich krieg ich!"

Eckis Zustand war bedrohlich. Weder das Auge noch die Nase machten mir Sorgen. Aber Ecki zitterte jetzt noch. Seine Fäuste waren geballt, die Knöchel schimmerten weiß, sein linkes Auge war schwarz vor Wut und seine Stimme war tief und rau.

An der Hütte angekommen, holte er eine ganze Batterie von braunen und farblosen Pulverflaschen aus dem Keller. Ich ahnte, was er vorhatte und mir war nicht besonders wohl dabei. Irgendwie musste ich ihn von der Palme holen. Nur wie?

Ecki mischte zermahlene Holzkohle mit Schwefel und Salpeter und veredelte die Mischung mit silbrigem Magnesiumpulver. Wir machten zwei Päckchen, indem wir unterschiedliche Mengen des Pulvers in Stanniolpapier einwickelten. In jedes Päckchen kam eine Zündschnur aus mit Unkrautexlösung getränktem und anschließend getrocknetem Klopapier.

"Los!", sagte Ecki und sein unversehrtes Auge bekam einen eigenartigen Glanz.

Ich legte das erste Stanniolpapierpäckchen auf die schwere Holzbohle hinter der Hütte, deckte mit einem Stück Dachziegel ab und zündete.

Plopp!

"War wohl eher nichts", sagte Ecki.

Zweites Päckchen.

Es knallte ordentlich und der Dachziegel sprang hoch.

"Kannst du vielleicht `n Schmetterling erschrecken, aber keine Laube sprengen", knurrte Ecki.

Oh, oh, dachte ich.

Ecki mischte neu. Diesmal mit der Bonbonschippe, die wir in Schneiders Kolonialwarenladen geklaut hatten. Die Grundmischung erhielt eine extra Portion Magnesium und Phosphor und eine Prise Chlorat.

"Verdammt viel", sagte ich mit gemischten Gefühlen.

"Mann, das muss abgehen wie `ne richtige Panzerfaust", knurrte Ecki.

Wir packten die Mischung auf den hartgefrorenen Boden und deckten mit Steinen und alten Dachziegeln ab.

Ich zündete, dann rannten wir.

Die Explosion überraschte uns mitten im Lauf. Ich spürte eine Druckwelle im Rücken, hörte einen gewaltigen Knall, dann flogen uns Dachziegelstücke um die Ohren.

Wir drehten uns um.

In der Luft über der Explosionsstelle wölbte sich eine graue Rauchwolke.

"So ungefähr", sagte Ecki, "davon die dreifache Menge und von der Mistlaube findest du nur noch Feuerholz."

Und wir sehen uns in Sibirien wieder, dachte ich.

In der Hütte steckten wir uns eine an, knallten uns auf die Pritschen und Ecki warf das Grammophon an.

Wir rauchten eine Weile, dann sagte Ecki:

"Das Schwein muss ich erledigen, bevor der meine Mutter fertig macht. Die ist sowieso nur noch ein Nervenbündel."

"Vielleicht fällt uns noch was Besseres ein", sagte ich. Mir war die Sache nicht geheuer. In Sibirien sollten zeitweise Temperaturen bis zu 50° minus herrschen.

"Klar", zischte Ecki, "wie Humpel bei Panje, ritschratsch, Kehle durch!"

Hilfe! Ich sah uns in Lumpen bei fünfzig unter Null hinter Stacheldraht, holte die Flasche mit dem Eigenbedarf aus dem Schrank und goss Eckie eine Tasse voll ein. Als ich den Fusel roch, hob sich mir der Magen.

Ecki setzte die Tasse an und weg war das Zeug. Ich wollte nachgießen, aber Ecki drehte die Tasse um und grinste mich ziemlich niederträchtig an.

Ich wusste, dass er wusste, was ich wollte.

"Hast du die Alte vom Major gesehen?", wechselte ich das Thema.

"Mann, ist das ein Koffer!" Ecki blies die Backen auf und formte mit den Händen zwei Riesenballons.

Die Majorsfrau war vor einigen Tagen aus Russland angereist und seitdem schien der Major etwas kleiner geworden zu sein.

"Die Matroschka und der prasseldürre Major!" Ecki schüttelte sich.

"Soll nicht mehr allzu oft bei Anni aufkreuzen ", sagte ich.

"Kann ich mir vorstellen", lachte Ecki, "wenn die Matka den Majorskopf zwischen ihre Titten klemmt, hört der die Stalinorgeln pfeifen."

Der Fusel tat seine Wirkung.

"Humpel soll jetzt manchmal auf dem Boden rumkriechen", sagte ich.

"Was will`n der Blödmann auf dem Boden?"

Ich sagte erst mal nichts davon, dass ich gesehen hatte, wie er in Annis Dachkammer verschwunden war.

Draußen war es inzwischen dunkel geworden und wir machten uns auf den Rückweg. Die Kälte hatte nachgelassen und es schneite in großen, weichen

Flocken. Das Gelände sah aus wie ein riesiger Streuselkuchen, der gerade mit Puderzucker bestäubt wurde.
"Montag fängt die Schule wieder an", unterbrach ich das Schweigen.
"Das ist mir so was von scheißegal, das kannst du dir überhaupt nicht vorstellen", brummte Ecki. Seine Rechtschreibung war die blanke Katastrophe. Im letzten Diktat war mehr rote Tinte bei der Korrektur verbraucht worden als blaue beim Schreiben des Textes. Bei der Berichtigung hatte Ecki mich gefragt, wie denn das dämliche Wort `ernstelmann` (dreimal rot unterstrichen) geschrieben würde.
Ich guckte in meinen Text und da stand Ernst Thälmann.
"Himmel, Arsch und Zwirn!", sagte ich, "Ernstelmann, dich kann nur noch ein Wunder retten."
Ecki guckte mich an, relativ lange. Dann sagte er: "Red drüber und du gehst ohne mich nach Kanada!"
Verdammt, das war ernst gemeint!
Einige Zeit hatte ich mit Ecki Diktat geübt, aber es war verlorene Liebesmüh. Eckis Groß-und Kleinschreibung schrie zum Himmel. Er vertauschte Buchstaben und setzte Kommas, dass es einen schüttelte wie den Hund nach dem Bad. Samt Hütte.
"Zeitverschwendung, das zweite Halbjahr", sagte Ecki, "Aufsatz, Herr im Himmel, kann ich mich gleich eingraben!"
Wo er Recht hat, hat er Recht, dachte ich.
Viel, viel später, im Studium, wurde mir klar, dass Ecki eine typische Lese-Rechtschreib-Schwäche hatte. Zu unserer Zeit sozusagen ein armes Schwein - zum Abschuss freigegeben.

Ich hatte mit Aufsätzen keine Probleme. Im Gegenteil. Meine Fantasie ging manchmal mit mir durch. Und meine Rechtschreibung hatte sich, seit ich zum ersten Vorleser avanciert war, erheblich verbessert.

Großvater hatte als einer der ersten im Haus eine Tageszeitung abonniert. Die Vorteile lagen auf der Hand. Er war immer informiert - so er einen Vorleser fand und Großmutter schnitt die gelesenen Blätter in gleichmäßige Quadrate, steckte sie auf einen Nagel neben der Toilettenschüssel und dort erfüllten sie ihre letzte Aufgabe.

Doppelt.

Sie wurden noch einmal gelesen und ...

Was willst du von einer Zeitung mehr verlangen?

Der Vorleser war ich. Dank Mutters Bemühungen hatte sich bei mir ein fast schon krankhafter Lesetrieb entwickelt. Ich las vor dem Schlafen, nach dem Aufwachen, wenn es ging beim Essen, in der Schule unter der Bank, auf dem Scheißhaus, eben überall, wo man sich bilden konnte.

Und meine Fantasie blühte.

Robinsons Insel war mir vertraut wie unsere Küche. Weißer Strand, ausgebleichtes Treibholz, das aussieht wie abgenagte Knochen und die endlose Weite des grausamen Meeres. Dann kommt das Boot. Die Kannibalen zerren eine Gestalt an den Strand, die sich verzweifelt im unbarmherzigen Griff brauner Männer windet.

Freitag!

Ich mache aus ihm abwechselnd Polenta und Pia. Pia geht in die Parallelklasse und ist meine heimliche Liebe, aber anders als Polenta. Pia ist sanft, mit goldenen Schillerlocken und hat etwas von den Engeln an sich, die über Großmutters Bett hängen.

Wenn ich aus Freitag Polenta machte, wusste ich, dass sie wusste, was zu tun war, um Liebe zu machen.

Wenn ich aus Freitag Pia machte, wussten wir beide nicht so recht, wie`s gehen sollte.

Die zwei Heuhaufen! Ich war der Esel.

Am Ende siegte der Beschützerinstinkt. Freitag-Pia-Polenta wird aus den Klauen der Menschenfresser befreit. Unter Einsatz meines Lebens, versteht sich. Über die mir zustehenden Formen der Dankbarkeit musste ich noch nachdenken!

Mitten auf dem Rückweg begann ich zu segeln. Wild mit den Armen wedelnd, versuchte ich, das Gleichgewicht zu halten. Das Eis der gefrorenen Pfütze unter der leichten Schneeschicht hatte ich von meiner Insel aus nicht gesehen.

Ich flog mit Karacho auf den Arsch!

Ecki bog sich vor lachen.

Na warte, dachte ich. Wer zuletzt lacht, lacht am besten!

***

Montag Morgen.

Großmutter hatte mich aus dem Bett getrommelt. Irgendwie freute ich mich auf die Schule. Die Gammelei der letzten Tage ging mir allmählich auf den Sack.

Ich freute mich auf die Klasse, auf einen gewissen Pullover und auf gewisse blonde Locken. Ich freute mich sogar auf die Lehrer, natürlich nicht auf alle, selbstredend.

Wir marschierten die Bahnhofstraße runter, Ecki und ich. Ecki sah verdammt griesgrämig aus heute Morgen. Wird bald einen echten Grund dafür haben, dachte ich und musste grinsen.

Das letzte Haus vor der Kreuzung ist das Haus von Max Schulze. Im Erdgeschoss befindet sich die Stellmacherei. Hier wird alles repariert, was die Leute anschleppen, nur aus Holz musste es sein.

Das Schöne ist, dass man Max Schulze bei der Arbeit zusehen kann, da eines der ebenerdigen Fenster der Werkstatt zur Bahnhofstraße heraus liegt.

Max Schulze ist ein kleiner, dünner, sehr beweglicher Mann und erinnert an ein Wiesel. Generationen von Schülern hatten schon an die Fensterscheibe geklopft und gebrüllt: "Wiesel, Wiesel, hier stinkt`s nach Diesel!"

Anfangs hatte das den Stellmacher in Raserei versetzt und er war erfolglos hinter den Verbrechern hergerannt.

Mit der Zeit war das Spiel langweilig geworden.

Als wir in Höhe des Fensters waren, blieb ich stehen und klopfte an die Scheibe.

Keine Reaktion.

Ich klopfte erneut, etwas kräftiger.

Das Wiesel blickte zum Fenster.

"Max, Max" - Pause - "mag`s komm`, wie`s will!"

Das war neu. Max reagierte.

Wir erreichten gerade die Hausecke und wollten die Straße überqueren, da sah ich den wehenden Arbeitskittel aus dem Tor schießen. Ich blieb abrupt stehen, trat dann einen Schritt zurück.

Ecki trat einen Schritt nach vorn. Erkannte im Bruchteil einer Sekunde die Gefahr und setzte zum Spurt an.

Es wurde ein langes Rennen. Als das Wiesel längst aufgegeben hatte, rannte Ecki immer noch.

In der ersten Stunde bei Trautmann in Erdkunde fehlte Ecki logischerweise und ich entschuldige ihn.

"Der hat wieder einen ganz schlimmen Asthmaanfall", sagte ich.

Die Klasse feixte.

Die wahre Geschichte hatte sich schon herumgesprochen.

Gegen Ende der Stunde klopfte es und Ecki betrat immer noch schwer keuchend den Klassenraum.

"Bei dem Asthma wärst du wohl besser zu Hause geblieben", sagt die Trautmann voller Mitgefühl.

Die Klasse brach in ein infernalisches Geheul aus. Ecki warf mir einen merkwürdigen Blick zu.

Die Trautmann winkte resigniert mit der Hand ab.

Gott sei Dank, es klingelte. Ecki ging an mir vorbei, als wäre ich Luft.

"Ecki von Asthmannshausen!", brüllt der bekloppte Panitz durch die Klasse und bog sich vor Lachen. Panitz ist dumm wie ein Vierpfundbrot, aber der Klassenstärkste.

"Sag das noch mal", sagte Ecki und trat ganz dicht an Panitz heran. Dabei war er schneeweiß im Gesicht vor Wut.

"Ecki von Asthmannshaaaaau..." Die Backpfeife traf Panitz mit voller Wucht. Die rechte Gesichtshälfte färbte sich augenblicklich feuerrot.

Großfresse Panitz stand zur Salzsäule erstarrt. Die Klasse hielt den Atem an. Noch nie hatte sich das einer bei Panitz getraut!

Ich stand genau hinter ihm. Ich sah, wie sich die Erstarrung in Bewegung verwandelte. Panitz holte weit aus.

Ich trat ihm mit voller Wucht in die Kniekehlen und die Großschnauze kippte wie ein nasser Sack rücklings auf den geölten Fußboden. Das Klingelzeichen rettete mir das Leben.

Mathe bei Wagenknecht!

Wagenknecht ist ein mittelgroßer, schlanker Mann mit schütterem Haar und einem Holzbein. Seine Autorität kommt irgendwie von Innen. Sein Blick kann dich an die Wand nageln und seine Sprüche bleiben an dir kleben wie Kletten in verfilzter Wolle.

Lebenslang!

Ohne Hausaufgaben in Mathe brauchte man erst gar nicht in die Schule zu kommen. Hering hatte es gleich zu Schuljahresbeginn erwischt.

Nach "Guten Morgen, die Herren!" und "Setzen!" blieben alle stehen, die irgendetwas vergessen hatten, einschließlich Hausaufgaben.

"Was?", fragte Wagenknecht.

"Hausaufgaben", sagte Hering kaum hörbar.

Wagenknecht blickte in die Runde und ging gemessenen Schrittes auf Hering zu. Den Zeigestock wie ein gefälltes Bajonett voran. Die Spitze des Stockes bohrte sich in die Hemdbrust und drehte sich. Herings Schultern wurden noch schmaler. Die Arme zog es an den Körper und man hatte das Gefühl, dass von der Sorte gut zehn Stück in ein Sparschwein passen würden.

In der Klasse herrschte erwartungsvolle Stille.

Dann kam der Spruch: "Mein lieber alter Franz!"

Aus Hering, der eigentlich Gerald hieß, wurde Franz. Lebenslänglich!

In dieser Stunde erwischte es Panitz. Dem Klassenbuch nach war er dran. Und er war dran. Es war eine von den behämmerten Textaufgaben, bei denen du denkst, du kriegst chronische Gehirnerweichung. Es ging um Fasane und Rehe. Die Gesamtzahl der Beine war gegeben und ich dachte dabei an eine saftige Rehkeule. Eigentlich sollte man solche Aufgaben verbieten. Rehkeule auf Marken. Hasch mich, ich bin der Frühling!

Das Panitzsche Ergebnis war überwältigend. Die Rehe hatten zweieinviertel und die Fasane dreieinhalb Beine. "Das Ergebnis bitte im Satz und doppelt unterstreichen!"

Als es an der Tafel stand, brach der Sturm los. Wagenknecht zog ein großes, blaukariertes Taschentuch aus der Hosentasche und schnäuzte sich. Ziemlich lange. Die Augen und die aufgeblasenen Backen verrieten ihn.

Panitz` Kugelrübe war knallrot. Langsam ging ihm ein Seifensieder auf. Seine Blicke trafen Ecki und mich und verhießen nichts Gutes.

In der Pause trat er ganz dicht an Ecki heran, vergewisserte sich allerdings vorher, dass ich nicht hinter ihm stand.

"Freitag Abend Schulwald! Zieht euch warm an!"

***

Auf dem Weg nach Hause mieden wir die Bahnhofstraße und wanderten vorsichtshalber über die Felder.

"Schöne Scheiße", sagte ich.

"Abwarten", kam es von Ecki.

"Gegen das Rhinozeros haben wir keine Chance." Mir war verdammt mulmig zu Mute.

"Denk an David und Goliath", sagte Ecki.

"Willst du den Arsch mit dem Kata umlegen?" Pfarrer Oehme hatte uns die Geschichte vom Riesen Goliath und dem mutigen David in einer Konfirmationsstunde erzählt.

"Die Kraft des Körpers hat uns der HERR gegeben, damit wir die Schwachen und Gezeichneten beschützen."

Dabei hatte er Panitz angesehen.

Die Geschichte war auf fruchtbaren Boden gefallen.

Die ganze Klasse hatte sich mit Katapulten bewaffnet.

"Ich hol dich nach dem Essen ab", sagte Ecki und ich war froh, dass unsere Freundschaft wieder hergestellt war.

Großvater saß schon mit der SZ am Küchentisch. Großmutter stellte einen Teller Nudelsuppe vor meine Nase, von der ein merkwürdiger, strenger Geruch aufstieg. In der Brühe schwammen graue Fleischstücke herum und weckten mein Misstrauen.
"Pferd?" Ich sah Großmutter an.
"Pferd!", grinste Großmutter.
Ich schob den Teller zur Seite. Lieber wäre ich verhungert.
"Wer nicht will, der hat schon", sagte Großmutter und nahm den Teller weg.
Großvater fuchtelte mit der Zeitung.
Ich las von einem Bundesvorstand des FDGB, der von Marschall Sokolowski empfangen wurde, und der Marschall sah vor meinem inneren Auge aus wie Panitz. Dann dankten die Gewerkschaftsvertreter dem Marschall für die bessere Versorgung der Bevölkerung in der sowjetischen Besatzungszone durch Aufhebung der Karte VI und...
"Der alte Hilbens aus der Fünf ist vorige Woche an der Fettsucht krepiert", unterbrach mich Großvater, "hat sich an der Zuteilung auf Karte VI überfressen."
"Der hatte schwer Zucker", kam es vom Herd. Großmutter hatte ständig Angst um Großvater. Seit ihm fünfundvierzig die Russen seine goldene Sprungdeckeluhr und die über viele Jahre gesammelten Goldmünzen geklaut hatten, waren alle Russen für ihn aserbaidschanische Strauchdiebe.

Ich hatte mich an Großvaters bissige Kommentare gewöhnt und las weiter von einem Vorsitzenden Wilhelm Pieck und seiner Zustimmung zum Abschluss eines Friedensvertrages, den sowjetische Delegierte in London gemacht hatten.

"Friedensvertrag", knurrte Großvater wie ein bissiger Riesenschnauzer, "ich krieg die Krätze. Vielleicht noch deutsche Einheit. Klar. In Ordnung, machen wir, aber nur unter dem Kommando von Stalin."

Friedensvertrag mit Panitz, dachte ich. Lässt der sich nie drauf ein. Es sei denn, wir hätten was zu bieten. Hatten wir aber nicht.

"Was sagt denn der Wetterbericht?", kam es vom Herd.

"Nachts weiterhin dunkel und bei Nässe Regen", brummte Großvater, der Großmutters Ablenkungsmanöver auf seine Art parierte.

Es klingelte. Kurz, lang, kurz.

Ecki.

Die Erlösung.

Ich sah Großvater an. So etwas spürte der mit Sinnesorganen, die nur er besaß.

"Hau schon ab, aber heute Abend wird weiter gelesen."

Heute Abend war ein ganz anderer Tag für mich.

Wir machten uns auf den Weg zur Hütte.

"Panitz hat Todesangst vor Gewittern. Bei Blitz und Donner scheißt der sich in die Hosen", sagte Ecki.

"Woher willst du das denn wissen?", fragte ich.

"Von seiner Schwester."

"Von seiner Schwester?"

"Der Heini hat `ne Schwester in der fünften, und die ist verfressen wie Sau. Ich hab der ein Stück Butter geschenkt und da hat die gequasselt wie eine besoffene Amsel."

"Was hast du? Ein Stück Butter verschenkt? Bist du bescheuert oder was?" Ich konnt`s nicht fassen.

"Mensch, das war Fensterkitt von Männi. Schön verpackt. Hat Männi aus der Tischlerei seines Vaters geklaut."

"Gegenleistung?"

Mir war klar, dass Männi, der mit uns in eine Klasse ging, das Risiko, erwischt zu werden, nicht umsonst eingegangen war.

"Der macht mit."

"Was macht der?" Irgendwie musste ich heute was an den Ohren haben.

"Der macht mit gegen die Panitztruppe", sagte Ecki.

"Männi?" Mir blieb die Luft im Halse stecken. "Der schafft`s doch kaum, nasses Klopapier freihändig stehend in der Luft zu zerreißen."

"Aber der hat eine riesige Pauke", sagte Ecki.

Ich guckte Ecki völlig entgeistert an. "Sag mal, hast du von unserem Fusel..."

"Quatsch!",sagte Ecki, "lass mich nur machen. Wenn mein Plan funktioniert, ist die Großschnauze erledigt."

"Und wenn nicht?"

"Sind wir's."

Ecki war ein Ass im Sport und ziemlich kräftig, aber gegen Panitz hatte er nicht den Hauch einer Chance. Ich war zwar für mein Alter ziemlich groß, aber bei Klimmzügen kam ich nicht allzu weit.

Und Männi! Hilfe!

Eckis Plan war so verrückt, dass er schon wieder genial war. Wir bauten unsere altbewährten Knaller, nur etwas kräftiger.Etwas sehr viel kräftiger. Mit Sackleinwand umwickelt und voller Kletten. Die blieben garantiert an jeder Hose oder Jacke hängen.

Dann kamen die Kanonenschläge, mit einer kräftigen Portion Magnesiumspänen veredelt und einer sehr, sehr langen Zündschnur versehen. Das Gewitter aus heiterem Winterhimmel.

Der Probekanonenschlag war gigantisch. Ich hatte eine ganze Weile Sehstörungen, so, als hätte ich zu lange in die Sonne geguckt.

"Phänomenalarschemenippel", brüllte Ecki. Das allerneueste Schlagwort unserer Klasse.

In der Hütte steckten wir uns eine an, legten eine Platte auf und besprachen die Einzelheiten des Planes. Der schwache Punkt war Männi. Wenn der seinen Einsatz verpasste, gute Nacht, Marie!

***

Freitag Morgen.

In der Klasse knisterte es wie in der Hochspannungsleitung bei Nebel. Die Mädchen defilierten in jeder Pause an unserem Klassenzimmer vorbei wie sonst in einem Monat nicht.

Ich stand vor der Tür. Das war in den kurzen Pausen nicht gestattet. Aber die Aufsicht hatte am anderen Ende des Flurs zu tun.

Mühle schlenderte ganz dicht an mir vorbei. Plötzlich hielt ich einen Brief in der Hand. Oder sagen wir besser, ein Briefchen.

Mit rotem Herz.

Im Herz stand ECKI in großen Druckbuchstaben.

Ich brauchte alle Kraftreserven, um meine Gesichtszüge zu bändigen.

Mühle heißt eigentlich Christine. Ihre Eltern sind Besitzer der Mühlenbäckerei und so was prägt. Sie ist nicht gerade eine Schönheit, aber sie bringt etwas auf die Waage. Mit ihrem vorspringenden Kinn und den kräftigen Oberarmen ähnelt sie eher einem Rummelboxer als einem Mädchen aus der achten Klasse.

"Mann, du glücklicher", flüsterte ich Ecki zu und schob ihm unauffällig das Briefchen in die Hand.

Ecki guckte, wechselte die Farbe ins rötliche und verschwand Richtung Toilette. Mir war ganz elend vor unterdrücktem Lachen. Wäre ich damals schon Gebissträger gewesen, wäre das Ding wahrscheinlich durch die Klasse gesegelt.

"Na und?", fragte ich, als Ecki zurück war.

"Ob ich mit ihr gehen will?", sagte Ecki todernst.

"Und?"

"Wenn ja, verdrischt sie Panitz heute auf dem Schulhof."

"Das ist also Liebe!", entfuhr es mir.

"Das ist todernst, Zimt", sagte Ecki, "denk nicht, dass das zum Lachen ist."

Und dann zerriss es uns. Wir wieherten wie zwei Ackergäule, die angegorene Äpfel gefressen hatten. In Gedanken sah ich, wie sich die beiden Wuchtbrummen im Dreck des Schulhofes wälzten. Obenauf Mühles

blanker nackter Hintern, mit dem sie sich auf Panitz`
entsetzte Fresse setzte.

Ich krümmte mich vor Lachschmerzen. Ecki liefen die
Tränen über die Backen. Wir schnappten verzweifelt
nach Luft.

Panitz ging an uns vorbei: "Wer zuletzt lacht, lacht am
längsten."

"Am besten", quetschte ich mühsam raus.

Wie ich die Biostunde überlebt hatte, ohne raus-
geschmissen zu werden, war mir ein Rätsel. Ich sah
immer wieder Mühle auf Panitz hocken und ihre
schweren Dreschflegelarme schwingen.

Zu Ecki rüber zu gucken, hatte ich mir strikt verboten.
Das wär der glatte Rausschmiss aus dem Unterricht
gewesen!

Große Pause! Die Rettung.

Wir sprinteten in den Keller wie angesengte Säue.
Heute sollte es erstmalig ein Brötchen für jeden
Schüler geben, hatte die Buschtrommel verkündet. Ein
weißes. Eine richtige Semmel.

Es stimmte.

Wir rochen es schon im Erdgeschoss. Es war einer der
Gerüche, die mich lebenslänglich begleiteten. Wenn
ich heute an einer Bäckerei vorbei gehe, die Tür geht
auf und ein Schwall warmer Backstubenluft fährt mir
in die Nase, sehe ich mich im Schulkeller vor dem
Korb mit goldfarbenen Semmeln stehen und das
Wasser läuft mir im Munde zusammen.

Als wir im Kreisverkehr über den Schulhof latschten,
bohrte ich winzige Stücke aus dem watteweichen

Innenleben meiner Semmel. Ich kaute jeden winzigen Bissen etwa fünfhundert Mal.

Woher dabei der viele Speichel kam, war mir rätselhaft.

Der Geruch betäubte mich. Dann hielt ich es nicht mehr aus. Ich biss in die gelbbraune Kruste und schob das abgebissene Stück mit der Zunge am Gaumen lang. Weichte es auf. Dann war alles zu spät. Ich schluckte.

In zwei Sekunden war alles vorbei.

Ich bin ein gieriger Mensch, dachte ich und nahm meine Umwelt wieder wahr.

Vor mir liefen Panitz, Popel, Qualle und Ampfer. Irgendwas wurde gemauschelt bei denen. Garantiert mit Semmeln. Qualle ist fett wie Sau und verfressen wie die australischen Heuschrecken. Er verwandelt alles außer Sandstein und Granit in Fett. Popel ist ziemlich kurz für sein Alter, hat feuerwehrrote Haare und die abstehendsten Ohren, die ich je gesehen habe. In der ersten und zweiten Klasse hat er bei jeder Gelegenheit in der Nase gebohrt und die Beutestücke mit verklärtem Gesicht im Mund verschwinden lassen. Egal, ob Schmier-oder Trockenpopel!

Ampfer ist ein Neutrum. Farblos. Mitläufer. Wir geraten später, als er bereits ein hohes Tier in der FDJ-Bezirksleitung ist, aneinander. Sein wirklicher Geburtsname Günther Eggers wurde an dem Tag zu Ampfer, als wir am Bach lagen und Sauerlumpe kauten.

"Was fresst`n ihr da?", fragte er.

"Sauerlumpe", sagte Männi.

"Du meinst wohl Sauerampfer?", verbesserte er Männi. Das war`s! Ampfer war geboren!

Ich merkte, wie Ecki unruhig wurde. Mühle! Hätte ich glatt vergessen! Sie glotzte unaufhörlich zu uns rüber oder besser zu Ecki. Ecki schüttelte den Kopf. Mühle zog eine beleidigte Grimasse und würdigte uns keines Blickes mehr.

Mich interessierte Mühle allerdings weniger.

Unmittelbar vor Mühle ging Pia mit Hildegard. Gegensätze ziehn sich an, sagt meine Großmutter. Und da muss was dran sein. Pia war Klasse. Ziemlich groß und ... na ja, eben Klasse. Und nicht zickig. Mit der konnte man reden wie mit einem Kumpel. Nicht dieses blöde Gefeixe wie bei den anderen Weibern. Kurz und gut, ich war hochgradig verliebt. Das hatte allerdings nicht das Geringste mit den Fantasien für Polenta zu tun! Nicht das Geringste! Das war ein ganz anderes Thema. Damals!

Hildegard dagegen war nur da. Sie existierte. Nicht mehr und nicht weniger. Keine Aura. Woher auch? Die Haare waren weder blond noch braun und die Nase ziemlich lang. Und sie hatte Pickel. Allerdings war sie eines der wenigen Mädchen der 8a, die obenrum schon was zu bieten hatten.

Hildegards Farblosigkeit und Pias Charisma waren wie Schafgarbe und Kornblume.

Was siehst du zuerst?

Später las ich, dass es in einer bestimmten Epoche des alten Frankreich Usus war, dass schöne Frauen für das Defilieren im Bois de Boulogne hässliche gegen Zahlung eines Entgeltes mieteten, um ihre Attraktivität noch zu erhöhen.

Bei Mühle hätte das sicher nicht viel geholfen.

Die Hofpause war vorbei. Wir marschierten in unsere Klassen.

Zeichnen bei Polenta. Das sonst übliche Gegröle von dreißig pupertierenden Jungbullen hatte sich in eine Atmosphäre kribbelnder Erwartung gewandelt.

Mit dem Klingelzeichen ging die Tür auf, Polenta betrat das Klassenzimmer und eine Herde von Lämmern stand neben ihren Bänken

"Guten Morgen, Jungs! Setzen!"

Die Herde setzte sich.

"Macht am Sonnenuntergang weiter", sagte die Schäferin und setzte sich vorn auf den Lehrertisch. Der Rock rutschte in Kniehöhe und die obersten Knöpfe der Bluse waren geöffnet.

Mein Pinsel fiel auf den Fußboden und ich bückte mich. Der Versuch, mit der Kraft meines Blickes die weißen Schenkel auseinander zu drücken, misslang.

Obwohl ich in der ersten Reihe saß.

Dann traf mich der Zimtgeruch.

Mein Wasserglas flog um und die Brühe floss über die Silhouette der Stadt und das Schwarz drang in das zarte Rot des Horizonts.

"Probleme?", fragte Polenta und beugte sich zu mir runter.

"Ich glaub, ich krieg Senkwehen", sagte ich. Ich hatte das Wort irgendwo aufgeschnappt und es gefiel mir.

"Ein Glück, Alex, daß du nicht am Seil hängst, sonst müssten wir noch mit einer Sturzgeburt rechnen", lachte Polenta.

Hinter mir wieherte es. Ich nahm schnell einen neuen Sonnenuntergang aus meinem Ranzen. Ich hatte ungefähr so an die fünfzehn Stück davon.

Dann kam Bio und Physik.
Aber wen interessierte das heute noch?

***

Zu Mittag gab es Pellkartoffeln mit Salz. Die Kartoffeln hatten eine raue, rötliche Schale, die aufgeplatzt war, und das mehlige Gelb des Inneren leuchtete mir entgegen. Die Kartoffeln stammten von Anni, die das Kochen gern meiner Großmutter überließ und dafür zum Essen eingeladen wurde. Ich hatte für heute eine Ausnahmegenehmigung von Großmutter bekommen, da in der Schule ein Völkerballwettkampf stattfinden sollte und durfte schon vor den anderen essen.

Der Völkerball hieß zwar Panitz, aber man musste ja seine nächsten Angehörigen nicht unnötig erschrecken. Ich fraß wie ein Scheunendrescher.

"Junge, Junge", sagte Großmutter, "iss doch langsam, es nimmt dir keiner was weg."

Mir fiel augenblicklich das Panitz-Turnier ein. Ich hörte schlagartig auf zu essen. Wenn mir einer von der Panitztruppe eine in die Wanne ballern würde, hätten Generationen von Saatkrähen ausgesorgt.

Ich holte Ecki und gemeinsam holten wir Männi ab. Der Nachmittag ging mit Vorbereitungen drauf. Wir transportierten unsere Utensilien Richtung Schulwald, richteten für Männi und seine Pauke ein Versteck ein und befestigten die Kanonenschläge so hoch es ging an den Kiefern.

Den Rest des Nachmittags verbrachten wir in der Hütte, schmissen uns auf die Pritschen und qualmten eine.

"Heute erlebt Panitz die Pleite seines Lebens", sagte Ecki.

"Oder wir unsere." Ich war mir da nicht so sicher.

"Quatsch", fuhr Ecki hoch, "der Volltrottel ist heute Abend erledigt!"

"Oder wir", sagte Männi.

Nanu, noch einer, der so seine Zweifel hat und trotzdem mitmacht. Stark!

Langsam wurde es Zeit und wir machten uns auf den Weg.

An dem Brombeergestrüpp, wo die Pauke versteckt war, blieb Männi zurück. Die Pauke stand noch an Ort und Stelle und die Zündschnüre bewegten sich leicht im Wind.

Ecki und ich gingen den Trampelpfad weiter. Rechts, wo der Schulwald an das verrottete und zerfallene alte Schulhaus stieß, standen bereits unsere Gegner: Panitz, Popel, Qualle und Ampfer.

Und Schreck lass nach! Links, wo die Bänke standen, tummelte sich eine Mädchengruppe. 8b!

Prost Mahlzeit! Panitz stand breitbeinig zwischen zwei Kiefern. Die Adjutanten dahinter. Drei Meter Abstand!

Zuerst trat Panitz gegen Ecki an. Danach einer der Clique gegen mich. Das waren die Regeln! Aber bei Popel, Qualle und Ampfer musste man auf alles gefasst sein.

Bei uns auch.

Ecki nahm seine Position ein.

Panitz begann wie ein angesoffener Gorilla mit hängenden Armen hin und her zu tänzeln.

Ecki stand stocksteif, aber gespannt wie eine Stahlfeder.

Ich pfiff! Das Signal für den Beginn des Kampfes! Und das für Männi.

Panitz macht den ersten Ausfall. Ins Leere. Ecki war blitzschnell zur Seite gesprungen. Panitz schüttelte sich und sprang mit vorgestrecktem Kopf auf Ecki los. Ecki wich aus, aber eine Rechte streifte ihn an der Schulter und ließ ihn leicht taumeln.

Ecki ließ sich fallen und schlug dabei Panitz das rechte Bein in die Kniekehlen. Panitz fiel nach hinten, war aber blitzschnell wieder auf den Beinen.

Die Mädchen waren näher gerückt.

Panitz änderte seine Taktik. Er ging langsam auf Ecki zu. Der konnte nur wenige Schritte zurückweichen, sonst hätte es wie Flucht ausgesehen.

"Achtung Ecki!", schrie ich.

Zu spät. Ecki stolperte über eine Wurzel und fiel nach hinten. Im selben Moment war Panitz über ihm. Plötzlich von Süden ein Donnergrollen und ein Blitz. Männi, in letzter Sekunde. Panitz war kurz irritiert. Ecki nutzt die Chance und kam auf die Füße. Doch Panitz packte blitzschnell wieder zu und hatte Ecki im Schwitzkasten.

"Männi mach", betete ich leise.

"Mach ihn zur Sau, drisch ihn blau", brüllten die Panitzchaoten. Dabei rückten sie geschlossen gegen mich vor. Von wegen Regeln!

Endlich ein dumpfer Doppelschlag und ein gefähr-liches Wetterleuchten.

Panitz erstarrte und lockerte seinen Griff. Ein weiterer dumpfer Schlag und ein tiefes Nachgrollen.

Männi, du bist super, dachte ich.

Ecki wand sich in Panitz´ Klammergriff.

Ein greller Blitz zuckte durch die Bäume und es donnerte erneut.

Panitz erstarrte zur Salzsäule und Ecki kam endlich frei. Qualle, Popel und Ampfer machten Anstalten, sich auf Ecki zu stürzen. In Ampfers Hand sah ich einen kurzen, kräftigen Kiefernknüppel.

Ich zündete und schmiss den ersten Knaller Richtung Ampfer. Der blieb dank der Kletten an dessen Hose hängen und explodierte. Ampfer sprang aus dem Stand mit beiden Beinen in die Luft. Der zweite Knaller blieb an Panitz` Pullover hängen, zischte und explodierte. Panitz fiel stocksteif um. Ecki sprang ihm auf den Rücken.

Plötzlich ein Donnerschlag vom Allerfeinsten und ein Magnesiumblitz, der den Wald ausleuchtete. Panitz schnellte wie eine Sprungfeder nach oben und begann zu laufen. Ecki flog mit dem Rücken gegen eine Baumwurzel und blieb liegen. Qualle, Popel und Ampfer gaben ebenfalls Fersengeld. Ich sah noch, wie sich Ampfer im Laufen umdrehte und etwas in unsere Richtung schleuderte. Ein dumpfer Schlag traf meine Nase, dann wurde es dunkel um mich.

***

Irgendwie schafften wir es nach Hause. Mein Nasenbluten hatte aufgehört, nachdem Pia mir ihr Taschentuch gegen die Nase und meinen Kopf nach hinten gedrückt hatte. Pia! Ich war total fertig und spürte keinerlei Schmerz. Pia! Vielleicht hatte ich Halluzinationen! Wer weiß schon, was ein Schlag gegen den Kopf auslösen konnte?

Aber ich besaß noch das Taschentuch. Das war real!

Ecki hatte Probleme mit dem Rücken. Die Wurzel!

Ich stieg wieder mal durchs Fenster in mein Zimmer und legte mich ins Bett.

In der Nacht plagten mich Albträume. Anni jagte splitternackt hinter dem Major über den Dachboden. Dann verwandelte sich Anni in Pia und aus dem Major wurde Panitz, dessen Pimmel wie eine Zündschnur brannte. Plötzlich explodierte Panitz und ich erwachte.

"Jesses Maria!", schrie meine Großmutter zu Tode erschrocken. "Junge, wie siehst du denn aus?" Sie schlug die Hände über dem Kopf zusammen.

"Bin vom Baum gefallen", knurrte ich schlecht gelaunt. Nach einem Blick in den Spiegel dachte ich, bloß gut, dass Mutter schon auf Arbeit ist. Die wäre bei meinem Anblick glatt in Ohnmacht gefallen. Meine Nase war dick geschwollen und um die Augen bildeten sich beeindruckende Farbkombinationen.

"So kannst du jedenfalls nicht zur Schule gehen", entschied Großmutter.

Und ob ich konnte. Ich spritzte mir eiskaltes Wasser ins Gesicht, putzte mir die Zähne über der Gosse, verschlang eine Scheibe Brot mit schwarzem Sirup und fort war ich.

Ecki wartete schon vor der Haustür. Als er mich sah, verzog sich sein Gesicht. Der Anflug eines Lachens verwandelte sich schnell in eine Grimasse des Schmerzes. Er fuhr mit der Hand über seinen Rücken und knirschte zwischen zusammengebissenen Zähnen: "Verdammte Scheiße!"
In der Klasse herrschte an diesem Morgen Funkstille.
Panitz fehlte.
Qualle und Ampfer standen am Papierkorb, spitzten Bleistifte und tuschelten.
Männi saß auf seinem Platz und malte Strichmännchen. Die Unschuld vom Lande.
Vom Fenster aus sah ich, wie Hilfspolizist Hagedorn über den Schulhof stolzierte. Ich tippte Ecki an und zeigte Richtung Hof.
"Der Arsch mit Ohren hat gerade noch gefehlt", knurrte Ecki.
Ich ahnte nichts Gutes.
Die Mathestunde bei Wagenknecht war erst zur Hälfte um, als es klopfte und Polenta den Klassenraum betrat. Sie entschuldigte sich bei Wagenknecht für die Störung und teilte mit, dass die Schüler Alexander Ludwig und Eckehardt Wünschmann beim Direktor zu erscheinen hätten.
Wir trabten ab. Polenta folgte.
"Seid vorsichtig, Jungs, der Hagedorn ist beim Direktor", flüsterte sie uns zu.
"Danke", sagte ich, obwohl wir schon Bescheid wussten.
Trotzdem tat mir das Mitgefühl in ihrer Stimme gut.
Direktor Möllendorf stand am Fenster. Ein kleiner Mann mit Hängeschultern, fast kahlem Kopf und

rotgeäderten Wangen. Er war gleich nach dem Krieg zum Schulleiter ernannt worden, da er kein PG und auf Grund eines schweren Herzfehlers nicht eingezogen worden war.

Hagedorn stand wie ein hässlicher, alter Truthahn mitten im Zimmer.

Wir stellten uns an der Tür auf.

"So, so, hätte man sich ja denken können", Hagedorns Stimme war leise und voller Gift. "Der junge Herr Wünschmann, natürlich! Wie könnte es anders sein? Der Vater Kapitalist und Kriegsgewinnler, der Sohn Brandstifter und Bombenleger."

Aus den Augenwinkeln sah ich, wie Ecki die Fäuste ballte und gleichzeitig das Gesicht vor Schmerz verzog. Ein Gutes hatte seine Rückenprellung, dachte ich, er konnte nicht mit Fäusten auf Hagedorn losgehen und uns damit noch mehr in die Kacke reiten.

Hagedorn wandte sich mir zu. "Und der junge Herr Ludwig, sieh an, sieh an. Wer hätte das gedacht? Herkunft Arbeiterklasse, aber die Weste des Vaters soll ja wohl auch einige braune Flecke aufweisen...

Du scheinheiliges Aas, dachte ich.

... und so was findet sich eben", die Stimme war noch leiser und giftiger geworden, " um den Arbeiter - und Bauernstaat zu untergraben...",

Hagedorn brüllte jetzt, an seinem Truthahnhals stieg Röte auf: "...und zu unterminieren, wenn möglich mit subversiven Methoden die alten Machtverhältnisse wieder herstellen und die antifaschistisch- demokratische Ordnung...", Hagedorn war kurz vor einem Erstickungsanfall, "...Kriegsverbrecherbrut, Faschistengesindel, Mordbrenner...!"

"Sehr geehrter Herr Hagedorn", fuhr plötzlich die metallische Stimme des Direktors in die Gifttirade Hagedorns, "vergessen Sie bitte nicht, dass es sich hier um Schulkinder..."

Weiter kam Direktor Möllendorf nicht.

Hagedorn hatte sich wie ein wildgewordener Gorilla dem Direktor zugewandt. "Sie als Pädagoge", brüllte er, weiter kam er nicht. Direktor Möllendorf hatte den Arm ausgestreckt und wies mit dem Zeigefinger wie mit einem Speer zur Tür.

"Raus! Verlassen sie augenblicklich diesen Raum und das Schulgelände!"

Die Stimme hatte den Klang von tiefgefrorenen Eiszapfen, die aneinander klirren.

Hagedorn erstarrte.

"Raus!" Die Speerspitze des Direktors schwenkte auf Hagedorn und dann wieder zur Tür.

Hagedorn hatte das Dümmste gesagt, was man zu einem Lehrer sagen konnte: Sie als Pädagoge! Das löste einiges aus. Ich sollte das später am eigenen Leib erfahren und meine Reaktionen darauf waren wesentlich heftiger.

Hagedorn schritt zur Tür. "Gewisse Leute werden sich noch wundern. Die neue Staatsmacht, äh, die neue antifasch..."

"Raus!" Das war wie ein Schuss in den Rücken und Hagedorn wäre um ein Haar ins Stolpern geraten.

Als die Tür des Direktorzimmers mit einem Krach zuflog, sackte Direktor Möllendorf mit einem Stöhnen in den Sessel. Seine Hand legte sich auf die Herzgegend und er atmete schwer.

Ich schnappte die Kaffeetasse vom Schreibtisch, sprang zum Waschbecken und füllte die Tasse. Mir war sauelend zu Mute.

Der Direktor nahm zwei Tabletten aus einer Schachtel und spülte sie mit dem Wasser runter.

Seine Atmung wurde wieder normal und wir erfuhren, dass Panitz` Alter mit Hilfspolizist Hagedorn um drei Ecken verwandt war, dass Panitz, als er bei seiner Großmutter in der Stadt übernachtete, in die verheerenden Bombenhagel des dreizehnten Februar geraten war und seitdem eine wahnsinnige Angst vor Blitz und Donner hatte.

"Traurig für Panitz, aber nicht zu ändern", sagte Ecki, als wir wieder auf dem Weg zu unserer Klasse waren.

"Der hat das gebraucht", ergänzte ich, "wenn ich dran denke, wie der Arsch voriges Jahr Zwecke schikaniert und drangsaliert hat, nur weil der sich nicht wehren konnte, na, hallo! Da war das noch viel zu wenig!"

"Und wir?", fragte Ecki. Eigentlich mehr sich als mich.

"Tadel!", sagte ich.

"Wenn wir Glück haben", erwiderte Ecki.

"Und ein wunderschönes Elterngespräch mit Schulleiter und Klassenlehrer und..., Prost Mahlzeit!" Ich dachte an meine Eltern und mir wurde verdammt flau in der Magengegend.

In der zweiten großen Pause ging Pia ganz dicht an mir vorbei und schob mir ein zusammengefaltetes Papier in die Hand. Ich verschwand auf der Toilette und las: Willst du mit mir gehen? Pia.

Der infernalische Ammoniakgestank verwandelte sich augenblicklich in Jasmin-und Rosenduft und die schwarz geteerte Pissrinne wurde zum fröhlich plät-

schernden Frühlingsbach mit Butterblumen und Schmetterlingen darauf. Als ich in den Spiegel guckte und meine Nase sah, die eher einer angefaulten Rübe ähnelte denn einem normalen Riechorgan, kam mir die Sache dann doch eher unwahrscheinlich vor.
Sollten Mädchen zeitweilig unter Geschmacksverirrungen leiden?
Ohne dass sie es selber merkten? Wäre schade.
Auf dem Hof begegnete ich Pias fragendem Blick auf der anderen Seite des Kreises. Ich nickte. Heftig.
Und sah gleichzeitig in zwei lachende, blaue Augen, bevor sich Pia wegdrehte.

***

Den Nachmittag verbrachten wir in der Hütte. Der Frost biss immer noch wie ein wilder Hund um sich, nur um die Nachmittagszeit brachte die Märzsonne die Schneereste auf dem Dach und die Eiszapfen an der Dachrinne zum Tröpfeln.
Ich heizte den Kanonenofen und Ecki warf die Destille an. Den Gestank bekämpften wir mit Machorka.
"Ein Tadel kann uns die Lehrstelle kosten", sagte ich.
"Wieso", fragte Ecki, "hast du eine?"
"Das nicht", sagte ich, "aber mein Vater wollte sich darum kümmern."
"Mir wär irgendwas mit Chemie am liebsten", sagte Ecki, "aber was willst du mit Chemie in Kanada anfangen?"
Wo er Recht hat, hat er Recht, dachte ich.

Kanada und Chemie! Sinnlos! Und Kanada stand fest!

"Wenn mein Vater noch da wäre", fuhr Ecki fort, "könnten wir aus der Schuhcremebude eine Fabrik für pyrotechnische Artikel machen. Irgendwann wollen die Leute wieder Silvester und Fasching feiern. Mit Raketen und Knallern und so! Mann, Ecki, Raketen die hundert Meter hochgehen und oben zerplatzen. Rot! Grün! Blau! Silbern!"

Ecki war weit weg.

"Und dann", sagte ich, "wenn wir mit Rucksäcken voller Raketen am Großen Sklavensee ankommen und die Dinger fliegen in den Himmel, halten uns die Indianerhäuptlinge für den Großen Manitu mit Diener und bringen uns ihre schönsten Töchter, um die Götter günstig für die Jagd zu stimmen. Und weißt du, was dann passiert?"

Ecki glotzte mich an: "Was?" Er kam zurück.

"Dann stinkt das ganze Blockhaus, das uns die Häuptlinge geschenkt haben, infernalisch nach Weiberpisse."

"Wieso nach Pisse?", fragte Ecki entgeistert.

"Weil sich die Indianermädchen im Winter die Haare mit Urin waschen".

"Mit Urin?"

"Mit Urin!

"Und du musst", fuhr ich fort, "mit deiner Unterhose der Squaw die Haare trocknen und das gilt bei den Indianern als höchster Liebesbeweis und du bist damit so gut wie verheiratet. Lebenslänglich!"

"Und das wirkliche Elend ist", sagte Ecki, "ich hab nur eine Unterhose."

Dann lagen wir auf unseren Pritschen und hielten uns die Bäuche.

Vom Lachen begann meine Nase wieder zu schmerzen. Ich guckte in den halbblinden Spiegel, der gegenüber meiner Pritsche an der Tür hing. Scheiße! Was mich da anglotzte, sah aus wie ein grün und blau angemalter Kürbis mit einer verfaulten Gurke in der Mitte.

"Die Indianerweiber werden ganz verrückt nach dir sein, denn eine alte indianische Weisheit lautet: Wie die Nase des Mannes, so sein Johannes!"

"Blödmann", knurrte ich.

"Hier hast du eine in kaltem Urin getränkte Unterhose." Ecki warf mir einen klatschnassen Lappen zu. "Kühle die Gurke, sonst sind meine Chancen bei den Mädchen gleich Null!"

Sind sie sowieso, dachte ich. Von Pia hatte ich Ecki nichts erzählt.

"Sag mal, wer soll eigentlich von uns beiden der Diener sein?", fragte Ecki.

Angebissen! "Ist doch klar", sagte ich, "bei den Indianern ist immer der mit der dicksten Gurke Manitu."

"Kühle, kühle", feixte Ecki.

Ich legte den eiskalten Lappen über Augen und Nase und dachte über Kanada nach. Wir hatten im Keller eine Weißblechdose versteckt und in die kam alles, was wir an Geld zusammenraffen konnten. Das Schnapsgeschäft mit den Russen florierte. Zuerst hatten wir Schnaps gegen Zigaretten getauscht, aber das Geschäft war wenig profitabel, da die meisten Raucher Aktive wollten. Das Machorkazeug der Russen ging nicht besonders gut. Wir hatten auf Brot umgestellt. Einen Teil des Brotes verscherbelten wir am Bahnhof auf dem Schwarzmarkt, der Rest wanderte in die Familienversorgung. Das eingenommene Geld kam in die Dose.

Reisegeld!

Von Hamburg nach New York würde nicht billig werden. Dann mit der Eisenbahn nach Toronto, Winnipeg und über Edmonton hoch in Richtung Yellowknife am Großen Sklavensee. Die Route hatten wir aus dem Atlas.

Das Geld würde sicher nicht reichen, aber ich ging davon aus, dass wir bei Zwischenaufenthalten noch irgendwo nach Gold schürfen konnten. Ich las gerade Jack London.

Mir krabbelte die Nase. Ich griff in die Hosentasche nach meinem Taschentuch, aber es war nicht meins, es war Pias Taschentuch.

Pia!

Verdammt! Ich fuhr wie vom wilden Affen gebissen hoch und rannte mir die Rübe an der oberen Pritsche ein.

Pia und Kanada! Pia oder Kanada? Schlamassel!

Erstens kommt es anders, zweitens als man denkt! Großmutter.

Auf dem Rückweg fragte Ecki plötzlich: "Sag mal, gehst du mit Pia?" Ich blieb abrupt stehen und starrte Ecki an. Das Taschentuch, dachte ich.

"Nee!", das klang wohl nicht sehr überzeugend, denn Ecki guckte mich sonderbar an. Irgendwie hatte ich das Gefühl, dass er ebenfalls scharf auf Pia war.

"Super Alte", sagte Ecki.

"Mühle?", fragte ich.

"Alter Esel, Mühle doch nicht. Die ist bloß fett! Hast du doch im vorigen Sommer gesehen."

Vorigen Sommer hatten wir mehrmals im Luftbad für zwanzig Pfennig eine Kabine genommen und uns auf die Lauer gelegt. Die Zwischenwände aus Holz waren voller Löcher und wir warteten manchmal den halben Nachmittag, bis Mädchen die Nebenkabine belegten und sich umzogen. Da es in den Umkleiden duster war, sahen wir zwar nicht allzu viel, aber was wir sahen, reichte aus, um unseren Badehosen eine verdammte Spannung zu verpassen.

Irgendwann hatten sich auch Mühle und Ursel in der Nebenkabine umgezogen und unseren Badehosen hatte das wenig geschadet.

Mühle hatte zwar schon ganz schöne Titten, aber alles andere war Fett. Ursel sah obenrum nicht viel anders aus als wir.

Geldverschwendung!

Einen Tag danach waren Pia und Hildegard in der Nebenkabine.

Unglaublich! Beide trugen Büstenhalter. Als sie die abstreiften, hatte ich große Mühe, meine Hand unter Kontrolle zu halten.

Als die Mädchen längst im Wasser waren, saßen wir noch in der Kabine und warteten auf Entspannung.

***

"Dies ist der Tag, den der Herr gemacht hat", sagte Polenta und grinste breit.

"Lasset uns freuen und fröhlich darinnen sein", erwiderten wir zähneknirschend.

In letzter Zeit flogen uns häufig die Sprüche aus der Konfirmationsstunde um die Ohren. Vor allem, seit Pfarrer Oehme sich über unsere Faulheit beim Auswendiglernen seiner göttlichen Weisheiten in Vorbereitung auf unsere Konfirmation in der Schule beschwert hatte.

"Ausmisten des Schulkellers! Zur besonderen Ehre des Herrn", fuhr Polenta fort und grinste noch breiter.

"Hilfe, Mord, mein Holzbein brennt", flüsterte Ecki.

"Und zwar alle, die an der Schulwaldaktion beteiligt waren!"

Im Grunde genommen, hatten wir noch Glück mit der Bestrafung. Statt Tadel oder Schulverweis Gerümpelaktion. Dafür sollten wir uns bei Direktor Möllendorf, Fräulein Polenta und unserem Klassenlehrer Ätz bedanken. Meine Mutter sagte tatsächlich Ätz. Dass Ätz eigentlich Hofmann hieß, konnte sie nicht wissen. Ätz war eben Ätz.

Dass aus der Bestrafung ein Vergnügen werden sollte, konnte zu dem Zeitpunkt ebenfalls keiner wissen. Wobei es am Nachmittag, als wir den Keller begutachteten, keineswegs so aussah. Der Schulkeller war ein einziges Gerümpellager. Zerbrochene Kartenständer, halbe Stühle, Bänke mit abgebrochenen Rückenlehnen, Tischplatten, Stapel alter Landkarten und und und. Die Krönung war das Lager vergammelter Farbbüchsen in den hintersten Kellerräumen. Die benachbarte Lackfarbenfabrik hatte dort in den letzten Jahren ihren gesamten Ramsch abgeladen. Der Keller selbst war verwinkelt, verdreckt und von Spinnweben durchzogen. Die Fenster waren blind vor altem Dreck und das diffuse Licht der Deckenfunzeln gab dem Gewölbe den Anstrich eines mittelalterlichen Verlieses.

Der eiskalte Wind, der durch die maroden Fenster pfiff, machte die Sache nicht wesentlich besser.

Panitz kam zu uns. "Wenn ihr versprecht, hier unten keine von euren verdammten Bomben loszulassen, sind wir wieder Freunde."

Ich konnte mich allerdings nicht erinnern, dass wir jemals welche gewesen wären. Schiss! Panitz hatte Schiss vor uns.

"Ehrensache", sagte Ecki und ich merkte, dass er heilfroh war, hier unten in keine neue Keilerei verwickelt zu werden.

Polenta war zur Dienstberatung verschwunden, nicht ohne vorher noch einen Oehmespruch an uns zu verschwenden: "Sei getreu bis an den Tod!". Und ich knurrte leise: "So will ich ihm den Arschtritt seines Lebens geben." Herr, verzeihe einem armen Sünder und lass ihn nicht wegen Verballhornung deiner Weisheiten durch die öffentliche Konfirmations-prüfung fallen.

Die Ausmisterei war jedenfalls kein Vergnügen. Bis die ersten Mädchen aus der 8b auftauchten. Sie blieben an der Kellertür stehen, glotzten blöd und kicherten doof.

Wir taten so, als gebe es nichts Schöneres auf der Welt, als kaputtes Mobiliar und verdreckte Farb-büchsen nach oben zu tragen. Zwischendurch riefen wir uns zu: "Guck dir das an! Hast du so was schon gesehen? Klasse Bild! Die Karte ist wie neu!"

Das half. Binnen kurzer Zeit waren die Mädchen zwischen uns. Hände streiften Hände, Finger berührten Finger und Ellenbogen berührten weiche Rundungen. Aus den hinteren Räumen klang erstes Gekreische. Die Jagdsaison war eröffnet. Mühle half Ecki, der die Augen verdrehte wie ein sterbender Schellfisch.

Pia stand neben mir. Plötzlich ging das Licht aus. Ihre warme, trockene Hand griff nach meiner Hand. Mich traf ein Schlag von mindestens zwanzigtausend Volt, dann begann ich zu fliegen. Erst durch Watte, dann durch Wolken, dann durch eine Mischung von glitzernden Diamanten und rosafarbener Luft. Plötzlich sah ich, wie ich flog. Direkt auf die Sonne zu. "Junge, du verbrennst dich", hörte ich mich murmeln.

"Was brennt?" Die Stimme neben mir bremste meinen Flug und ich spürte, wie Pias Mund einem Schmetterlingsflügel gleich meine Wange streifte. Doch verbrannt, dachte ich und konnte nicht begreifen, dass eine solche Hitze keinen Schmerz verursachte.

Dann zerbrach die Lautlosigkeit in mir und das ohrenbetäubende Gekreische gejagter Mädchen schnitt wie ein Messer in mein Trommelfell.

Ich streckte meine freie Hand aus und berührte Pias heiße Wange. Als unsere Köpfe sich fast berührten, traf uns das Deckenlicht. In der Tür stand Polenta, die Hand auf dem Lichtschalter und die Augen genau auf Pia und mich gerichtet. Pia hielt meine Hand fest in der ihren.

Polenta grinste und sagte: "Junge, Junge, die Arbeit muss ja wirklich Spaß machen! Und das soll eine Bestrafung sein?" Sie schüttelt den Kopf. "Oben, im Lehrerzimmer ist noch Dienstberatung, meine Damen und Herren. Arbeitet also bitte etwas leiser und bei Licht, wenn ich bitten darf! Wäre doch schade, wenn euch der Herr Direktor diese der Gemeinschaftsfindung so förderliche Tätigkeit wegen ruhestörenden Lärms verbieten müsste? Oder?"

Und an mich gewandt, fuhr sie fort: "Erforsche mich, Gott, und erfahre mein Herz!"

Ich antwortete: "Prüfe mich und erfahre, wie ich es meine!"

Da ließ Pia meine Hand los.

Polenta lachte und verschwand im Treppenhaus. Und mit ihr das Knistern unter der Hochspannungsleitung und die Mädchen.

Wir schleppten noch eine Weile Gerümpel und machten dann Schluss.

Auf dem Nachhauseweg sagte Ecki: "Morgen hab ich `ne Kellerstauballergie."

"Mühle?", fragte ich.

"Mühle!", sagte Ecki.

Ich hatte, als das Licht anging, gesehen, wie Mühle ganz dicht bei Ecki stand.

"Mir hat`s gefallen", erwiderte ich.

"Können ja mal tauschen", sagte Ecki.

Hilfe! Lieber erschießen und vom Dach springen! Am besten beides gleichzeitig!

***

Hundert Prozent, dachte ich, ganz schöne Leistung. Generalissimus Stalin war am Sonntag im Moskauer

Wahlkreis einstimmig in den Obersten Sowjet der RSFSR gewählt worden. Die Wahlbeteiligung lag bei hundert Prozent.

Mein lieber Herr Gesangverein!

Hundert Prozent! Das war alles, was kreucht und fleucht in der Gegend. Kranke, Krüppel, Halbtote! Die mussten ja Stalin mehr lieben als Pfarrer Oehme den Herrn.

Später gab es auch bei uns solche Wahlergebnisse und meine Hochachtung dafür schwand mit der Zeit der Jahre und der Zunahme meines IQ. Was mich allerdings wesentlich mehr interessierte, waren die *Letzten Nachrichten*. Ich blätterte so lange, bis ich das Blatt hatte, riss es ab und las: *Todesurteil gegen Frieda Lehmann.*

Dresden (SZ). Nach fünfstündiger Verhandlung verurteilte das Schwurgericht die Arbeiterin Frieda Lehmann, die am 11. Dezember ihre Arbeitskollegin, Frau Käthe Stichler, und deren siebenjährigen Sohn Heinz aus Habgier getötet und zerstückelt hat, zum Tode. Außerdem wurden der Angeklagten die Ehrenrechte auf Lebenszeit aberkannt.

Das mit dem Zerstückeln konnte ich mir nicht vorstellen. Die Arme und Beine! Der Kopf! Das viele Blut. Das musste ja eine mörderische Sauerei gewesen sein. Mir lief ein kalter Schauer über den Rücken.

Und Heinz! Ob die erst den Jungen und dann die Mutter?

Rübe ab! Ist das Beste! Aber was sollte der Quatsch mit den Ehrenrechten? Wozu brauchst du die, wenn du tot bist?

Es klingelte.

"Ecki ist da", rief Großmutter, "hör endlich auf zu lesen."

Ich beendete meine Sitzung und die Mordgeschichte samt drei weiterer Blätter, die Großmutter sorgfältig aus der SZ ausgeschnitten und auf einen Nagel neben der Toilette gespießt hatte, erfüllten ihren letzen Zweck.

Ecki saß schon in meinem Zimmer und sah schauerlich aus. Kalkweißes Gesicht, Schweiß auf der Stirn und seine Hände fuhren sinnlos hin und her. Es dauerte, bis ich erfuhr, was passiert war.

Während wir den Nachmittag in der Schule verbrachten, hatte Hagedorn eine Wohnungsdurchsuchung bei Wünschmanns durchgeführt: Gefahr für Hausbewohner und die noch junge antifaschistisch-demokratische Ordnung durch illegale Lagerung von Sprengstoff. Dabei hatte Hagedorn das Tesching, das Ecki kurz nach Kriegsende unter der Brücke gefunden hatte, unter altem Gerümpel in einer Truhe entdeckt. Wir hatten mit der kleinen, silbernen Schusswaffe während unserer ersten Rauchversuche auf Blechbüchsen und Flaschen geschossen.

Hagedorn stand vor der zitternden Frau Wünschmann und sein gesamter Hass entlud sich. Der Rausschmiss aus der Wünschmannschen Fabrik saß immer noch tief in seinem Inneren und fraß an ihm wie ein Krebsgeschwür.

Jetzt war er die Macht! Er würde es dieser arroganten Ziege zeigen. Auf den Knien sollte die kriechen! Ganz dicht an ihn heran und ihr vor Angst heißer Atem würde ihn streifen und dann... Hagedorn durchlief eine

Welle der Erregung vom Bauch bis hinunter zu den Lenden.

"Das wird Folgen haben, Frau Wünschmann", Hagedorns Stimme war dunkel vor Gier und unterdrückter Wut, "Folgen wird das haben, sage ich Ihnen. Verstoß gegen das Waffenverbot, das nicht ohne Grund von unseren sowjetischen Freunden erlassen wurde. Sprengstoffanschläge auf Mitschüler, Körperverletzung und wer weiß, was da noch zusammen kommt."

Pause.

Hagedorns Blicke bohrten sich in den Ausschnitt der Frau.

"Sibirien, so an die zehn Jahre mindestens für den Sprössling. Dazu der Vater. Kriegsgewinnler und Kriegsverbrecher! Zehn Jahre, garantiert."

Pause.

"Es sei denn...", Hagedorns Blick wanderte vom Blusenausschnitt über die Hüften zum Schoß der Frau. "Wie gesagt, es sei denn..."

"Ich bring das Schwein um!" Ecki stand neben sich.

Mir musste unbedingt etwas einfallen, sonst brachte sich Ecki in seiner besinnungslosen Wut um Kopf und Kragen. "Entweder erschlagen oder die Bude samt Inhalt abfackeln. Wenn er schläft", tobte Ecki weiter.

"Wir müssen dem Kerl Angst einjagen und das Tesching zurück holen. Das ist der einzige konkrete Beweis, den er gegen uns in der Hand hat."

"Und, wie willst du das anstellen?", fragte Ecki.

Hagedorn war ein erbärmlicher Feigling, wenn er sich nicht auf die Staatsmacht berufen konnte. Eines Tages

war er in unserem Haus meiner Mutter zu Nahe gekommen und hatte nicht bemerkt, dass mein Vater
schon da war. Als er es merkte, stotterte er: "War nur
Spa... Spa... Spaß, Ma... Ma... Martin."
Mein Vater hatte ihn locker an der Schulter gepackt,
ihn umgedreht und mit einem leichten Schwung aus
der Haustür befördert.
Während Hagedorn rennen musste, um nicht auf die
Schnauze zu fliegen, rief ihm Vater hinterher: "Das
nächste Mal geht`s mit mehr Schwung, aber durch die
geschlossene Tür."
Seit dieser Zeit ließ sich Hagedorn nur in unserer Nähe
sehen, wenn er genau wusste, dass Vater auf Arbeit
war.
"Und?", fragte Ecki.
"Wart`s ab", sagte ich.

***

Am nächsten Tag begannen wir Hagedorn auf Schritt
und Tritt zu beobachten. Meistens rückte er so gegen
sechs Uhr in der Börse ein, soff mit Lumpenschmidt
und dem Katzenfresser Alkolat und trottete dann so in
der neunten Stunde angedudelt heimwärts. An seinem
Behelfsheim, einer ehemaligen Gartenlaube, angekommen, pisste er auf den gefrorenen Komposthaufen
und verschwand in der Bruchbude. Kurz darauf ging
das Licht aus.
Heute wird ihm eins aufgehen! Und er wird die
Trompeten von Jericho hören. Ecki hatte zwei Tage

auf der alten Blechgießkanne aus dem Waschhaus geübt.

In der Dunkelheit des frühen Abends verteilten wir unser mit Strontiumnitrat veredeltes Schwarzpulver um die Hagedornsche Nissenhütte. Ein Meter Abstand zu den hölzernen Barackenwänden. Es sollte kein wirklicher Schaden entstehen, denn das könnte böse für uns enden. Der Eingangsbereich musste frei bleiben.

Hagedorn musste raus.

Wir mussten rein.

Blitzschnell!

"Fertig", sagt Ecki und wir verzogen uns samt Gießkanne in Richtung der Trauerweiden, von wo wir das Gelände bestens einsehen konnten.

"Wir müssen rein, das Tesching finden und wieder raus", sagte ich.

"Und wo willst du suchen?", fragt Ecki.

"Wo versteckt deine Mutter Lebensmittelkarten oder Geld?"

"Im Küchenschrank, in irgendwelchen Büchsen", erwiderte Ecki.

"Meine Großmutter hat zwei Verstecke, Küchenschrank und Schlafzimmerschrank. Du nimmst dir die Küche..."

"Pst", zischte Ecki, "er kommt."

Hagedorn schwankte auf seine Hütte zu, pisste auf den Misthaufen und verschwand in seinen vier Wänden.

Wir warteten. Die Kälte zog an und mir wurden die Zehen klamm. Dann ging das Licht aus.

"Angriff!", raunte Ecki.

Wir starteten. Ein alter Geräteschuppen im Nachbargrundstück gab uns Deckung. Ecki schmiss den ersten Kanonenschlag. Ich zählte: "Einundzwanzig, zweiundzwanzig, dreiundzwanzig." Dann flog der zweite.

Es krachte, dass mir die Trommelfelle flatterten und es wurde taghell. Gleich danach der nächste Schlag, der nächste Blitz. Ecki bückte sich und der glühende Punkt der Zündschnur wand sich wie eine Schlange Richtung Hagedornhütte.

Die Hölle brach los. Feuerrote Flammen sprangen um die Behausung, Qualm, rot angestrahlt, hüllte alles ein und die röhrenden Schreie brünftiger Hirsche aus der Gießkanne hallten durch die Frostnacht.

Hagedorn sprang wie ein wild gewordener Geißbock in langen Unterhosen und weißem Nachthemd aus der Haustür, fuchtelte mit den Armen und schrie: "Hilfe, Feuer, Hilfe!" Er raste wie die wilde Jagd Richtung Hauptstraße, wo sich das Feuerwehrdepot befand.

Ecki fand das Tesching tatsächlich im Wäscheschrank unter einem Haufen alter, stinkender Klamotten.

Nach einer reichlichen halben Stunde hörten wir eine Sirene, aber da waren wir längst zu Hause und das Tesching war sicher unter der Brücke versteckt.

Am nächsten Tag erzählten sich die Leute kopfschüttelnd, der Hilfspolizist Hagedorn sei wieder so besoffen gewesen, dass er in seinem Delirium die Feuerwehr alarmiert hätte. Als die eingetroffen war, gab es von Feuer keine Spur.

Dumm an der Sache war nur, dass wir nicht lauter lachen durften als alle anderen.

***

Sonnabend Nachmittag traf ich mich das erste Mal mit Pia. Mir war so schlecht vor Aufregung, dass meine Hände nass von Schweiß waren und mein Hemd unter dem Stutzer am Rücken klebte. Ich war schon eine halbe Stunde vor der vereinbarten Zeit an der Fähre. Dann kam Pia und bei mir setzte die Atmung aus.

"Ist dir nicht gut?", fragte Pia und reichte mir die Hand. Die war warm und trocken. Meine Atmung setzte wieder ein und ich wunderte mich, wie ein Mensch eine Stunde, ohne zu atmen, überleben konnte. Dann kramte ich in meinen Taschen nach Groschen für die Fähre und versuchte gleichzeitig, meine Hände an dem rauhen Stoff trocken zu kriegen.

Wir fuhren über die Elbe nach Pillnitz rüber. Ein Hauch von Frühling wehte von den Weinbergen über das Wasser, die Fähre schaukelte leicht und Pia hielt sich an meinem Arm fest. Meine Schweißausbrüche signalisierten Hochsommer mit fünfzig Grad im Schatten.

Auf der anderen Seite des Flusses schob Pia ihre Hand in meine Hand, als wäre das die selbstverständlichste Sache der Welt. Und das war es auch, nur damals nicht und nicht im zarten Alter von vierzehn Jahren. Aber weit und breit war keine Menschenseele zu sehen.

Wir wandelten am Flussufer entlang, bogen dann in den Schlosspark ein und verloren uns in dem Labyrinth aus Buchsbaumhecken, das die Gärtner August des Starken extra für uns angelegt hatten. Ich suchte krampfhaft nach einem Gesprächsthema, aber irgendwie schien ich unter chronischer Blödheit zu leiden.

"Hagedorn?", fragte Pia.

"Hm", gab ich zurück. Dann erzählte ich ihr die ganze Geschichte.

"Seid bloß vorsichtig mit dem", warnte Pia, "der war neulich bei meiner Mutter."

"Bei deiner Mutter?" Mir stand der Mund offen.

"Der macht wahrscheinlich Jagd auf alle Frauen, wo der Mann fehlt. Ich hab`s durch Zufall mitgekriegt. War schon ziemlich spät, als der bei uns geklingelt hat. Meine Mutter dachte, ich schlafe schon, aber ich hab noch gelesen. Und als der Blödmann davon faselte, er wüsste was über meinen Vater, hat sie ihn reingelassen. In Wirklichkeit wollte der meiner Mutter garantiert an die Wäsche, aber wenn jemand Vater erwähnt, ist bei meiner Mutter alles zu spät. Als sie merkte, was das Ekel wirklich wollte, hat sie ihn mit dem Schnaps traktiert, den die Russen bei der Plünderung nicht gefunden hatten. Zum Schluss war der so besoffen, dass er mit gewissen Verbindungen zur Stadtverwaltung geprahlt hat, an die er alles meldet, was die neue antifaschistisch-demokratische Ordnung gefährden könnte und dass er eines nicht mehr fernen Tages in einer Position sitzen würde, wo bestimmte Leute vor ihm auf den Knien rutschen würden. Zum Schluss hat ihm meine Mutter noch ein Wasserglas voll Schnaps eingeschenkt und danach wusste der Idiot Gott sei Dank nicht mehr, weshalb er gekommen war.

Ich war sprachlos. Das konnte für Ecki und mich gefährlich werden. Aber was soll`s. Pias warme Hand lag in meiner Hand und das zählte. Ich überlegte krampfhaft, wie und ob ich Pia küssen sollte?

Wir blieben stehen.

Ich drehte mich zu Pia.

"Mach mal die Augen zu", sagte ich und meine Stimme klang verdammt nach alter Krähe.

Pia lachte und sagte: "Kannst du einfacher haben, Alex." Und sie drückte ihre weichen Lippen für den Bruchteil einer Sekunde auf meinen Mund.

Ich stand stocksteif und dachte, wenn du dich jetzt bewegst, fliegt der Schmetterling davon. Ich rührte mich nicht. Er flog trotzdem.

Und kam wieder. Dann kroch die Spitze eines Fühlers zwischen meine Lippen und ein Arm legte sich um meine Schulter, was im letzten Moment verhinderte, dass ich umkippte. Ich schob meinen Zungenfühler ganz vorsichtig dem anderen Fühler entgegen, wir umkreisten uns, erkundeten einander und entdeckten das schönste Spiel der Welt für uns. Nach ungefähr einem Jahrhundert, in denen ich außer Lippen und Zunge nichts bewegt hatte, waren meine Gliedmaßen so erstarrt, dass ich von spinaler Kinderlähmung ausging.

Als Pia sich von mir löste und wir die ersten Schritte machten, war ich so wacklig auf den Stelzen wie ein frisch geborenes Kalb.

Wir spazierten zurück zur Fähre. Ziemlich sprachlos. Mir fehlten einfach die Worte. Was willst du nach so einer Entdeckung schon groß reden. Auf der anderen Flussseite nahm Pia ihre Hand aus meiner und sagte: "War schön, Alex."

Ich wollte sie an mich ziehen und es gern noch einmal probieren, aber Pia entzog sich mir.

"Nicht hier, Alex, wo uns jeder sehen kann."

"Schade", sagte ich, "wie ist`s mit Kino?"

"Freitag?", fragte Pia.

"Freitag!", sagte ich.

"Und, was wird gespielt?"

"Ist das wichtig?"

Pia droht mir mit dem Finger, lachte und war fort.

Meine spinale Kinderlähmung war wie fortgeblasen und wenn es niemand sah , machte ich Doppelschritte oder sprang aus dem Stand in die Luft.

***

In der Küche war Vollversammlung. Frau Wünsch-mann saß verheult und ängstlich neben Großvater auf dem Sofa, meine Mutter und Ecki saßen am Küchentisch und Großmutter wirtschaftete wie immer in ihrer Küchenecke herum. Vater stand am Ausguss und strahlte Unruhe aus. Ungewöhnlich bei Vater.

"Sag mal, wo kommst du denn jetzt erst her, Junge?", fragte meine Mutter leicht ungehalten.

"Hatte noch was zu erledigen", knurrte ich.

Mein Vater warf mir einen verwunderten und nicht sehr freundlichen Blick zu.

Ecki sah mich an, sagte aber nichts.

"Mir ist die Sache völlig schleierhaft", sagte mein Vater, "unerlaubter Waffenbesitz, die müssen doch die galoppierende Gehirngrippe haben."

So ganz allmählich kriegte ich mit, was los war. Zwei Herren in Zivil hatten am Nachmittag bei Frau Wünschmann geklingelt und einen Durchsuchungs-befehl vorgezeigt.

Illegaler Waffenbesitz! Sie hatten die Wohnung auf den Kopf gestellt, aber nichts gefunden. Wie auch?

Bei Vater im Betrieb waren ebenfalls zwei Herren aufgetaucht und hatten Erkundigungen über Schlossermeister Martin Ludwig eingeholt.

Geheim! Versteht sich. Vater war trotzdem gewarnt worden.

"Seid vorsichtig bei Gesprächen mit dem alten Hillig aus der dritten", sagte Großvater, "der soll ab und an mit Hagedorn in der Börse sitzen."

"Ich geh hoch", Ecki stand auf. Ein leichter Schweißfilm hatte sich auf seiner Stirn gebildet.

"Ich komm noch kurz mit", sagte ich und erhob mich ebenfalls.

"Schöne Scheiße, die wir uns da eingebrockt haben", murmelte Ecki, als wir in seiner Bude saßen.

"Ich finde, das sieht gar nicht so übel aus für uns. Der Hosenscheißer hat Angst. Hätte der sonst die aus der Stadt eingeschaltet?"

"Und was nun?", fragte Ecki.

"Gas geben", sagte ich, "Vollgas! Der Sauhund darf keine ruhige Minute mehr haben."

"Und was kommt als nächstes? Nitroglyzerin?"

"Blasrohre", sagte ich. Meine letzte Lektüre handelte von Pygmäen, die ihre Beute mittels Blasrohr und vergifteter Pfeile erlegten.

"Klasse Idee. Hast du die heute Nachmittag etwa schon besorgt?" Ecki klang irgendwie leicht sauer.

"Pia", sagte ich.

"Pia?", fragte Ecki. Und dann sagte er: "Scheiße!" Und da wusste ich, dass er sich ebenfalls Hoffnungen gemacht hatte.

Die nächsten Tage waren wie Sonntage. Das Leben stand still. Wir räumten den Schulkeller leer, lustlos, da die Mädchen sich nicht mehr blicken ließen, und Polenta schloss die ganze Angelegenheit ab, indem sie sagte, dass wir recht ordentlich gearbeitet hätten und dass einige Jungen ganz gut zupacken könnten, wenn es darauf ankäme. Bei den letzten Worten blieb ihr Blick an mir hängen.

Die fünf Liter Blut oder wie viel das auch immer sein mochten, schossen mir mit einem Ruck in die Birne und hinter mir wurde blöde gefeixt.

Erst am Donnerstag kam wieder Leben in unser Leben. Als wir aus der Schule kamen, stand ein mit Gerümpel beladener Holzgaser vor unserem Haus. Später stellte sich heraus, dass es sich bei dem Gerümpel um so etwas Ähnliches wie Möbel handelte. Das sah nach Einzug aus. Die Wohnung über uns war vor einer Woche leer geworden.

Ich schmiss meinen Ranzen in die Ecke, verschlang eine Scheibe Brot mit Sirup und war wieder unten. Ecki war noch schneller gewesen.

Wir gammelten eine Weile in der Nähe des Holzgasers herum und beäugten, was da einzog. Vier weibliche Wesen oder besser gesagt zweieinhalb. Die Mutter konntest du nicht mitrechnen, die hatte viel Ähnlichkeit mit Großmutters altem Fensterleder, nur dass das nicht qualmte. Dazu gehörten noch zwei Töchter, deren Abstammung man auf Anhieb an den feuerroten Haaren erkannte. Nur dass bei der Mutter bereits das Grau dominierte. Diese Töchter hießen Lieselotte und Elvira, wie wir bald mitkriegten, und waren nur äußerst schwer auseinander zu halten, eigentlich gar nicht.

"Zwillinge", sagte Ecki.

"Zwillinge", bestätigte ich.

"Rote Haare, Sommersprossen, sind des Teufels Volksgenossen", ergänzte Ecki. Die Sommersprossen waren tatsächlich nicht zu übersehen.

"Seh`n aus wie verrostet", bemerkte ich.

"Aber schön stramm, die Puppen", feixte Ecki.

"Sehr stramm", ergänzte ich.

Was sich da unter dem Pullover bewegte, bewegte uns schon.

"Meine Fresse", sagte ich, "da sind die Magdeburger Halbkugeln der reinste Scheißdreck dagegen."

"Hoffentlich sind die nicht auch innen hohl", lachte Ecki.

"Sieht nicht danach aus", entgegnete ich. Und danach sah es wirklich nicht aus.

Die Halbe hieß Franziska und passte keinesfalls in diese Familie. Sie hatte rabenschwarzes Haar, schwarzbraune Augen und war ein Stecken. Schätzungsweise dreizehn und schwindsüchtig. Was für ein Irrtum, wie wir später merken sollten.

Nachdem wir lange genug Maulaffen feil gehalten hatten, sagte die Alte: "Na, Jungs, ob ihr mal mit anfassen könnt?"

Darauf hatten wir nur gewartet.

Wir schnappten uns Kisten und Kartons, Matratzen und Bettteile und schleppten das Zeug nach oben. Möglichst so, dass einer der beiden Zwillinge vor uns die Treppen hoch ging. Dahinter roch es scharf nach

Schweiß und irgendetwas Anderem, was ich nicht zuordnen konnte, was mich aber verdammt aufdrehte.

Als der ganze Plunder oben war, setzten wir uns schwer atmend auf die Kisten und wischten uns den Schweiß von der Stirn. Die Zwillinge zogen sich die Pullover über den Kopf und fuhren sich an der Gosse mit einem nassen Lappen über den Hals und unter die Achselhöhlen, leider mit dem Rücken zu uns.

"Aber Mädels", rief die Mutter und stieß dabei eine Qualmwolke aus, "hier sind zwei junge Herren im Zimmer."

"So?", taten die beiden verwundert und drehten sich um.

Was uns da aus den BH`s entgegen lachte, verschlug uns den Atem. Die Zwillinge, die ich so auf Anfang zwanzig schätzte, grinsten, drehten sich zur Gosse zurück und spritzten sich kaltes Wasser ins Gesicht.

Aus den Augenwinkeln hatte ich wahrgenommen, dass uns die Halbe die ganze Zeit beobachtete.

"Jetzt könnte man was zu Essen vertragen", sagte die Mutter, "ihr wisst nicht zufällig, wo man was Essbares ohne Marken auftreiben kann?"

Wir schüttelten die Köpfe.

"Geld ist kein Problem", sagte der eine Zwilling und zog einen Zwanziger aus dem Büstenhalter.

"Elvira!", mahnte die Mutter in gespielter Entrüstung.

"Die jungen Herren werden doch sicher schon mal einen Zwanzigmarkschein gesehen haben", feixte Elvira, guckte uns an, grinste und kniff ein Auge zu.

Wieder spürte ich Franziskas Blick von der Seite.

"Wie gesagt, Jungs, wenn ihr was auftreibt, Geld ist kein Problem", fuhr Elvira fort und schob ganz langsam den Geldschein in ihren BH zurück.

"So, meine Herren, habt vielen Dank für eure Hilfe, war riesig nett von euch." Die Mutter stand auf und wir verabschiedeten uns. Meine Herren, das ging runter wie Öl.

Franziska brachte uns raus. Der Korridor stand noch voller Gerassel und es war verdammt eng. Ich musste ganz dicht an Franziska vorbei und dabei streifte mein Ellenbogen ihren Pullover. Ich spürte ihre kleinen spitzen Knospen und hatte dabei das Gefühl, als würden sie leicht gegen meinen Arm gedrückt. Als ich draußen war, drehte ich mich nach Ecki um. Der stand Franziska genau gegenüber und ihr Unterkörper stand in einem eigenartigen Winkel zum Oberkörper, der nach hinten gebogen war.

Ecki zwängte sich vorbei... "Nur, wenn ihr wollt"..., hörte ich noch, dann war Ecki draußen.

"Was, wenn ihr wollt?", fragte ich, als wir im Treppenhaus waren.

"Ob wir ihr morgen mal das Haus zeigen, Keller und Boden und so", erwiderte Ecki.

"Und, wollen wir?"

"Klar", grinste Ecki.

"Und was ist mit der Kohle?", fragte ich, "hast du `ne Idee?"

"Hab ich", sagte Ecki.

"Und?"

"Morgen", lenkte Ecki ab.

"Morgen geht nicht", sagte ich.

Ecki guckte mich sonderbar an, sagte aber nichts mehr.

***

Freitag. Kinotag. Ich stand von früh an unter Hochspannung. Wir würden das erste Mal in aller Öffentlichkeit zusammen sein. Wenn meine Eltern das mitkriegten, konnte ich mich auf was gefasst machen. Mutter würde zetern, Vater würde grinsen und mich hochnehmen.

Der Vormittag rauschte an mir vorbei wie Wind an einer Mühle, nur dass sich bei mir nicht die Flügel, sondern die Gehirnwindungen drehten, oder besser gesagt, verdrehten.

Wenn uns zufällig ein Lehrer sah?

Oder einer aus der Klasse?

Oder meine Mutter kommt am Kino vorbei?

Oder Pfarrer Oehme?

Scheiß der Hund drauf, dachte ich und brachte mich mit Großmutters Lieblingsspruch: Erstens kommt es anders, zweitens als man denkt, wieder ins Gleichgewicht.

Halb fünf kaufte ich die Karten. Hans Albers. Im Allgemeinen einer meiner bevorzugten Kinohelden. Heute hätten sie auch Rumpelstilzchen spielen können. Ich bezweifle, ob ich es gemerkt hätte.

Dreiviertel kam Pia. Im Geheimen hatte ich mir schon gewünscht, dass bei ihr etwas dazwischen gekommen wäre. Idiot, rief ich mich zur Ordnung.

"Was sagst du?", fragte Pia und streckte mir die Hand entgegen.

"Hans Albers", sagte ich.

"Na ja", sagte Pia. Mädchen standen da wohl nicht so drauf. Dann latschte Mühle am Kino vorbei, sah uns, blieb abrupt stehen, grinste blöd und trampelte weiter.

"Morgen sind wir garantiert Thema Nummer Eins in der Schule", sagte ich.

"Na und, stört`s dich?, fragte Pia.

"Nicht die Bohne", sagte ich und wäre froh gewesen, wenn das gestimmt hätte.

Wir gingen rein. Die Platzanweiserin schaute auf unsere Karten, grinste und geleitete uns zur letzten Reihe. Wir setzten uns in die rotsamtenen Kinosessel und ich schaute mich verstohlen um. Niemand, den ich kannte.

Pia zog ihre Jacke aus und ich half ihr dabei. Hatte ich in irgend einem Film gesehen und das hatte mich schwer beeindruckt.

Hoffentlich saß keiner aus meiner Klasse im Kino. Lieber Gott, lass es dunkel werden, betete ich.

Aber es blieb hell. Bühnenschau.

Ein Zauberkünstler agierte mit Spielkarten, Kunstblumen und Tischtennisbällen, von denen er mindestens zehn Stück aus seinem Mund brachte. Von mir aus hätte er dran ersticken können. Dann war er fertig.

Das Licht ging langsam aus und ich rückte zwei Zentimeter näher an Pia heran. Obwohl wir uns ja schon ganz schön geküsst hatten, überlegte ich, wie ich das jetzt bewerkstelligen sollte.

Vielleicht wollte Pia ja wirklich bloß den Film sehen?

Mir war so warm, dass ich das Gefühl von Schmierseife unter den Achseln hatte und ich versuchte, meine feuchten Handflächen an meinen Manchesterhosen trocken zu reiben. Dann gab ich mir einen Ruck und ergriff Pias Hand. Die war trocken, warm und fühlte sich an, wie Schäfchenwolken im Hochsommer sich anfühlen mussten, wenn man sie hätte berühren können.

Lange saßen wir Hand in Hand, rührten uns nicht und genossen die Botschaften, die Finger und Handflächen sich gegenseitig übermittelten.Irgendwann berührten sich unsere Köpfe ganz vorsichtig und Pias Haar kitzelte meine Wange.

Dann war der Film zu Ende.

Als das Licht anging, traf mich der Schlag. Nicht weit von uns entfernt, in der letzten Reihe, saßen Polenta und Ätz. Ziemlich dicht beieinander. Wie Pia und ich.

Polenta lachte und winkte uns einen Gruß zu. Ich war heilfroh, als wir draußen in der Dunkelheit untertauchen konnten.

An der großen Kastanie, die nicht weit von Pias Haus stand, machten wir noch einmal Halt. Pias Mund war heiß und ich musste mich seitlich stellen. Mir wäre es furchtbar peinlich gewesen, mit der geschwollenen Hose Pia zu berühren.

Während unsere Zungen miteinander Suchen und Finden spielten, rutschte meine Hand auf der Suche nach Wärme wie ferngelenkt in Pias Jacke. Meine Finger tasteten über etwas wunderbar Rundes, Weiches, Warmes, Schönes, Erregendes. Ich fühlte zum ersten Mal in meinem bewussten Leben die Brust eines Mädchens in meiner Hand. Stoffverhüllt und trotzdem aufregend wie sonst nichts auf der Welt, was ich jemals wieder berühren würde. Pia zog ihre Zunge aus meinem Mund und meine Hand aus ihrer Jacke und flüsterte: "Nicht, Alex!" Dabei berührten ihre Lippen mein Ohr.

Auf dem Nachhauseweg brannte mein Ohr wie ein Strohschober, in den der Blitz gefahren war. Ich beschloss, mir mindestens ein Jahr das getroffene Ohr nicht mehr zu waschen.

***

Am nächsten Tag waren wir tatsächlich Thema Nummer Eins.

Mühle!

Mir war's egal. Die blöden Frotzeleien prallten glatt an meinem OHR und DER HAND ab. Nur als Franz stichelte: "Na, haste die Alte gevögelt, Zimt?", brannten mir die Sicherungen durch.

"Halt die Schnauze, Idiot!", sagte ich und verspürte ein kräftiges Jucken in den Fäusten. Der Arsch hatte doch von Tuten und Blasen keine Ahnung. Nur die große Fresse.

Komm wieder runter, Alex, ermahnte ich mich und steckte DIE HAND in die Hosentasche.

Als es klingelte, fiel mir schlagartig ein, dass heute L nach dem Klassenbuch dran war.

"Alexander Ludwig, bitte zur Tafel!" Wagenknecht hatte seine schwarze Giftkladde aufgeschlagen und las: "Zeichne ein Dreieck, dessen Umkreismittelpunkt außerhalb des Dreiecks liegt! Welche Besonderheiten weist dieses Dreieck auf?"

Verdammt, ausgerechnet heute, ausgerechnet ich, ausgerechnet Geometrie! Mein räumliches Vorstellungsvermögen ähnelte dem Geruchssinn eines toten Hundes. Ich begann zu zeichnen. Als das Dreieck fertig war, sagte Wagenknecht, dass dies ein sehr schönes Dreieck sei, aber leider nichts und zwar gar nichts mit dem Dreieck zu tun hätte, das durch die Aufgabenstellung vorgegeben sei.

Die Klasse begann zu feixen und Popel meinte, ich hätte mir eben gestern mal so ein richtiges Dreieck zeigen lassen müssen.

"Möchte jemand von den Herren Alex ablösen?", fragte Wagenknecht leise mit seiner Rasierklingenstimme.

Ruhe im Karton!

Ich begann wieder zu konstruieren. Nach der vierten Missgeburt von Dreieck sagte Wagenknecht: "Mein lieber Alexander...", Alexander klang nicht so gut ...,"für die Lösung der Aufgabe kann ich dir leider nur die Note Fünf geben..." mein Durchschnitt lag bis jetzt bei Zweikommadrei. Ade Zwei..., "aber für Ausdauer und Konstruktionsfantasie - Eins. Setzen, Drei!"

Die Klasse klatschte Beifall, aber der galt garantiert nicht mir. Was mir allerdings völlig egal war. Ich hatte überlebt und mein Durchschnitt war gerettet.

Den Nachmittag vergammelten wir. Es hatte angefangen zu regnen und es blies ein ekelhaft kalter Wind. Wir verzogen uns unter die Brücke und qualmten eine.

"Die ist garantiert rattenscharf", sagte Ecki.

Zuerst dachte ich, er spricht von Pia und ein heißer Strahl von Eifersucht schoss mir von der Herzgegend in den Magen oder war das umgekehrt? "Verdammt wenig dran", sagte ich dann, als mir klar wurde, dass Ecki Franzi meinte.

"Humpel hat gemeint, dass bei den Weibern, die oben nicht allzu viel dran haben, die Musik unten rum um so lauter spielt."

"Humpel", sagte ich, und mehr ablehnende Verachtung ging nicht.

Wobei mir unklar war, ob Ecki mit der Unten- Rum-Musik mehr anfangen konnte als ich.

"Man müsste eben so was wie Mühle und Franzi mischen können und dann zwei Neue draus machen", sagte ich.

"Käme vielleicht so was wie Pia raus", feixte Ecki.

"Hm", machte ich. Auf der Strecke war ich empfindlich. "Hast du übrigens `ne Idee, wie wir uns das Geld bei der Alten verdienen könnten?"

Ecki grinste. Er hatte mich durchschaut.

"Weizen klauen", sagte er nach einer Weile.

"Weizen?", fragte ich etwas blöd.

"Wenn du Weizen in der Kaffeemühle schrotest, kannst du Suppe draus kochen."

Schrotsuppe gab es bei uns im Sommer öfter. Vorausgesetzt, die Bauern ließen uns Ähren lesen. Aber im Winter Ähren lesen?

"Im Winter Ähren lesen?", fragte ich.

"Quatsch!", rief Ecki, "klauen, hab ich gesagt!"

"Und wo?" Ecki hatte bereits einen Plan, das war mir klar.

"Mühle", sagte Ecki.

Ich bohrte nicht weiter. Wenn es so weit war, würde Ecki reden.

Wir kletterten die Böschung hoch, schwangen uns über das Brückengeländer und trabten heimwärts.

***

Als wir zu Hause ankamen, lungerte Franziska im Treppenhaus herum.
"Zeigt ihr mir heute das Haus?" Das Mädchen lehnte wieder in dieser eigenartigen Stellung am untersten Hausfenster. Wie im Korridor, dachte ich. Der Unterkörper leicht vorgeschoben und der Oberkörper zurückgeneigt. Der glatte Stoff des langen schwarzen Rockes lag eng an dem knochigen Becken an.
Rattenscharf hatte Ecki gesagt und da war was dran.
"Boden oder Keller zuerst?", fragte Ecki.
"Keller", sagte Franziska.
Wir gingen runter. Im Keller roch es dumpf und modrig und die Kellerfunzel verbreitete nur im Hauptgang diffuses Licht. Wir bogen rechts ab, wo der Keller lag, der zur Wohnung der neuen Mieter gehörte und tasteten uns an der feuchtkalten Kellerwand entlang. Franziska ging hinter Ecki und vor mir. Plötzlich berührte meine tastende Hand nicht die Kellerwand, sondern Stoff, und darunter spürte ich Franziskas spitzen Brustansatz. Das Mädchen musste sich plötzlich an die Wand gelehnt haben. Ich zog erschrocken meine Hand zurück. Ecki war an der Lattentür angelangt, die mit Pappe vernagelt war und offen stand. Er riss ein Streichholz an und wir betraten den ziemlich großen Keller.

Der Raum war so gut wie leer. An der rechten Wand stand eine grüne Gartenbank, von der die Farbe abblätterte, ein niedriger Hocker und zwei mit Spinnennetzen überzogene Gartenstühle. Auf dem Hocker standen mehrere Bunkerlichter und Ecki zündete mit einem neuen Streichhoz zwei davon an.

Auf der Gartenbank lag eine trostlos verstaubte Puppe mit grünen Schuhen. Während der Bombenangriffe hatten hier zwei Frauen, wahrscheinlich Mutter und Großmutter, mit einem kleinen Mädchen gehockt. Die Familie war gleich nach Kriegsende verschwunden und den Keller hatte niemand mehr benutzt. Wozu auch? Einzulagern gab es nichts mehr und zum Möbelabstellen wurde der Boden benutzt.

Franziska schnappte sich die Puppe, klopfte den Staub ab, feuchtete ihren Zeigefinger mit Spucke an und wischte damit über die grünen Lacklederschuhe.

"Ob ich die behalten kann?", fragte sie Ecki.

"Klar", sagte Ecki, "die Leute sind lange fort."

Ich dachte an meine Schwester, die gestorben war. Die hätte ihre Puppe wahrscheinlich schwer vermisst. Mich fröstelte. Wir gingen wieder hoch. Franziska hatte die Puppe fest unter den Arm geklemmt.

"Gehn wir noch auf den Boden?", fragte Ecki.

"Morgen,", sagte Franziska und ich hatte das Gefühl, als wollte sie unter allen Umständen erst die Puppe in Sicherheit bringen.

***

Ecki kam mit zu uns. Wir spielten Mensch-Ärgere-Dich-Nicht, meine Mutter, Ecki, ich und Großvater. Großmutter strickte.

Wenn Großvater würfelte, sagte ich die Augen an und setzte die Püppchen für ihn. Ich musste jeden Kreis mit der Figur berühren und Großvater zählte mit. Einmal hatte ich bei fünf Augen bis zur vier aufgesetzt und dann eins zurück. Ich hätte mich sonst selber rausschmeißen müssen. Großvater hatte es gemerkt und ich hatte es nie wieder versucht.

Als wir bei der zweiten Runde waren, der Regulator über der Tür zeigte fünf nach neun, klingelte es. Eigentlich schien jemand zu versuchen, die Klingel abzureißen. Wir saßen wie erstarrt. Um diese Zeit?

Es klingelte wieder. Sturm! Dann flogen Kieselsteine an unser Fenster, dass wir dachten, die Scheiben gehen flöten. Ich erhob mich und guckte aus dem Fenster.

Russen! Mindestens drei Russen standen vor unserer Haustür.

"Russen", sagte ich mit einem flauen Gefühl im Magen.

Meine Mutter wurde blass und fing an zu zittern. Großmutter ließ das Strickzeug fallen.

"Und Martin im Betrieb", sagte meine Mutter und rang die Hände.

Großvater erhob sich, setzte seine dunkelblaue Mütze mit dem Lackschirm auf, streifte die gelbe Blindenbinde mit den drei schwarzen Punkten über den Ärmel und verließ die Küche.

Wir hörten noch, wie er die Korridortür abschloss, dann war Ruhe.

Nach einiger Zeit polterte es im Treppenhaus, dann schloss es an unserer Eingangstür und gleich darauf stand Großvater grinsend in der Küche. Die Präzision, mit der sich Großvater in der Wohnung, im Haus und im Grundstück bewegte, verblüffte mich immer wieder aufs Neue. Er hatte alles in Schritte eingeteilt und im Kopf gespeichert.

Und so nach und nach erfuhren wir, was los war. Die Soldaten hatten wie wild auf Großvater eingeredet und dabei war immer wieder das Wort Frau gefallen. Großvater hatte zuerst an Anni gedacht.

"Anni?", hatte Großvater gefragt.

"Nix Anni", hatte einer der Soldaten gesagt, Großvaters Hand gepackt, drei Finger abgespreizt, hatte dann mit Großvaters beiden Händen vor dessen Oberkörper zwei große Ballons geformt. Als er das vormachte, rief Großmutter entrüstet: "Aber Otto!"

Großvater lachte. Bei den drei Fingern und den eindeutigen Handbewegungen war ihm ein Licht aufgegangen. Fleischbergers! Die wollten zu den Weibern im ersten Stock.

Großvater hatte zwei Finger gezeigt und nach oben gewiesen.

Die Soldaten hatten sofort begriffen und waren die Treppe hoch gestürmt. Vorher hatte der mit den Handbewegungen ihm noch ein Päckchen Zigaretten in die Hand gedrückt. Großvater zog es triumphierend aus der Hemdtasche.

Pappmundstücklunten!

"Ich denk´, das Zeug schmeckt wie getrockneter Ziegenmist mit Kastanienlaub vermischt", sagte Großmutter, die die Qualmerei hasste.

"In der Not qualmt der Teufel auch getrocknete Fliegen", gab Großvater zurück.

Die Redewendung mit den getrockneten Fliegen kannte ich zwar etwas anders, aber Großvater quarzte so ziemlich alles, was qualmte. Dabei hatte er erst nach dem Krieg damit angefangen, wollte aber wahrscheinlich das Versäumte jetzt nachholen.

"So", sagte Großmutter, die wusste, dass sie in Bezug auf die Raucherei auf verlorenem Posten stand, "und jetzt ab in die Betten!"

***

Am Sonntagnachmittag war Boden angesagt. Mit Franziska. Das Wetter war so eklig, dass wir nicht die geringste Lust auf unsere Hütte hatten. Boden war besser. Kalt, aber wenigstens trocken.

Wir warteten, bis Anni außer Haus war, und klingelten dann bei Fleischbergers. Franziska kam sofort mit.

Auf dem Boden war es schummrig und es roch nach altem Staub und Mäusenestern. Überall stand Gerümpel. Jeder Zuzug durchforstete den Boden nach noch zu gebrauchendem Mobiliar und ließ beim Auszug dort alles, was endgültig erledigt war, zurück. Meist eiserne Bettgestelle, schaurig fleckige Matratzen, Deckenreste, Pappkartons aller Größenordnungen, Schranktüren mit blinden und halbblinden Spiegeln, Zinkwannen und und und...

Wir streiften durch das Gerümpellager. Franziska ging vor mir und der merkwürdig dumpfe Geruch, der von ihr ausging, und die Bewegungen ihrer Hüften machten mich unruhig. Der graue Rock ging ihr knapp bis über die Knie und ab und zu blieb sie stehen, bückte sich und nestelte an einem ihrer Schuhe herum. Ich nahm dann ziemlich viel von ihren Oberschenkeln wahr, was das Kribbeln in mir erheblich verstärkte.

"Warst du schon anmelden?", fragte Ecki.

"Was anmelden?", fragte Franziska zurück.

"Na, in der Schule natürlich", Ecki schien verwundert.

"Ach so. Meine Mutter hatte noch keine Zeit."

"In welche Klasse gehst`n du", fragte ich und dachte, hoffentlich nicht gerade 8b.

"Ziemlich groß, der Boden", sagte Franziska.

Oberfaul, dachte ich. Hier ist was oberfaul. Aber was ging es mich an.

"Sag mal, was wollten eigentlich die Russen gestern bei euch?", fragte Ecki.

Franziska sah uns eigenartig an. Erst Ecki, dann mich.

"Die sind doch gestern zu euch hoch", bohrte Ecki weiter.

"Mann, was seid ihr dämlich! Die vögeln meine Schwestern!

Ecki stand wie erstarrt und mir blieb die Luft weg. Unter uns Jungs gehörte das Wort zum normalen Sprachgebrauch, aber bei Mädchen?

"Nu glotzt nicht so dämlich", sagte Franziska, "von irgendwas müssen wir ja schließlich leben."

"Und du?", fragte Ecki, nachdem er sich von seinem Schock erholt hatte.

"Bin noch zu jung dazu, sagt meine Mutter." Sie hatte sich inzwischen auf eine alte Matratze gesetzt und der

Rock war ihr über die Knie gerutscht. Ich starrte zwischen ihre Schenkel wie hypnotisiert.

"Mann, seid ihr doof", grinste Franziska und spreizte ihre Schenkel wie in Zeitlupe. Mein Puls ging wahrscheinlich in Richtung fünfhundert, obwohl ich nur irgendwas Dunkles unter dem Rock wahrnahm. Ecki pfiff beim Atmen.

"Wollt ihr`s mal richtig sehen?", fragte Franziska, stand auf und hob ihren Rock hoch.

Verdammt, dachte ich, hoffentlich halten die Knöpfe an meiner Hose.

Ecki pfiff noch lauter und in höheren Tonlagen.

Ich hätte nie gedacht, dass ein derart mickriges Mädchen einen solchen Busch Haare zwischen den Beinen haben konnte.

Langsam normalisierte sich mein Puls wieder. Nur meine Augen klebten fest.

"Und", fragte Franziska schief grinsend, "schon mal so was angefasst?"

Wir schüttelten synchron die Köpfe.

"Wenn ihr was Essbares organisiert, könnt ihr mal den Finger dran halten."

Ecki schluckte, als hätte er einen alten Brotkanten quer im Halsstecken und nickte.

Ich hatte ein Ding, an das ich problemlos einen vollen Wassereimer hätte hängen können .

"Wer zuerst?", fragte Franziska.

Wir rührten uns nicht.

"Lieber hinterm Schank?"

Wir nickten.

Franziska verschwand hinter dem Schrank ohne Türen.

"Du zuerst", sagte ich.

"Du", sagte Ecki.

Ich schüttelte den Kopf. Reden war nicht mehr. Mein Mund war trocken wie die Wüste Gobi und meine Hände waren nass von Schweiß.

Ecki ging hinter den Schrank.

Dann war ich dran. Ich hatte Angst, dass mir die Beine wegknicken würden; die Blamage. Aber ich schaffte es Franziska stand wieder in dieser merkwürdigen, abgeknickten Haltung an die Rückseite des Schrankes gelehnt. Den Rock hielt sie vorn zusammengerafft nach oben. Das Dreieck lag dunkel zwischen den hellen Schenkeln. Franziska griff nach meiner Hand und führte sie. Die Haare waren geringelt und weich und die Haut darunter heiß. Sie drückte meine Finger gegen ihren Schoß und da war es feucht. Im selben Moment fiel der Wassereimer von seiner Halterung und meine Hose wurde von innen ziemlich feucht.

Franziska ließ meine Hand los, grinste und sagte: "Immerhin!"

Und ich hatte keine Vorstellung, was sie damit meinte.

Wir trödelten noch eine Weile auf dem Boden herum und gerade als wir verschwinden wollten, kam Anni die Treppe hoch.

Sie guckte direkt auf meine Hose und da sah ich die nassen Flecken im Stoff ebenfalls.

"Ziemlich steif, der Wind, der heute bläst", sagte sie und verschwand grinsend in ihrer Bodenkammer.

"Das war Anni", sagte Ecki zu Franziska.

"Anni", wiederholte Franziska, und obwohl in diesem Namen kein einziger Zischlaut vorkam, glaubte ich, welche gehört zu haben.

Wir machten, dass wir vom Boden kamen. Franziska verschwand in der Wohnung und Ecki und ich gingen in den Hof. Mit der Hose konnte ich keinesfalls zu Hause aufkreuzen. Wir setzten uns unter das Dach des alten Fahrradschuppens, in dem seit Kriegsende kein Rad mehr gestanden hatte.

"Meine Fresse", sagte Ecki, "das ist dir vielleicht ein Geschoss."

"Worauf du einen lassen kannst", sagte ich.

Mir juckte die Nase. Als ich mich kratzen wollte, fuhr mir ein kräftiger Geruch nach altem Fisch in die Nasenlöscher.

"Riech mal", sagte ich zu Ecki und hielt ihm meinen Finger unter die Nase.

"Pfui Teufel!", Ecki schob angewidert meine Hand weg, "die hat sich wahrscheinlich seit einer Woche nicht mehr gewaschen."

"Oder überhaupt noch nie", ergänzte ich.

Ich kannte den Geruch. Wenn ich mal Piephahn-hygiene vergessen hatte, roch der ähnlich, vielleicht nicht ganz so streng. Meine Mutter hatte von klein an darauf geachtet, dass ich mir morgens und abends meinen Zipfel wusch. Großmutter hatte gesagt, dass er sonst abfaule wie eine alte Möhre. Meine Mutter hatte darüber mit Großmutter geschimpft, aber das mit der Möhre hatte sich bei mir eingeprägt.

"Egal", sagte ich, "von der Ische kannst du jedenfalls `ne Menge lernen."

"Wieso ich?", fragte Ecki verwundert.

Ich sagte nichts.

"Pia?", sagte Ecki.

"Pia!", sagte ich. Mir war nicht ganz wohl bei der Sache, die wir eben erlebt hatten.

***

Sonntagabend. Wir machten uns in der Dämmerung auf den Weg zur Hütte. Kalter Nieselregen tropfte aus einem dreckig grauen Himmel und von den nackten Ästen der Bäume klatschten uns große, eiskalte Tropfen ins Genick.

"Scheißwetter!", schimpfte Ecki.

"Oberscheißwetter!", setzte ich noch einen drauf.

Sterbewetter, hätte Großmutter gesagt.

Russenwetter, sagte Großvater.

"Und in Afrika scheint die Sonne", sagte ich.

"Hast du was an der Birne?", Ecki war stehen geblieben.

"Wieso?"

"Wieso Afrika?", Ecki hatte wieder Tritt gefasst.

"Na ja, unten in den Savannen hast du brütende Sonne und oben auf dem Kilimandscharo liegt Schnee."

"Kilo-was?", Ecki war wieder stehen geblieben.

"Kilimandscharo, Mann", sagte ich, "höchster Berg in Afrika."

"Und wie kommst du plötzlich nach Afrika?", fragte Ecki.

"Hab ich grad gelesen," sagte ich. Die Geschichte hatte mich schwer beeindruckt. Zwei Stammeshäuptlinge waren am Kilimandscharo aneinander geraten und hatten sich in der Hitze des Kampfes die Nasen abgebissen. "Stell dir vor, der ganze Rotz und das Blut tropft dir übers Kinn auf die Erde und dein Gegner spuckt dir deine Nasenspitze vor die Füße."

"Pfui Teufel", sagte Ecki und schüttelte sich.

"Ich dachte so, du und Panitz..."

"Jetzt hör aber auf mit dem Scheiß", rief Ecki, "pass du lieber auf, dass dir nicht jemand eine ganz andere Spitze abbeißt."

Ich konnte gelesene oder gehörte Geschichten weiter spinnen, dass sich die Balken bogen. Das half oft, unangenehme Dinge zu verdrängen oder Zeit tot zu schlagen, beziehungsweise tote Zeit mit Leben zu füllen. Am wildesten wucherte meine Fantasie, wenn etwas passierte, das ich als gemein oder hinterlistig empfand. Wie die Geschichte der alten Frau vor Weihnachten. Die hatte am Bahnhof auf dem Schwarzmarkt ein Brot erhandelt und war auf dem Nachhauseweg von zwei älteren Jungen überfallen worden. Die Oma hatte sich an das Brot geklammert wie der Teufel an die arme Seele. Einer der jungen Burschen hatte ihr mit der Faust ins Gesicht geschlagen und sie hatten ihr das Brot mit brutaler Gewalt entrissen. Der Oma war durch den Schlag der Kiefer gebrochen und beim Sturz auf die Straße hatte sie sich den Arm ausgekugelt. Sie hatte vor Schmerz furchtbar geschrien und es hatte lange gedauert, bis ein Arzt an Ort und Stelle war.

Ich stellte mir vor, das wäre meiner Großmutter passiert.

Das reichte! In der darauf folgenden Nacht schlief ich äußerst unruhig. Wilde Verfolgungsjagden wechselten mit Szenen heftigster Vergeltung. Wir hatten die

Jungen an einen Baum gebunden und bis zum Nabel mit Rübensirup eingeschmiert. Neben dem Baum war einer großer Haufen aus Tannennadeln und darin wimmelte es von roten, beißwütigen Waldameisen. Und so weiter, und so weiter. Meiner Fantasie waren keine Grenzen gesetzt.

Ich dachte später manchmal, Junge sei froh, dass du nicht Polizist geworden bist. Ich glaube kaum, dass ich zum Beispiel bei einer Kindesentführung, wenn die Spur einer Chance bestand, das Kind lebend zu retten, die gebotene Distanz hätte halten können. Ich war nicht der Typ, der die linke Backe hinhält, wenn er auf die rechte geschlagen wird. Auch wenn Pfarrer Oehme uns das empfahl.

Balla, balla!

An der Hütte angekommen, mussten wir die Bude erst mal lüften. Es stank wie im Affenhaus. Feuer machen lohnte sich heute nicht. Ecki holte die Flasche mit der Buttersäure aus dem Keller und ich stellte das Glas mit den Erbsen, die wir gestern in Wasser eingeweicht hatten, auf den Tisch. Ich schüttete das Wasser ab und Ecki goß etwas von der Buttersäure über die Erbsen. Obwohl ich das Erbsenglas blitzschnell wieder verschlossen hatte, war der Gestank, der durch die Hütte waberte, infernalisch.

"Wir nehmen jeder zwei Blasrohre", sagte Ecki. Er legte vier etwa sechzig Zentimeter lange Glasrohre, von denen sich im Keller ganze Bündel mit verschiedenen Durchmessern befanden, auf den Tisch. Dann gingen wir nach draußen. Ecki nahm den Deckel von den Buttersäureerbsen und ich fischte mit einer alten Tiegelzange eine Erbse aus dem Glas. Die Erbse manipulierte ich in die Öffnung des Glasrohres und schob sie mit einem Holzstäbchen bis etwa zehn Zentimeter in Richtung der gegenüberliegenden Öffnung. Am liebsten hätte ich dabei gekotzt.

Ecki verschloß die Öffnungen mit kleinen Pfropfen aus Klopapier.

"Blas bloß nicht am verkehrten Ende", warnte Ecki.

"Und pass du auf, dass du bläst und nicht saugst", gab ich zurück.

Dann machten wir uns auf den Weg. Ich hielt mein Blasrohr mit der Stinkerbse krampfhaft waagerecht. Wir würden zuerst jeder mehrere harte Erbsen gegen Hagedorns Fenster schießen und wenn er es öffnete - ein Schuss mit dem zweiten Rohr, möglichst in die Haare.

Der Skunk lässt grüßen!

Als wir die Gartenanlage erreicht hatten, in der Hagedorns Nissenhütte lag, nutzen wir jeden Baum und jede Laube als Deckung.

Sioux auf dem Kriegspfad! Die Dunkelheit der Wolkennacht war unsere Verbündete. Wir schlichen bis an den Geräteschuppen des Nachbargrundstücks, neben dessen hinterer Wand ein verfilztes Koniferen-gestrüpp vor sich hin wucherte und uns Deckung gab.

Wir machten uns schussbereit.

"Letzter Schuss möglichst in die Haare", flüsterte ich.

Ecki knurrte irgendetwas. Er hatte bereits die nicht eingeweichten Erbsen im Mund.

Ich gab mit der linken Hand das Zeichen, dann schossen wir.

Trommelfeuer! Es klang wie Hagel, der gegen die Scheiben prasselte. Hagedorn riss das Fenster auf. Wir legten mit dem zweiten Blasrohr an, schossen und traten geräuschlos den Rückzug an.

Hinter uns hörten wir wilde Drohungen und wüste Flüche. Hagedorn wurde drei Tage nirgendwo gesehen. Als er am vierten Abend in der Börse aufkreuzte, rümpften seine allabendlichen Zechkumpane die Nasen und nach kurzer Zeit saß Hagedorn allein am Tisch.

***

Wir saßen im Fahrradschuppen. Ein kalter, hässlicher Wind fuhr um alle Ecken und am Himmel wechselten dunkle Wolken mit sonnigen Abschnitten. Ganz entfernt roch es nach Frühling.

"Sag mal, was hältst du eigentlich von Fahrrädern?", fragte ich.

"Fahr`n jetzt deine Neger auf Rädern um den Kilomandscharo und suchen ihre abgebissenen Nasen?", fragte Ecki.

"Kilimandscharo!", verbesserte ich.

"Scheiß drauf", sagte Ecki, "hast du geerbt?"

"Das nicht, aber wir könnten Geld aus der Büchse nehmen."

Ecki fuhr, wie von der Tarantel gestochen, herum. "Bist du bescheuert? Und Kanada? Hast du das abgeschrieben?"

"Quatsch", sagte ich, "aber bis wir achtzehn oder einundzwanzig sind, kriegen wir das Geld allemal zusammen."

"Mann, du kommst auf Ideen. Bin gespannt, wann wir in Australien Elefanten züchten."

"In Australien gibt es keine Elefanten", sagte ich, "nur Kängurus. Die mit dem Beutel am Bauch."

"Blöder Besserwisser, pass lieber auf deinen Beutel unter`m Bauch auf", fuhr Ecki mich wütend an.

Wenn er so reagierte, wusste ich, dass ihm die Idee gefiel und er nur stocksauer war, weil sie nicht von ihm stammte. Aber das war kein Problem für mich.

"Du könntest die Materialbeschaffung übernehmen", sagte ich.

Organisation war Eckis Welt.

Plötzlich guckte er mich sonderbar an und sagte so wie nebenbei: "Hat zufällig eine gewisse Pia Schwerdtfeger ein Rad?"

Scheiße, dachte ich. "Mir geht bloß die ewige Fußlatscherei bis zur Hütte auf die Nerven, und wenn der Sommer kommt, könnte man..."

"Hat sie oder hat sie nicht?", Ecki ließ nicht locker.

"Sie hat", sagte ich.

Plötzlich fing Ecki wie verrückt an zu lachen. Am liebsten hätte ich ihm eine gescheuert. Ich war wütend, wahrscheinlich, weil er mich durchschaut hatte.

"Mann, Zimt, ich bin doch dafür. Da können wir herrliche Ausflüge mit Pia machen", und er bog sich vor Lachen.

"Du bist so was von blöd", fuhr ich ihn an. Ich war auf hundertachtzig.

Ecki hörte schlagartig auf zu feixen. "Drei Räder!", sagte er.

"Drei?", ich verstand Bahnhof.

"Drei!", wiederholte Ecki.

Dann ging mir das berühmte Licht auf. "Franziska?", fragte ich.

"Franziska!", bestätigte Ecki.

"Hund, verdammter", sagte ich, "mich so hochzunehmen. Wird was kosten! Drei Räder, jetzt, wo das Schnapsgeschäft langsam ausläuft."

"Geld kannst du immer verdienen", sagte Ecki.

"Denkst du an die Franziskasippe?"

"Klar", sagte Ecki, "Geld spielt bei denen keine Rolle, aber zu beißen haben die nichts."

"Hattest du da nicht eine Idee?"

"Hab ich immer noch", sagte Ecki.

***

Ein feiner Nieselregen fiel aus einem dunklen wolkenverhangenen Himmel. Das nasskalte Wetter sorgte dafür, dass die Straßen wie leer gefegt waren, und etwas Besseres konnten wir uns nicht wünschen.

Wir umschlichen die Mühlenbäckerei. Mühle hatte Ecki in einem Anfall von Prahlsucht erzählt, dass ihr Vater noch geheime Weizenreserven auf dem Anbau der Bäckerei versteckt halte und für besonders gute Kunden – zu denen Ecki unter bestimmten Bedingungen eventuell gehören könnte – weiße Brötchen und Weißbrot backen würde. Gegen Lieferung anderer Artikel aus dem Bereich der allgemeinen Mangelware, versteht sich.

Unsere Bedenken wegen Diebstahls hielten sich also in Grenzen. Im letzten Sommer waren wir Ähren lesen gewesen. Die Ähren wurden zwischen den Händen gerollt und die Spelzen weggeblasen. Die Weizenkörner brachten wir in die Bäckerei und bekamen dafür ein weißes Brötchen, manchmal zwei, wenn wir vorher an den noch nicht abgeernteten Feldrändern unsere Hosentaschen füllen konnten und nicht erwischt wurden. Das war dann wie Weihnachten! Halleluja! Den Geschmack vergisst du dein ganzes Leben nicht. Und den Beschiss ebenfalls nicht.

Wir schlichen an der Bäckerei vorbei, umrundeten den Anbau und stellten fest, dass die Fenster vergittert und die Tür mit einem Eisenriegel gesichert war.

Hoffnungslos!

"Weiter", zischte Ecki leise, obwohl uns garantiert keiner hören konnte. Wir umrundeten das Kino, das an den Anbau grenzte. Links vom Eingang kam das Abflussrohr von der Dachrinne herunter und endete in einem Eisenstutzen an der Kinowand.

"Los!", sagte ich und begann an dem Rohr nach oben zu klettern. Als ich oben war, folgte Ecki. Wir liefen über das Kinodach und sprangen auf den Anbau der Bäckerei.

"Mist", entfuhr es mir. Ich hatte mit einer Luke gerechnet, aber das Dach vor uns war glatt wie ein Abortdeckel. Ecki beugte sich über die Dachkante.

"Komm her, Zimt", flüsterte Ecki.

Ich guckte runter. Genau unter uns befand sich eine Öffnung, aus der ein Stahlträger ragte. Da wurden früher wahrscheinlich die Getreidesäcke auf den Boden gehievt. Ich hing mich an den Träger und erreichte problemlos die Öffnung. Ecki reichte mir die Taschenlampe mit dem eingebauten Dynamo. Ich drückte den Griff, der Dynamo schnurrte wie ein alter Kater und der funzlige Lichtstrahl fiel auf einen völlig verstaubten Fußboden aus schweren Holzbohlen. Ich sprang. Dann kam Ecki. Im Strahl der Taschenlampe tanzte Mehl- und Getreidestaub für hundert Weißbrote. Der Boden war ziemlich voll mit Gerümpel. Das erste, was ich sah, war ein alter Fahrradrahmen.

Herrenrad! Rennrahmen! Meine Karre, dachte ich und sah mich schon die Räder einhängen und mit verchromten Flügelmuttern festziehen.

In der hintersten Ecke des Bodens fanden wir die Säcke mit dem Weizen. Aus einem Sack in der Mitte füllten wir dann unsere Beutel, stopften sie in unsere Hemden und zogen den Gürtel straff. Der Rückweg wäre beinahe eine Katastrophe geworden. Von dem Träger auf das Dach zurück, war eine ganz andere Sache als umgekehrt. Ich hing am Träger wie ein nasser Sack und kriegte meine Beine nicht zurück auf das Dach. Ecki zog und zerrte an mir, bis ich es geschafft hatte.

Für den Weizen kassierten wir jeder zwanzig Mark. Die Räder rückten ein Stück näher.

Am nächsten Morgen, als ich in der Küche mein Frühstück verdrückte, war über uns das Geräusch einer Kaffeemühle zu hören.

"Klingt, als würde die über uns Getreide mahlen", sagte meine Großmutter, "möchte bloß wissen, wo die das her hat."

Seit der Russennacht hieß die alte Fleischbergern bei meiner Großmutter nur *die über uns.*

Ich machte, dass ich in die Schule kam.

***

Der April brachte mildes Wetter. Am Himmel jagten sich weiße und graue Wolken und zwischendurch blitzte die Sonne für kurze Augenblicke aus den blauen Abschnitten. Uns war das im Moment egal. Wir nutzten jede freie Minute für den Aufbau unserer Räder. Ich hatte Ecki davon überzeugt, dass das dritte Rad im Sommer immer noch zurecht käme.

Wir hatten bei einer Getreideaktion den Rennrahmen abgeseilt und für Ecki eine alte Karre von Damenrad aufgetrieben. Mit Sandpapier schliffen wir Rost und alte Farbreste von den Rahmen, organisierten Felgen, Speichen, Lenker, Sättel, Schläuche und Mäntel, kurz alles, was es offiziell nicht gab. Für Schnaps, Getreide und Zigaretten gab es fast alles.

Mein Vater half uns beim Zentrieren der Räder und zeigte uns, wie man einen Rücktritt auseinander- und wieder zusammenbaute. Die Rahmen strichen wir mit grüner Farbe, die noch aus einer Zeit stammte, wo Gartenbänke gestrichen wurden, beziehungsweise, wo es noch welche gab, Gartenbänke aus Holz, meine ich.

Dann kam der große Tag. Wir starteten Richtung Schulwald.

Treffpunkt der Fußballer aus unserer Klasse. Wir drehten einige Runden um die Kicker. Nach der vierten Runde wurden die ersten auf uns aufmerksam.

"Eh, Leute, guckt mal, Zimt und Ecki! Sind das grüne Ziegenböcke, auf denen die reiten?", brüllte Hode.

Tosendes Gelächter.

"Mensch, Ecki, mit der Karre gewinnst du jedes Steherrennen!", rief Qualle.

"Kann natürlich auch Zimt gewinnen, mit dem Lenker", grölte Hode.

Der hat`s gerade nötig, dachte ich. "Lern du lieber erst mal richtig schreiben, du Hottentotte, du", brüllte ich zurück.

Als der erste Neidknüppel geflogen kam, zogen wir uns zurück.

Ich hatte Hode an seiner empfindlichsten Stelle getroffen.

Hode hatte in Erdkunde bei der Trautmann an die Tafel geschrieben: *Die Hodentoten sint ein Folgsstam in Afriga.*

Teichmann hatte das erste Mal, seit wir bei ihr Unterricht hatten, die Hand vor den Mund gehalten und sich mit zuckenden Schultern umgedreht.

Wir waren sauer. Zugegeben, unsere Räder waren schon bemerkenswert. Meine Mühle hatte zum Rennrahmen einen steifen Gesundheitslenker und vorn ein sechsundzwanziger und hinten ein achtundzwanziger Rad. Eckis Damenrad mit Profirennlenker war ebenfalls sehenswert.

Aber es waren Räder. In den nächsten Tagen machten wir verschiedene kleinere und größere Ausflüge. Der Hammer war am Sonnabend die Tour nach Rosental über die Serpentinen in Pirna. Ecki war als erster oben. Ich schob die letzten hundert Meter. Ecki sah irgendwie leicht bläulich aus, als ich oben ankam, aber er hatte gewonnen und grinste leicht verkrampft.

"Na, Alter, mit Weibern durch die Botanik ziehen geht ja so, aber`n richtigen Berg knacken, da machen die Helden schlapp."

Ich war sprachlos. Woher wusste Ecki von meinen Ausflügen mit Pia? Und wieso dieser gehässige Ton? So kannte ich Ecki überhaupt nicht.

"Sag mal, hat dich was gestochen?", fragte ich verwundert.

"Gestochen vielleicht nicht, aber ..." Den Rest ließ Ecki in der Luft hängen.

Mir war klar, dass hier irgendwas nicht stimmte, und Ecki sah jetzt ziemlich beschissen aus.

"He, Alter, red schon, was is`n los mit dir?"

"Ich hab so das Gefühl, als hätt` ich mich mit irgendwas angesteckt", sagte Ecki ziemlich kleinlaut.

"Was soll`n das sein?", fragte ich verwundert, "hast du die Maulfäule oder was?"

"Eher eine Etage tiefer", grinste Ecki verlegen.

Ich verstand Bahnhof. "Hast du Fußpilz?"

"Mann, Zimt, ich hab ein Geschwür am Pimmel", knurrte Ecki.

"Was hast du?" Ich musste was falsch verstanden haben.

"Hast du Geschwür am Pimmel gesagt?" Ich hatte mich garantiert verhört.

"Mann, Zimt, ich hab ein dickes, fettes, rotes Geschwür am Pimmel!"

Ich musste mich setzen.

"Franzi?", fragte ich, immer noch völlig entgeistert.

"Keine Ahnung", sagte Ecki, "kann schon sein."

Ich hatte schon mitgekriegt, dass sich die beiden in letzter Zeit häufig auf dem Boden herumtrieben, aber da ich mit Pia beschäftigt war, hatte ich kein Wort darüber verloren.

"Los, zeig her!"

Ecki machte seinen Hosenstall auf und zog mit großer Vorsicht sein schrumpliges Ding aus der Hose.

"Scheiße!", entfuhr es mir. An der rechten Seite, etwa in der Mitte, leuchtete ein furunkelähnliches, rotes Geschwür mit gelblicher Spitze.

"Sag mal, habt ihr`s gemacht?"

"Na, nicht direkt," sagte Ecki, "die hat so an mir rumgefummelt und mal drangehalten." Ecki sah furchtbar blass aus.

"Ich hab mal so ein Ding am Kinn gehabt und eins am Arsch", sagte ich, "das muss nichts bedeuten." Solidarität tat bei so was immer gut.

"Aber am Pimmel", stöhnte Ecki verzweifelt, "am Pimmel, Alex, da ist doch was faul. Das ist bestimmt Syphilis oder Schanker oder Tripper oder wie das eklige Zeug auch immer heißt."

Mir fiel der Spruch ein: Hast du Tripper, Syph und Schanker, bist du lange noch kein Kranker, erst wenn`s... und so weiter und so weiter. Aber das konnte ich Ecki als Trost nicht anbieten.

"Hast du das deiner Mutter gezeigt?", fragte ich.

"Meiner Mutter?", Ecki war fassungslos, "würdest du das deiner Mutter zeigen? Eher spring ich vom Wasserturm!"

Ich überlegte krampfhaft.

"Humpel!", sagte ich.

"Humpel?", Ecki sah mich misstrauisch an, "denkst du, ich geh zu Humpel und zeig dem meine angefaulte Pfeife?"

"Mensch, Ecki, das kann ich doch machen. Ich sag ganz einfach, bei uns in der Klasse ist einer, der hat`n Geschwür am Pimmel und traut sich nicht, das seiner Mutter zu zeigen. Ich werd´s ihm genau beschreiben."

"Wenn du das machst, kriegst du meinen Rennlenker", sagte Ecki.

***

Sonntagvormittag. Die Sonne schien. Das Riffelblech der Aschengrube wärmte unseren Hintern. Ich war gestern Abend bei Humpel gewesen und hatte ihm die Geschwürgeschichte erzählt. Humpel hatte ein altes zerfledertes Doktorbuch zu Rate gezogen und wir waren bei Syphilis hängen geblieben. Tripper fiel aus. Da brannte es in der Harnröhre, aber es gab keine Geschwüre. Syphilis! Verdammte Kacke!
Humpel war der Meinung, dass der Kumpel aus meiner Klasse unbedingt zum Doktor gehen sollte. Mir war klar, dass ich Ecki Todesangst einjagen musste, damit das passierte.
"Und, warst du bei Humpel?", fragte Ecki und rutschte unruhig auf dem warmen Blech hin und her.
"War ich", erwiderte ich und zog ein äußerst bedenkliches Gesicht.
"Und?"
"Sieht nicht gut aus, Ecki."
"Mann, nu red schon oder bin ich schon tot?"
"Also", sagte ich, "wenn es bösartig ist, und es sieht verdammt danach aus, ist es Syph."
"Doch Wasserturm", sagte Ecki.
Pause.
"Wie lange kann man eigentlich damit noch leben?"

"Schwer zu sagen. Syphilis verläuft in drei Etappen, sagt Humpel. Zuerst kriegst du ein Geschwür an der Kontaktstelle, also am Pimmel."

"Hab ich schon", warf Ecki dazwischen.

"Dabei schwellen die Lymphdrüsen an", fuhr ich fort.

"Was für Dinger?", fragte Ecki.

"Stand in dem Buch", sagte ich, "wahrscheinlich meinen die die Eier. Hast du dicke Eier?"

"Nee", sagte Ecki, "seit dem nicht mehr."

"In der zweiten Etappe kriegst du Ausschläge und Haarausfall", fuhr ich fort und blickte mit bedenklicher Miene auf Eckis Kopf.

Ecki hatte jetzt die Farbe eines nicht mehr ganz frischen Bettlakens.

"Dann wird das Gehirn angegriffen und du verblödest."

Ecki atmete schwer mit offenem Mund. Dann sagte er mit ziemlich belegter Stimme: "Das Tesching und der Wasserturm. Sicher ist sicher!"

Jetzt stand mir der Mund offen.

"Humpel hat gesagt, der Kumpel aus meiner Klasse soll unbedingt zum Arzt gehen, sonst macht er sich strafbar wegen Ansteckung und so. Und außerdem soll es im frühen Stadium heilbar sein."

Ecki hatte jetzt die Farbe eines frisch gewaschenen und in der Sonne gebleichten Bettlakens angenommen.

***

Im Wartezimmer bei Doktor Eisenfeld saßen zwei alte Frauen und unterhielten sich leise flüsternd miteinander. An der Fensterseite saß ein Mann mit einer schwarzen Augenklappe über dem linken Auge und in der Nähe der Tür saß eine junge Frau und weinte still vor sich hin.

Wir setzten uns auf zwei freie Stühle an der Fensterseite. Ich war vorsichtshalber mitgegangen, damit Ecki nicht im letzten Moment stiften ging. Ich griff mir eine alte SZ-Ausgabe und suchte nach den letzten Nachrichten.

Kronjuwelendieb vor Gericht
Washington (ADN). Das Kriegsgerichtsverfahren gegen Oberst Durant wegen Beteiligung am Diebstahl der hessischen Kronjuwelen im Werte von 1 500 000 Dollar wurde am Montag in Washington eröffnet. Der größte Teil der verschwundenen Edelsteine wird noch immer vermisst.

Also nicht nur die Russen klauen, dachte ich. Müsste Großvater lesen!

Ecki stand auf und wollte raus. Ich zog ihn erbarmungslos auf seinen Stuhl zurück und las noch was von einer 90-Tage- Klausel, wonach die alliierten Truppen aus Österreich nach Inkrafttreten des Friedensvertrages innerhalb von 90 Tagen zurückgezogen werden sollten und dass die alliierte Kontrolle über Österreich aufzuheben ist.

Mann, dachte ich, wenn das in Deutschland genau so kommt, sind wir die Russen los. Das musste ich Großvater auf jeden Fall erzählen.

"Eckehardt Wünschmann", rief die Schwester von der Tür aus. Ecki stand auf und ging mit steifen Schritten in Richtung Behandlungszimmer. Ich hatte das Gefühl, dass die geringste Unebenheit im Boden ihn zum Straucheln bringen würde.

Ich wartete. Dann kam Ecki zurück. Ein neuer Ecki. Ein Ecki, der grinste und sagte: "Los, Alter, auf zur Hütte!"

Wir schwangen uns auf unsere Räder und ab ging`s. Es war seit Tagen warm, am blauen Himmel schwammen schneeweiße Wolkentupfer und es roch nach Frühling.

Für Ecki schien nicht nur Frühling zu sein, sondern, so wie er sich gebärdetet, mussten Weihnachten, Ostern, Pfingsten und Geburtstag auf einen Tag gefallen sein.

Wir setzten uns auf die Gartenbank und lehnten uns mit unseren Rücken an die sonnenwarme Hüttenwand.

"Und?", fragte ich.

"Nichts und", feixte Ecki, "war ein ganz normales Geschwür, wie du es am Arsch hattest."

Ich sagte Ecki nicht, dass es bei mir nur ein Solidaridätsgeschwür gewesen war.

"Und was hat er gemacht?" Das wollte ich immerhin wissen.

"Angeguckt hat er sich das Schrumpelding, dann hat er was draufgesprüht und da wurde es kalt", Ecki legte eine Pause ein.

"Und?", drängte ich.

"Ratsch", sagte Ecki, "der hat einen kleinen Schnitt gemacht, mit beiden Daumen die Stelle auseinander gezogen und da war der Eiterstöpsel draußen."

"Und was wird mit dem dritten Fahrrad?", fragte ich. Ich wollte nicht direkt nach Franzi fragen.

"Fällt aus", zishte Ecki, "Scheißweiber!"

"Und der Rahmen und das ganze Zeug, was schon da ist?"

"Gut, dass du sitzt", sagte Ecki, "Qualle und Hode haben vorgefühlt, ob wir denen so`ne Karre zusammen bauen könnten."

Ich war sprachlos. Die, die am meisten gelästert hatten.

"Ohne Sattel!", knurrte ich.

"Ohne Sattel!", bejahte Ecki.

"Die Idioten sollen im Stehen fahren", lachte ich.

"Oder mit `nem Schuh von uns auf der Sattelstütze", sagte Ecki.

"Wieso Schuh", fragte ich verwundert.

"Ganz einfach", sagte Ecki, "da kannst du dir immer vorstellen, du trittst den Idioten in den Arsch."

Ecki stand auf, holte die Flasche mit unserem Privatfusel und mixte uns aus Brausepulver, Sirup und Wasser eine Limo mit Schuss.

"Prost Zimt", sagte Ecki, "auf das Fahrradgeschäft!"

"Prost ", sagte ich, "auf das Fahrradgeschäft. Für bestimmte Leute ohne Sattel."

Ich ging in die Hütte, holte unsere gut versteckte Schachtel Aktive und wir brannten uns jeder eine an. Ecki mixte uns noch eine Limo, und Tabakrauch, Alkohol und Sonnenwärme erzeugte in mir ein Gefühl von Schwerelosigkeit und Fliegen.

"Aus dem Fahrradschuppen im Hof ließe sich garantiert eine Werkstatt machen", sagte Ecki wie nebenbei.

Eine Fahrradklempnerei! Der Gedanke gefiel mir. Wir hatten auf alle Fälle bereits Erfahrungen und herausgefunden, wo man gegen Zigaretten oder Brot alte Rahmen sandstrahlen lassen konnte, wo sie lackiert wurden und und und...

"Mann, das könnte das Geschäft unseres Lebens werden", fing ich an zu spinnen und sah Ecki und mich schon auf chromblitzenden, hochglanzlackierten Rennrädern durch den Schulwald jagen. Die Weiber würden gucken.

Wir tranken noch eine Limo mit Schuss, qualmten noch eine und merkten kaum, dass es inzwischen fast dunkel geworden war.

"Das mit dem Rennlenker geht klar", sagte Ecki „den kannst du morgen umbauen."

Ich war mir nicht sicher, ob ich`s machen würde.

Wir schwangen uns auf unsere Räder und kurvten heimwärts. Inzwischen war es stockdunkel geworden, und als wir in unsere Straße einbogen, blinkte uns das rote Licht einer Taschenlampe entgegen.

Hilfspolizist Hagedorn! Der hatte uns gerade noch gefehlt. Ohne Licht, dafür aber mit Fahne.

"Ah, die Herren Ludwig und Wünschmann! Und was für Räder? Ohne Licht, ohne Klingel, ohne Handbremse!"

Handbremse? Der hat wohl was an der Birne. Man drückte ganz einfach die Schuhsohle auf den vorderen Reifen und stand. Und Klingel? Wozu konnte ich pfeifen! Mit dem Licht, da war allerdings was dran.

"Die Räder werden konfrisiert", schnaubte Hagedorn.

"Konfiziert", murmelte ich.

"Ach, der junge Herr Wünschmann ist wohl einer von den ganz Schlauen?", zischte mich Hagedorn an. Dabei roch ich seine Fahne. Ein Glück, so konnte er unsere nicht riechen.

Als Hagedorn mit unseren Rädern in Richtung Gemeindeamt verschwand, hörte ich neben mir ein gewaltiges Zischen. Ecki atmete aus.

"Wenn der die Räder nicht wieder rausrückt", sagte er nach einer Weile, "hat der die letzte Zeit Bäume in seinem Garten gehabt."

***

Ich vertraute mich Großmutter an. Die hatte mit Vater eine heftige Auseinandersetzung, von der ich nur Bruchteile wie: "... keine Zeit für den Jungen" und "...Tag und Nacht in der Bruchbude" mitbekam.
Was Vater mit Hagedorn im Gemeindeamt gesprochen hatte, erfuhren wir nie, aber wir konnten die Räder am nächsten Tag abholen. Hagedorn sah dabei aus, als hätte er in eine Zitrone gebissen.
Vaters Auflagen waren klar und ohne jeden Kompromiss: Die Räder bleiben unter Verschluss, bis Licht, Klingel und Handbremse dran sind! Basta!
Zum Abschluss seiner Worte legte Vater eine Kette um beide Räder und verschloss sie mit einem kräftigen Vorhängeschloss.

***

Der Himmel war eine Kornblume, Pia der Schmetterling. Als sie auf mich zukam, setzte mein Herzschlag aus. Ich holte erst wieder Luft, als wir uns die Hand gaben.
Weicher Samt auf Sandpapier.

Meine Knie hatten sich durch irgend einen unbekannten Virus in Gallertmasse verwandelt und ich war des Laufens nicht mehr mächtig. Irgendwie mussten die Dinger auch in meine Birne eingedrungen sein.

Des Laufens nicht mehr mächtig. Lieber Himmel! Vielleicht wird man besonders vornehm, wenn man verliebt ist, dachte ich. Und verliebt war ich. Das wusste ich seit Anfang der Woche. Ich hatte Pia mit einem älteren, hoch aufgeschossenen Jungen gesehen. Mein Herz war kurz stehen geblieben, dann war ein brennender Schmerz durch meinen Körper gerast, hatte sich in der Magengegend konzentriert und ich musste mich nach vorn beugen, um den Krampf zu lindern.

Es war eine schlaflose Nacht gefolgt und ein Vormittag, an dem ich eine Vier und zwei Fünfen kassierte. Am Nachmittag traf ich dann ganz zufällig Pia. Ich hatte anderthalb Stunden Fahrradübungen in der Nähe ihrer Wohnung absolviert.

"Ich dachte, wir könnten vielleicht am Sonnabend ins Kino gehen?", quälte ich aus mir heraus. Pia guckte mich sonderbar an.

"Stimmt was nicht?"

Irgendwie mussten Mädchen einen Sinn mehr haben als Jungs.

"Ich dachte nur, du könntest anderweitig etwas vor-haben", sagte ich verkrampft."

Wieder guckte mich Pia merkwürdig an. "Übrigens hab ich gestern meinen Cousin getroffen, bei dem hat die Blödheit mit dem Längenwachstum Schritt ge-halten."

Ein gewaltiges Poltern in meinem Inneren zeigte an, dass soeben ein Stein von riesigem Format irgendwohin abgestürzt war.

"Sonnabend?", fragte ich.

"Sonnabend", bestätigte Pia.

Wir hatten das Kino sausen lassen und schlenderten über die Wiesen am Fluß entlang. Als wir die letzten Häuser hinter uns hatten, griff ich nach Pias Hand. Lange Zeit sprachen wir kein Wort. Ich fühlte mich so leicht, dass ich hätte fliegen können. Und gleichzeitig fühlte ich mich wie der Riese im Märchen und hätte mit links eine der alten, knorrigen Trauerweiden aus dem Boden reißen können.

"Alex, wenn ich mal längere Zeit fort müsste, würdest du auf mich warten?", fragte Pia plötzlich.

Ich blieb stehen. "Jahrhunderte!"

Pia würde wahrscheinlich Gesang studieren. Sie war die absolute Nummer Eins im Singen.

Sie nahm mein Gesicht in beide Hände und küsste mich auf den Mund. Plötzlich überfiel mich eine undefinierbare Unruhe, die mir die Luft abschnürte. Ich schlang beide Arme um Pia und so standen wir, bis meine Armmuskeln zu zittern anfingen. Dann machten wir uns auf den Rückweg.

"Eh` ich`s vergesse, du bist demnächst zum Kaffeetrinken bei uns eingeladen", sagte Pia.

"Ich?"

"Ja, du. Meine Mutter möchte gern wissen , mit wem ich so meine Zeit verbringe."

Hilfe! Mein Herz rutschte in die Hose und die alte Trauerweide musste keine Angst mehr vor mir haben.

"Kannst aber zur moralischen Unterstützung deinen Kumpel Ecki mitbringen."

Mein Herz kam aus der Hose zurück und nahm seinen angestammten Platz wieder ein.

***

Dynamos, Lampen und Handbremsen hatten uns den letzten Schnaps gekostet. Dynamo und Lampe anbauen waren kein Problem für uns, aber mit den Handbremsen kamen wir nicht klar, bis uns mein Vater half. Es dauerte keine halbe Stunde und die Bremsen waren dran.

Dann kam die übliche Frage: "Und was macht die Schule?"

"Geht so", sagte ich.

Ecki murmelte irgendwas.

"Für einen von euch ist eine Lehrstelle in der Chemie frei."

Pause.

"Ich hatte da an Ecki gedacht."

Mir blieb der Mund offen. Und ich ?

"Und ich", fragte ich.

"Bei dir dachte ich mehr an Mechaniker oder so", erwiderte Vater.

Scheißräder, dachte ich. Vater wollte, dass ich in seine Fußstapfen trat und das hatte ich mir garantiert mit meiner Fahrradmurkserei eingehandelt. Chemie wäre mir auf jeden Fall tausend Mal lieber gewesen. Ich tröstete mich mit Großmutters Lieblingsspruch in verfahrenen Situationen: Der Mensch denkt und Gott lenkt.

Und der Lenker lenkte später tatsächlich in eine ganz andere Richtung, als es sich der Denker gedacht hatte. Aber das wusste ich damals noch nicht.

"Und was machen die Mädchen?", fragte Vater so nebenbei und zog verschiedene Schrauben nach.

Schweigen im Walde.

"Interessieren uns nicht die Bohne", sagte Ecki nach einer Weile.

"Na, ja", sagte Vater und klapperte mit dem Schraubenschlüssel, "so eine Fleischers- oder Bäckerstochter ist heutzutage nicht das Schlechteste."

Eckis Birne nahm Farbe an. Mir wurde warm. Ich kannte meinen Vater viel zu gut, als dass ich annehmen durfte, ungeschoren davon zu kommen.

"Mit den Rädern könnte man irgendwohin Zelten fahren", versuchte ich die Gefahr abzuwenden.

"Und woher willst du das Zelt nehmen?", Ecki gab mir Schützenhilfe.

"Auf dem Boden", sagte Vater, "liegen bestimmt noch alte Fahnen in ihren Verstecken. Dass ihr die noch nicht entdeckt habt, wundert mich aber schon."

Achtung! Bei mir schrillten die Alarmglocken, aber der Schuss kam aus einer anderen Richtung.

"Müssten bloß umgefärbt werden. Aber das dürfte für Alex ja kein Problem sein."

Rumms! Volltreffer!

Ich fragte mich immer wieder, welche Sender mein Vater empfing. Wenn es darauf ankam mich hochzunehmen, wusste er Dinge, da konntest du nur den

Kopf schütteln. Pias Mutter arbeitete seit Kriegsende in der alten Färberei.

***

Am Sonntagmorgen erwachte ich durch einen gewaltigen Krach. Ich hatte bei weit offenem Fenster geschlafen, um den Winter aus meiner Kammer zu vertreiben. Der Krawall kam aus der Acht, dem Haus auf der anderen Straßenseite, das unserem direkt gegenüber stand. Männer brüllten wie Paviane in der Paarung und dazwischen kreischte die Stimme einer Frau wie eine stumpfe Kreissäge, die durch einen Ast musste.

In der Acht hatte Maler - und Tapeziermeister Rost seine Werkstatt und darüber die Wohnung. Der Malermeister war seit dreiundvierzig vermisst und die Malersgattin hatte sich in der Zwischenzeit mit dem Fremdarbeiter Wolski getröstet. Der war fünfundvierzig bei ihr eingezogen und die beiden lebten wie Mann und Frau zusammen. Das gab zwar am Anfang viel Gerede in unserer Straße, aber neunzig Prozent davon sei blanker Neid, hatte Großvater gesagt. Männer waren damals Mangelware und wurden dementsprechend hoch gehandelt.

Jedenfalls stand am Sonntagmorgen plötzlich der eigentliche Herr des Hauses vor der Tür und die Malermeistersgattin fiel vor Schreck aus ihrem Bett und aus allen Wolken. Der Heimkehrer schmiss seinen Korkenschwager aus dem Bett und aus dem Haus, riss

das Fenster auf und feuerte dessen wenige Habselig-
keiten in den Hof.

Der Fremdarbeiter Wolski trollte sich ohne großes
Aufbegehren. Er war froh, so davongekommen zu sein.

Der Malermeister dagegen machte ein Riesenfass auf
und brüllte was von *Polacken- und Russengesindel* und
von *Schade, dass wir den Krieg verloren haben* und
Noch ist nicht aller Tage Abend!

Es folgten weitere Tiraden, bei denen die meisten
Leute schnell ihre Fenster schlossen.

Auf alle Fälle ein herrliches Sonntagsspektakel. Die
Klatschbasen in unserer Straße kamen voll auf ihre
Kosten. Der Malermeister Rost weniger. Am Montag-
morgen war er verschwunden. Hinter vorgehaltener
Hand fiel der Name Hagedorn und Bautzen.

Als wir dann beim Frühstück saßen, sagte meine
Mutter: "Fahrt bloß vorsichtig, Alex, und dass ihr
vor`m Dunkelwerden zurück seid."

"Wo soll`s denn überhaupt hingehen?", fragte Groß-
mutter.

"Lausitz", knurrte ich mit vollem Mund.

"Da fahrt ihr ja sicher über die Dörfer", meinte
Großmutter.

Da kommt noch was, dachte ich.

"Wenn ihr über die Dörfer fahrt", fuhr Großmutter fort,
"könnt ihr doch was zum Tauschen mitnehmen."

Hamsterfahrt, dachte ich.

Meine Mutter protestierte zwar, aber als wir losfuhren,
hatte ich mehrere silberne Löffel, eine Zuckerdose mit
den berühmten Schwertern und zwei goldene Münzen
aus Großmutters eiserner Reserve im Rucksack.

Großmutter klopfte mir auf die Schulter und Mutter wiederholte: "Fahrt bloß vorsichtig, Alex! "

***

Wir fuhren über das Blaue Wunder auf die andere Seite der Elbe und strampelten die sich endlos windende Grundstraße hoch und hinein in das Oberlausitzer Bergland. Der Tag war mild, die Sonne verschwand ab und zu hinter leichten, weißen Wolken und es blies ein sanfter Wind aus westlicher Richtung.
Die Drahtesel rollten und die Straße gehörte uns. Das Gefühl von grenzenloser Freiheit verschwand erst, als sich ein Gefühl von grenzenlosem Hunger einstellte. Wir machten halt, lehnten die Räder an einen Kirschbaum und setzten uns an den Rand der Böschung. Ich holte den Kanten Brot aus meinem Rucksack, den mir Großmutter mitgegeben hatte und guckte zu Ecki. Der tat so, als wären die Sonnenstrahlen auf seinem Gesicht das Einzige, was ihn im Moment interessierte.
Ich brach den Kanten in der Mitte auseinander, knallte Ecki meinen Ellenbogen in die Rippen und hielt ihm den halben Kanten unter die Nase.
Ecki schluckte, dann sagte er: "Mach keinen Quatsch, Zimt, ich bin noch vom Frühstück wie genudelt."
"Ich frag mich sowieso, wie man in deinem Alter derart fett sein kann?", sagte ich.
Ecki grinste und nahm den Kanten. Ich bin als Schnellesser bekannt. Trotz aller Ermahnungen meiner

Mutter und meiner Großmutter bin ich mit dem Essen meist fertig, wenn der Rest der Familie gerade damit anfängt. Aber was Ecki mit dem Kanten veranstaltete, war stark. Als ich am zweiten Bissen kaute, war Eckis Hälfte bereits verschwunden. Da hatte es wahrscheinlich zum Abendbrot Luftsuppe mit gedünstetem Mückenknie gegeben und die Reste davon heute Morgen aufgewärmt.

Ecki holte zwei zerknautschte Zigaretten mit Pappmundstück aus der Hose und wir qualmten eine.

"Sag mal, bist du wieder mit Franzi auf dem Boden gewesen?" Ich starrte dabei intensiv auf das Pappmundstück.

Ecki nahm einen mächtigen Zug aus seiner Lunte und stieß den Qualm aus der Nase. Die neueste Übung!

"Hm", kam es dann aus der Wolke.

"Mann, nu red` schon!"

"Na ja", sagte Ecki, "ist `ne komische Sache."

"Was ist komisch?", bohrte ich weiter.

"Die hat mich gefragt, ob ich`s schon mal gemacht hätte?"

"Was gemacht?"

"Na eben das!"

"Und? Was hat du gesagt?"

"Klar!"

"Was klar?" Ich konnte mich vor Neugier kaum noch halten.

"Dass ich`s schon mal gemacht hätte", sagte Ecki und guckte wie ein Ziegenbock bei Gewitter.

Ich war sprachlos.

"Und, hast du?"

"Wie denn, du Blödmann, wenn ich überhaupt nicht weiß, was und wie."

"Und dann?" Irgendwie war ich neidisch.

"Dann hat sie gefragt, ob sie`s mir mal französisch machen soll?"

Ich war sprachlos. Französisch? Mir fiel im Moment nur Napoleon ein.

"Mit dem Mund!", sagte Ecki mit einer Überheblichkeit, die meine Blödheit doppelt unterstrich.

"Und, hat sie?" Ich war baff.

"Ich bin doch nicht verrückt", sagte Ecki, "ich will auf keinen Fall jetzt schon Vater werden, hab ich gesagt, wegen Kanada und so."

"Und?" Ich kam mir langsam wie ein verblödeter Und-Frager vor.

"Die hat sich auf die alte Matratze geschmissen und ist vor Lachen fast erstickt. Die konnte sich gar nicht mehr einkriegen."

"Und du?"

"Ich stand da wie Volltrottel vom Dienst. Dann hat sie gesagt, ich sei so was von bescheuert, dass es weh tun würde."

"Wieso bescheuert?", fragte ich und kam mir langsam selber so vor.

"Na, weil Kinder nur entstehen", hat sie gesagt, "wenn Jungs ihr Schniepsel bei den Mädchen unten reinstecken würden und dass sie das noch nicht darf. Ihre Mutter hätte es ihr verboten."

Pause!

Mir drehte sich alles im Kopf. Da hätte ja Humpel Recht gehabt.

"Da hat ja Humpel Recht gehabt", sagte ich fassungslos.

"Scheint so", erwiderte Ecki.

"Und woher will die das alles wissen?"

"Vergiss nicht, die hat zwei große Schwestern", sagte Ecki, "und wenn die Russen dort aufkreuzen, ist ganz schön was los."

Ecki stand auf und griff sein Rad. Dann drehte er sich zu mir um und sagte über die Schulter: "Wenn wir ihr ein Paar Schuhe besorgen, würde sie uns das mit dem Mund mal zeigen."

Uns! Mir fiel der Lenker aus der Hand.

Das reichte für heute. Während der gesamten Fahrradtour sah ich Franziskas Mund mit den aufgeworfenen roten Lippen vor mir.

Wir schwangen uns auf die Räder. Die Fahrt ging durch sanft gewellte Hügellandschaften, durch Sonntagsdörfer, die menschenleer und lautlos in der Sonne lagen, vorbei an Kirchen und einzeln gelegenen Gehöften.

Wir hielten an einem Bauernhof. Als wir uns dem schweren, verschlossenen Hoftor näherten, begann dahinter ein Hund wie tollwütig zu bellen.

Weiter!

Als wir aus einem Waldstück herauskamen, lag inmitten von Feldern ein einsamer Bauernhof.

"Probier`n wir`s?", fragte Ecki.

"Probieren geht über Studieren", sagte ich. Großmutter war immer dabei.

Wir steuerten auf das Gehöft zu. Es war über Mittag und ich hatte Hunger wie ein Wolf. Das Tor des

Bauernhofs stand weit offen. War das ein gutes oder ein schlechtes Omen? Wir würden sehen.

Als wir uns dem Tor näherten, schoss ein rabenschwarzer Riesenschnauzer wild kläffend direkt auf uns zu. Zwei Meter vor uns wurde er durch den Laufdraht, der vom Haus bis kurz vor das Tor reichte, gestoppt. Das sah ziemlich nach Strangulation aus.

"Du blöder Hund", sagte ich, denn ich war zu Tode erschrocken.

Ecki lachte und ging auf den Hund zu. "Blöder Hund", sagte Ecki zu dem blöden Hund, aber in einem ganz anderen Tonfall als ich. Der Hund machte seinen wundgescheuerten Hals lang und ließ sich von Ecki kraulen.

Das war uns schon oft passiert. Mich gingen die Köter an, als wäre ich der schwerste aller Schwerverbrecher und von Ecki ließen die sich streicheln.

Dann kam der Bauer zum Tor, blieb abrupt stehen, als er Ecki mit dem Hund schäkern sah und schüttelte verwundert den Kopf. Der Mann war untersetzt und hinkte, hatte einem kugelrunden, roten Kopf und eisengraues Stoppelhaar. Die Augen waren wasserhell und von farblosen Wimpern umgeben.

Schweinebacke, dachte ich.

Wir stellten unsere Räder ab. Ich nahm meinen Rucksack vom Gepäckträger, rührte mich aber sonst nicht vom Fleck, bis der Mann dem Hund einen scharfen Befehl gab und der schwarze Teufel in Richtung Hundehütte verschwand.

"Na, Jungs", sagte der Bauer, "was habt ihr zum Tauschen mit? Ist doch wohl kein Freundschaftsbesuch? Oder?"

"Silber und Porzellan", sagte ich.

In den farblosen Augen blitzte für einen kurzen Moment Gier auf.

"Na, dann kommt erst mal ins Haus." Der Bauer ließ uns den Vortritt. Die Diele ähnelte einem Museum. In der Mitte des Raumes lag ein leuchtend blauer Teppich, der allerdings reichlich Flecke von Kuhmiststiefeln aufwies. An den Wänden hingen Bilder in schweren Goldrahmen und auf den Vitrinen, die längs der Wände standen, häuften sich silberne und goldene Leuchter, Porzellanteller, Sammeltassen, wie ich sie von Großmutter kannte, silberne Pokale, geschliffene, mit Goldrand verzierte Weingläser in allen erdenklichen Farben und und und ...

"Links, in die Küche", sagte der Bauer.

Ich öffnete die Küchentür und ein gestauter Schwall von Bratenduft fuhr mir in die Nase. Mir lief das Wasser eimerweise im Munde zusammen. Rechts, an dem riesigen Küchenherd, stand eine alte Frau und rührte mit einem hölzernen Löffel in einer länglichen gusseisernen Pfanne. Die Alte trug ein schwarzes Kleid, das hinten länger als vorn war, und ich dachte, da hat die Alte ja immer kalte Knie.

Plötzlich hörte ich es. Die Küche tickte. An den Wänden, auf Anrichten und Tischen hingen und standen Uhren. Uhren, Uhren, Uhren. Ein Uhrenmuseum!

"Meine Mutter", sagte der Bauer. Die Alte nahm keinerlei Notiz von uns. Sie nahm einen Topf Kartoffeln vom Herd, goss das Kochwasser ab und stellte den Topf an den Rand des Herdes. Dann wischte sie sich mit dem Ärmel ihres schwarzen Kleides einen

Tropfen von der Nase und deckte den Tisch. Für vier Personen. Bei mir setzte sofort die Speichelproduktion wieder ein. Hörte aber gleich wieder auf, als ich die Fliegen wahrnahm. Schöne, blaugrün schimmernde Scheißhausfliegen! Überall! Vor allem in Herdnähe. Und um unsere Köpfe. Ich fuchtelte mit der Hand vor meinem Gesicht herum und Ecki klatschte sich mit der flachen Hand gegen die Stirn.

"Der Schafstall ist gleich nebenan", sagte der Bauer, setzte sich an den Tisch und lud uns mit einer Handbewegung ein, ebenfalls Platz zu nehmen.

Die Alte trug die Suppe auf. Der Bauer füllte seinen Teller und gab dann die Kelle an uns weiter. Als alle Teller gefüllt waren, faltete der Bauer seine Hände, beugte den Kopf über seinen Teller und murmelte: "Vater segne diese Gaben, die wir dir zu danken haben, Amen", und begann zu löffeln.

Ich konnte meinen Blick nicht von der Alten lösen. Immer wenn sie einen Löffel in ihren nahezu zahnlosen Mund beförderte, schwappte die Hälfte wieder in den Teller zurück und von der anderen Hälfte lief ein Teil aus dem Mund, übers Kinn und tropfte auf das schwarze Kleid oder auf die Tischdecke. Auch der Tropfen an der Nase war wieder da und ich wartete gespannt auf den Moment, wo er abfiel und in der Suppe landete.

Dann fiel er ab und platschte in die Suppe. In mir kämpfte Hunger gegen Kotzen. Am Ende siegte der Hunger. Als ich den ersten Löffel Suppe zum Mund führte, merkte ich, dass das Dunkle, was in der Suppe schwamm, keine Gewürzkörner, sondern schöne, fette, schillernde Fliegen waren.

Ich guckte zu Ecki. Der schlang die Suppe in sich hinein wie heute Vormittag das Brot. Ab und zu schob er etwas Dunkles auf den Tellerrand.

Ich begann zu löffeln. Nach einer Weile wurde mein Blick wie von einem Magneten wieder zu der Alten gezogen, die mir gegenüber saß. In der Mitte des Löffels, den sie gerade zum Mund führte, schwamm eine schillernde, fette Fliege. Ohne es in Wirklichkeit zu hören, hörte ich, wie die Fliege im Mund der Alten zwischen den ihr verbliebenen Backenzähnen zerknackte.

Mir wurde kotzübel. Ich sprang auf und rannte nach draußen.

Dabei hörte ich noch, wie Ecki sagte: "Der arme Kerl hat seit seiner Einschulung die hypertonitische Kotzsucht."

"Rindvieh", dachte ich noch, dann kotzte ich auf den Misthaufen.

Nachdem ich mich ausgereihert hatte, ging ich wieder ins Haus.

Auf dem Tisch stand jetzt Schweinebraten, Rotkraut, die Kartoffeln und eine dicke, braune Soße.

Ecki schaufelte wie ein Schwerstarbeiter. Mir war inzwischen schlecht vor Hunger. Ich nahm mir Kartoffeln und Fleisch, auf die Soße und das Kraut verzichtete ich.

Beim Essen starrte ich konzentriert auf meinen Teller und vermied jeden Blick zu meinem Gegenüber.

Ecki stand auf. "Gibt`s hier `ne Toilette?"

"Über`n Hof", sagte der Bauer.

Ecki verschwand.

Der Bauer gab der Alten einen Wink. Die stand auf, ging zu der Anrichte und stellte die Schnapsflasche auf den Tisch. Der Bauer goss sich ein rubinrotes Weinglas mit Goldrand voll Schnaps und nahm einen kräftigen Schluck, rülpste und sagte:" Nun zum Geschäft, Junge."

Ich packte meinen Rucksack aus.

Es wurde ein Geschäft, wenn auch kein sonderlich gutes für uns.

Mann, wo blieb Ecki? Er kam, als ich mich schon verabschiedet hatte. Leicht außer Atem und etwas verschwitzt. Auf dem Weg zum Tor fragte ich: "Sag mal, hast du dir `ne Dickdarmcholera eingefangen?"

"Ganz was anderes", sagte Ecki.

"Was anderes?", fragte ich.

Ecki feixte und zeigte auf seinen Gepäckträger.

In seinem Rucksack war Bewegung. Trotz der Stricke, mit denen er das Ding festgebunden hatte.

"Karnickel?", fragte ich.

"Karnickel!", sagte Ecki.

"Dann aber nichts wie weg hier", sagte ich.

***

Am Mittwoch zeigte uns Ätz, wie eine Karbidlampe funktionierte. Danach zeigte er uns an einem weiteren Experiment die Gefährlichkeit beim Umgang mit dem grauen, steinähnlichen Zeug. Er gab einige Stücke Karbid in eine Pappdose, die am Boden ein Loch hatte und verschloss sie mit einem Deckel. Dann tropfte er mit einer Pipette etwas Wasser hinein, wartete einige Sekunden und hielt den Bunsenbrenner an das Loch im Boden.

Ich hörte bis gegen Mittag alles nur wie von Weitem. Der Knall war so gewaltig gewesen, dass im ganzen Schulhaus die Klassenzimmertüren geflattert hatten.

Die Trautmann soll gerufen habe: "Hilfe! Bombenangriff! Alles in den Luftschutzkeller!"

Ätz meinte: "War wohl etwas zu viel des Guten."

Auf dem Nachhauseweg sagte Ecki: "Bombenfischen!"

"Bombenfischen?", fragte ich.

"Klar", sagte Ecki, "Humpel hat erzählt, dass die Russen fünfundvierzig mit Handgranaten die Teiche abgefischt haben."

"Und wo willst du das Karbid hernehmen?"

"Karbid in eine Bierflasche, Wasser drauf, Verschluss drüber und ab in den Teich", sagte Ecki und ignorierte meine Frage.

"Karbidhandgranate", sagte ich.

"Brauchst nur noch die toten Heringe aufzusammeln und zu braten", grinste Ecki.

"Und wo kriegen wir das Karbid her?", wiederholte ich.

"Entweder wir haben welches in der Hütte oder wir müssen das Zeug bei Ziegler organisieren." Ziegler war die Metallbude dem Kino gegenüber und dort wurde seit einiger Zeit wieder gearbeitet.

"Wenn du Heini drei Zigaretten versprichst, klaut der seinem Alten den Hocker unter`m Arsch weg", sagte ich. Heini war der blöde Sohn vom alten Ziegler. Er hatte als Kind eine schwere Hirnhautentzündung und war seitdem das Zielobjekt für böse Späße der

Halbwüchsigen. Er war leidenschaftlicher Raucher. Rauchen schien das Einzige, was ihn auf dieser Welt hielt. Er qualmte alles. Wir hatten ihm Kastanienlaub in Packpapier gewickelt und als Havanna untergejubelt. In der Hoffnung, dass er in die Hosen scheißen würde.

Fehlanzeige!

Heini hatte die Lunte in sich hineingezogen, als wäre es der kostbarste Tabak der Welt und wir hatten das Gefühl, uns selber verarscht zu haben.

***

Den Nachmittag vertrödelten wir. Der Himmel war verhangen und ab und zu nieselte es, aber es war nicht kalt. Die Luft roch nach Frühling. An der Ecke, in Schneiders Kolonialwarenladen, holten wir uns Brausepulver, hockten uns auf die Treppenstufen, schütteten das rosa Zeug auf die Handflächen, spuckten drauf, und als es richtig schäumte, leckten wir es ab.

Himbeergeschmack!

Aus der Kneipe gegenüber kam Lumpenschmidt die Treppe heruntergetorkelt, verfehlte die letzte Stufe und flog der Länge nach auf die Fresse. Mühselig rappelte er sich wieder auf, schwankte zu seinem Rad, schwang sich in den Sattel und flog auf der anderen Seite wieder auf die Straße. Alte Eimer mit und ohne Boden, ein durchgerostetes Ofenrohr und eine verbogene Fahrradfelge krachten scheppernd hinterher. Lumpenschmidt sammelte seine Schutthaldenbeute mühselig wieder zusammen und startete zum zweiten Versuch. Beim sechsten Mal gab er auf. Er kroch über den Fußweg, lehnte sich mit dem Rücken an den schmiedeeisernen Zaun und begann zu schnarchen.

"Mir ist verdammt nach einer Lunte", sagte Ecki.

"Wäre nicht das Schlechteste", sagte ich.

Wir erhoben uns und schlenderten über die Straße. Lumpenschmidt schnarchte wie eine Raubsau. Ich nahm einen der Eimer ohne Boden und stülpte ihn Lumpenschmidt über den Kopf. Das Schnarchen kam jetzt aus einem tiefen Brunnen.

Wir ließen den alten Saufsack sitzen und gingen zur Brücke. Unten holte Ecki die Blechdose mit unserer eisernen Reserve aus dem Versteck und wir steckten uns eine an. Ecki inhalierte tief und behielt den Rauch eine ganze Weile in der Lunge, bis er ihn wieder aus Nase und Mund ausströmen ließ. Ecki war aktiver Qualmer. Mir schmeckte der Rauch nicht besonders. Spätestens nach der zweiten Zigarette hatte ich den Geruch von heißem Asphalt in der Nase.

"Und wie geht`s Pia?", fragte Ecki plötzlich.

"Geht so", sagte ich verwundert über diese Frage, "wieso fragst du?"

"Nur so allgemein", sagte Ecki.

"Mensch, red schon, Alter", fuhr ich Ecki an. Irgendetwas begann in mir zu ticken.

"Hagedorn soll jetzt öfter in der Gegend zu sehen sein", sagte Ecki.

Das Ticken in mir wurde stärker und mir zog sich der Magen zusammen.

"Und", sagte ich.

"Na ja, von Pias Vater fehlt doch immer noch jede Spur. Oder? Der Mistkerl ist vielleicht auf das Haus scharf", sagte Ecki.

Oder auf die Mutter, dachte ich und roch plötzlich Asphalt. Ich schmiss die Kippe in den Bach und meine Hände ballten sich unwillkürlich zu Fäusten.

"Ich hab übrigens Franzi nach den Tagen gefragt", Ecki lenkte ab. Er hatte gesehen, wie mir das Blut in den Kopf gestiegen war und meine Hände sich zu Fäusten geballt hatten.

Wir hatten voriges Jahr beim Baden so merkwürdige Dinge aufgeschnappt. Manche Mädchen kamen zwar ins Bad, gingen aber nicht ins Wasser und verhielten sich wie die Ziege am Strick. Dabei hatten wir mehrmals so was wie "Hab meine Tage"... aufgeschnappt, und jeder wusste darüber irgendwas zu berichten.

Panitz hatte gesagt, da würden die Weiber stinken.

Franz wusste von seiner Schwester, dass die sich dann verbinden würde.

Fritz sagte, das hätte irgendetwas mit dem Mond zu tun.

Fest stand, dass wir auf dem Gebiet völlig blöd waren.

"Und", sagte ich.

"Also", sagte Ecki und bei also wurde Ecki wissenschaftlich, "also eigentlich heißt das Periode und es erwischt die Mädchen so etwa aller vier Wochen."

Aha, dachte ich, doch der Mond. "Und was erwischt die Mädchen aller vier Wochen?" Ecki ging mir mit seiner Geheimnistuerei auf den Nerv.

"Da wird ein unbefruchtetes Ei aus der Gebärmutter ausgestoßen", fuhr Ecki fort.

Pause!

Ich hätte ihm den Hals umdrehen können.

"Und dann fangen die Mädchen unten `rum an zu bluten."

Also doch verbinden, dachte ich. Franz hatte Recht.

Plötzlich sah ich ein Huhn vor mir und wie ein Ei aus dem Hintern kam und dann tropfte Blut hinterher. Ich beschloss, keine Eier mehr zu essen, selbst dann, wenn wir wieder mal welche haben sollten.

"Und wenn das Ei befruchtet wird?" Jetzt wollte ich`s genau wissen.

"Dann wirste Vater und zahlst Alimente und den Gedanken an Kanada kannst du vergessen."

"Schöne Scheiße", sagte ich.

"Bloß die Finger weg von den Weibern", murmelte Ecki.

Ich wusste nicht genau, ob ich mich daran würde halten können. Ecki nahm vier Zigaretten aus der Dose, steckte sie in seine Hosentasche und wir machten uns auf, Richtung Kino. Heini war dort jeden Abend anzutreffen. Er marschierte vor dem Kino auf und ab und wartete, dass jemand eine Kippe fallen ließ (was äußerst selten vorkam, denn aus mehreren Kippen konnte man wieder eine drehen), die hob er dann auf und qualmte, bis ihm die Glut die Fingerspitzen versengte.

Als wir an der Kneipe vorbeikamen, saß Lumpenschmidt immer noch mit dem Eimer auf dem Kopf am Zaun und schnarchte.

Ich griff mir einen Stock, der auf dem Weg lag und schlug damit zwei Mal kräftig gegen den Eimer. Lumpenschmidt schoss senkrecht in die Höhe. Da er durch den übergestülpten Eimer nichts sehen konnte, stand er einige Sekunden stocksteif am Zaun. Dann riss er sich den Eimer vom Kopf, sah uns am Ende der Straße, drohte uns mit der Faust und brüllte: "Saubande, elende!"

***

Läusealarm! Wir waren verlaust wie hinterabessinische Schwanzwedelaffen. Affen waren immer verlaust. Ich erst seit einiger Zeit, dafür aber kräftig. Meine Mutter hatte Bewegungen auf meinem Kopf wahrgenommen, die ihr nicht ganz geheuer vorkamen. Bei näherer Betrachtung lebte mein Kopf. Es wimmelte und kroch, es heckte und klebte Nisse an meine Haare, so dass meine Mutter sagte:
"Glatze!"
"Petroleum drauf und abbrennen!", sagte Großvater und lachte sich scheckig. Mutter schimpfte mit ihm: "Du hast gut reden mit deinen drei Haaren ", fuhr sie auf ihn los. Mutter war außer sich, denn sie hatte ebenfalls die kleinen Krabbeltiere erwischt. Von mir, versteht sich.
"Wenn ihr mir Glatze schneidet, geh ich nicht mehr in die Schule", rief ich außer mir.
Meine Mutter hatte schnell herausgefunden, wem wir die Bescherung zu verdanken hatten.
Franziska! Franziska war so verlaust, dass ihr die fetten Viecher aus den Haaren auf den Pullover fielen.

"Die Russen", sagte meine Mutter und schüttelte sich, "kein Wunder, nach dem, was da oben für ein Begängnis herrscht." Das Wort Begängnis sprach meine Mutter aus, als hätte sie Hundescheiße zwischen den Zähnen.

Ein Glück für mich! Wenn ich Läuse hatte, hatte Ecki garantiert auch welche. Zwei Mann mit Glatze konnte gehen. Dann fiel mir Pia ein. Himmel, Arsch und Zwirn!

Meine Mutter hatte am selben Tag eine äußerst heftige Auseinandersetzung mit Franziskas Mutter und verbot mir von da an jeden Kontakt mit der Brut von da oben. Bei ..."Brut von da oben..." hatte ich das Gefühl, dass der Haufen Hundescheiße sich mindestens verdoppelt haben musste.

Am Abend kam einer meiner Onkel und brachte eine Haarschneidemaschine mit, die man an zwei Griffen zusammendrücken konnte und deren Zähne sich dann vorn gegeneinander bewegten.

Ich war als erster dran. Das Mistding ziepte und riss an den Haaren, dass mir die Tränen kamen.

"Axel kriegt `ne Glatze, Opa hat`se", feixte mein Großvater.

Da wurde Großmutter wütend und Großvater hielt die Klappe.

Es wurde zwar keine Glatze, aber ich sah so was von beschissen aus, dass ich ernsthaft überlegte, mit Vaters Hut zur Schule zu gehen.

Als meine Rübe abgeschoren war, holte ich Ecki runter. Als der die Tür öffnete und mich sah, brach er zusammen.

"Wart`s ab, Blödmann", fauchte ich wütend.

Komischerweise sah Ecki nach dem Haarschnitt nicht so beknackt aus wie ich. Das lag wahrscheinlich an Eckis schmaler Kopfform.

Unser Familienleben gestaltete sich von da an wesentlich intensiver. Die Abende verbrachten wir alle zusammen in der Küche. Da wurden Haare gewaschen, verschieden scharfe Mixturen auf die Köpfe aufgetragen, der feinzinkige Läusekamm durch die Resthaare gezogen und Nisse geknackt.

Abendfüllend!

"Endlich wieder mal Leben in der Bude", lachte Großvater.

"Schönes Leben!", sagte meine Mutter verbiestert und knackte mit dem Daumennagel Nisse auf weißem Papier.

In unserer Klasse hatten neuerdings viele sehr kurze Haare.

Neue Mode!

Auch bei den Mädchen waren die Haare sehr kurz geworden.

Am ersten Tag, als ich mit meiner neuen Frisur in die Klasse kam, brüllte Panitz: "Man, Zimt, siehst du Scheiße aus!"

Hätte ich jetzt einen Kanonenschlag zur Hand gehabt, hätte ich das Ding Panitz zwischen die Zähne geklemmt und gezündet.

Ich löste das Problem schriftlich.

Am Nachmittag fuhr ich mit dem Rad so durch die Gegend und kam wie zufällig in die Nähe von Panitz` Behausung. Der Brief fiel leise und unauffällig in den Kasten und ich war ebenso unauffällig wieder fort.

Am nächsten Tag kam Panitz mit Vollglatze in die Schule und ich brüllte: "Mann, Panitz, siehst du Scheiße aus!" Und Ecki schob noch einen nach: "Noch keine fünfzehn Jahre und schon fehl`n ihm die Haare!" Das Klingelzeichen und Fräulein Polenta retteten uns das Leben.

Die Klasse lag auf den Bänken und Panitz war kurz vor einem Tobsuchtsanfall. Der Arsch hatte sich inzwischen allgemein unbeliebt gemacht, selbst bei den Lehrern, und vergammelte seine Nachmittage im Schulwald mit Typen, die alle älter waren als er und denen wir lieber aus dem Wege gingen.

In der Stunde schickte ich ein Stoßgebet zum Himmel und bat darin den lieben Gott um Verzeihung, dass ich in einem gewissen Brief die Unterschrift meiner Lieblingslehrerin nachgemacht hatte. Als Fälschung wollte ich es nicht bezeichnen, denn es war für einen guten Zweck geschehen.

***

Das Fass hatten wir in der Dunkelheit aus einem Garten geklaut und unter der Brücke deponiert. Es war ein großes Blechfass und als Splitterfang gedacht. Das Karbid hatte uns Heini besorgt und die leeren Bierflaschen mit Schnappverschluss stammten aus der Eckkneipe. Ich füllte zwei Esslöffel Karbid in eine Flasche, Ecki gab Wasser dazu und ich klemmte den Verschlussbügel fest. Dann beugte ich mich in das

Fass, stellte die Flasche vorsichtig auf den Blechboden und rannte in Deckung.

Es passierte nichts!

Überhaupt nichts!

Wir warteten.

Nichts!

"Wahrscheinlich altes Karbid", sagte Ecki, "hat sich durch langes Liegen an der Luft schon zersetzt."

Ecki ging zum Fass. In dem Moment, als er nach dem Rand des Fasses griff, gab es einen dumpfen Schlag und Glas prasselte gegen die Betondecke der Brücke.

Ecki drehte sich um und lachte: "Ging doch noch los, das Mistding."

Ich starrte wie hypnotisiert auf Eckis linke Hand, von der Blut tropfte. Ecki folgte meinem Blick. Als er sah, dass an Zeige- und Mittelfinger die Kuppen fehlten, verdrehten sich seine Augen nach oben und er fiel wie in Zeitlupe um.

Ich spritzte ihm Wasser ins Gesicht und nach einer Weile war er wieder da. Das Blut lief jetzt heftig aus den Fingern und ich sah, dass die zwei Fingernägel nach oben gekippt waren.

Jetzt wurde mir schlecht.

Ich kotzte in den Sand. Als ich wieder Luft kriegte, zog ich mein Taschentuch aus der Hosentasche und wickelte es um Eckis Finger.

Ecki war weiß wie mein Betttuch. Wenn es frisch war, versteht sich.

"Los, zu Eisenfeld", sagte ich.

"Mann, Zimt, heute ist Sonntag", sagte Ecki.

"Egal, wir müssen`s versuchen." Mir war klar, dass hier der Doktor ran musste.

Wir liefen zur Bahnhofstraße. Ecki hielt die verletzte Hand hoch, so dass es weniger blutete. Ich klingelte. In der zweiten Etage bewegte sich eine Gardine. Gott sei Dank!

Nach ungefähr fünf Minuten ging die Haustür auf und der Doktor kam an die Pforte. "Wisst ihr zufällig, dass heute Sonntag ist?" Das klang nicht besonders erfreut. Ecki hob seine Hand mit dem durchgebluteten Taschentuch.

"Junge, Junge, das sieht aber heute nicht gerade nach einer neuen Geschlechtskrankheit aus", sagte der Doktor und grinste. Er hatte Ecki wiedererkannt.

"Kommt rein, ihr beiden Hallodris!"

Während Ecki mit dem Doktor im Behandlungs-zimmer verschwand, vertrieb ich mir die Zeit mit den alten Zeitungen.

Dann kam Ecki mit einem schneeweißen Verband um die Finger zurück ins Wartezimmer. Sah verdammt Klasse aus, der Verband. In mir regte sich eine Spur von Neid.

"Und?", fragte ich, als wir wieder draußen waren.

"Hab `ne Spritze gegen Taunus oder so was gekriegt."

"Tetanus", verbesserte ich.

"Hut ab vor deiner Klugheit", knurrte Ecki.

"Wollte er wissen, wie das passiert ist?"

"Hab gesagt, dass ich mich geschnitten habe", sagte Ecki.

"Und das hat er dir abgenommen?"

"Hat nur gesagt, das wäre schon fast Kunst, sich so blöd zu schneiden, dass die Fingernägel dabei nach oben spießen."

***

Am Montag, zu Beginn der dritten Stunde bei Polenta, betrat unser Schulleiter mit zwei unbekannten Herren das Klassenzimmer.

Herr Möllendorf teilte uns mit, dass am Sonntagabend eine sehr ernste und hässliche Sache passiert sei und dass die beiden Herren von der Kriminalpolizei einige Fragen an uns hätten. Wir sollten inzwischen mit unserem Unterricht fortfahren und würden dann einzeln zum Gespräch geholt.

Der Schulleiter und die beiden Kriminalpolizisten verschwanden.

In der Klasse brach Chaos aus. Ich guckte zu Ecki.

"Karbid?", flüsterte ich.

"Quatsch", flüsterte Ecki zurück.

"Du warst jedenfalls ab um acht bei uns zum Kartenspielen", sagte ich.

"Klar, Alter!"

Als ich dran war, sagte ich dem Herrn von der Kriminalpolizei, was ich mit Ecki abgesprochen hatte. Der Mann machte sich Notizen in ein schwarzes Heft, schaute mich dann durchdringend an und ich war entlassen. Der Blick des Kriminalpolizisten verfolgte mich bis in die Klasse.

Im Verlauf des Tages erfuhren wir, was passiert war.

Am Sonntagabend hatte die Truppe, mit der Panitz sich herumtrieb, ein Mädchen aus unserer Nachbarschule im Schulwald vergewaltigt. Sie hatten das Mädchen an einen Baum gebunden und dann sollte einer nach dem anderen was mit dem Mädchen gemacht haben.

Panitz sollte sich dabei besonders hervorgetan haben. Er war nicht in der Schule und wir hörten lange Zeit nichts mehr von ihm. Später wurde gemunkelt, dass er in irgend einem Jugendwerkhof gelandet wäre.

Uns beschäftigte die Sache sehr, nur wusste keiner in der Klasse so genau, was eine Vergewaltigung eigentlich war. Auf alle Fälle war uns klar, dass es eine verdammt böse Sache sein musste. Schon das Wort Vergewaltigung klang irgendwie schaurig.

Aus Gesprächsfetzen und Getuschel zwischen meiner Mutter und meiner Großmutter wusste ich, dass eine junge Frau, die am Ende unserer Straße gewohnt hatte, beim Einmarsch der Russen von fünf schlitzäugigen Soldaten vergewaltigt worden war. Die Frau hatte danach mehrmals versucht, sich das Leben zu nehmen, was jedesmal nicht geklappt hatte, und war dann in einer Anstalt für Geisteskranke gelandet.

Schöne Scheiße, dachte ich. Die Sache musste also wirklich schlimm sein, und dass Panitz, immerhin einer von uns, da mit drin hing, war für uns irgendwie nicht fassbar. Die gesamte Atmosphäre in der Schule hatte sich verändert.

Eiszeit!

Frühlingserwachen war in sibirische Kälte umgeschlagen!

Keine Briefe mehr zwischen 8a und 8b!

Kein: Wer geht mit wem!

Bodenfrost!

Bis Fräulein Polenta uns wieder auf die Füße stellte, oder sagen wir, den Boden auftaute.

Misstrauen ist das Gift der Freundschaft! stand drei Tage nach der Panitzsache (wir sprachen grundsätzlich von der Panitzsache, das andere Wort war uns zu dumpf und schwer) an der Tafel und wir sollten uns dazu äußern.

Es wurde eine der wenigen Stunden, wo wir das Pausenklingeln ignorierten. Die Diskussion, die anfangs nur schleppend in Gang kam, erreichte ihren Höhepunkt, als Männi, Unschuld vom Lande und Weiberfeind Nummer Eins, fragte, wie denn Freundschaft zwischen Jungen und Mädels entstehen könnte, wenn wir in getrennte Klassen gingen.

Uns verschlug es die Sprache. Männi?

Und da kam Polentas Vorschlag. Wir sollten mit der 8b zusammen am Schuljahresende ein gemeinsames Theaterstück aufführen.

***

In der nächsten Deutschstunde las uns Polenta das Märchen vom Feuerzeug vor. Märchen. Uns klappte das Visier runter. Als wir es zu Ende gehört hatten, gefiel es uns. Vor allem die Hunde und die Hexe, die der Soldat ohne Federlesen einen Kopf kürzer machte.

Am Nachmittag trafen wir uns mit der 8b im Musikraum.

Die große Frage war, wer spielt was. Jeder von uns wollte den Soldaten spielen. Der Streit nahm kein Ende.

"Ich schlage vor", sagte Polenta, "dass wir zuerst die Rolle der Prinzessin besetzen. Da ich für diese Rolle außer Text auch Gesang vorgesehen habe, kann das nur Pia machen."

Ruhe im Karton. Die Mädchen waren stocksauer, aber bei Gesang kam nur Pia in Frage.

Jetzt waren die Jungs dran. Der Soldat musste bestimmt werden.

Neuer Streit. Inzwischen war Ätz aufgetaucht, hörte sich unsere Streitereien eine Weile an und sagte dann: "Der Soldat muss vom Längsten aus der Klasse gespielt werden, denn er muss von allen Zuschauern aus jeder Ecke gut zu sehen sein!"

So ein hinterlistiger Hund, dachte ich.

Kino! Ich schrumpfte. Nach Panitz stand ich immer an zweiter Stelle in der Riege beim Sport und Panitz war nicht mehr da.

Polenta sagte: "Es gibt natürlich eine Schwierigkeit, der Soldat muss die Prinzessin küssen und ob Alex das will und kann?"

Weiter kam sie nicht. Die Jungs brüllten: "Das kann der, das kann der, die haben schon geübt!"

Ich wurde so rot, dass ich dachte, meine Rübe fliegt als roter Ballon an die Zimmerdecke und platzt dort. Aus den Augenwinkeln schielte ich zu Pia und stellte fest, daß sie nicht die geringste Spur von Verlegenheit zeigte.

"Traust du dir die Rolle zu, Alex?", fragte mich Polenta.

"Wenn nicht, mach ich`s", hörte ich Ecki murmeln.

"Denkste", murmelte ich zurück und laut sagte ich, "ja!"

Dann musste ich dringend zur Toilette.

Als ich zurückkam, war so ziemlich alles klar. Die Hunde spielten Popel, Hode und Qualle. Ecki war der König und Mühle die Königin. Bei der Hexe gab es heftigen Streit. Keines der Mädchen wollte die Hexe spielen.

Männi hatte Irmgard vorgeschlagen und dazu gesagt, dass man bei ihr Schminke, Maske und Verkleidung sparen könnte. Irmgard war heulend aus dem Musikraum gerannt. Männi musste sich eine geharnichte Rede von Fräulein Polenta anhören und sich anschließend bei Irmgard entschuldigen.

Männi hatte sich seit der Schulwaldaktion ganz schön gemausert.

Der Hexenzoff war erst beendet, als Polenta erklärte, diese Rolle selbst spielen zu wollen. Voraussetzung sei, dass Alex für die Enthauptung seinen Säbel ordentlich scharf machen würde.

Das Gebrüll, das daraufhin losbrach, war infernalisch. Polenta konnte natürlich nicht wissen, dass das Wort Säbel bei uns eine ganz andere Bedeutung hatte.

Dann wurden der Diener, die falschen Freunde, der Wirt, die Wirtin, die Hofschranzen, der Schusterjunge und alles, was noch fehlte, festgelegt.

***

Die nächsten Tage verbrachten wir mit Proben und Kulissenbauen und merkten kaum, dass es allmählich Sommer wurde. Anfang Juni war es so heiß, dass wir beschlossen, baden zu gehen. Der Badeteich lag ganz hinten am Bahndamm zwischen zwei Betrieben, die wieder arbeiteten und deren Kühlwasser in den Teich floss. In der warmen Brühe fühlten nicht nur wir uns wohl, sondern auch die Frösche. Die saßen im warmen Uferschlamm, nahmen Sonnenbäder und produzierten Kaulquappen. Es gab Zeiten, da war das Wasser schwarz von Froschnachwuchs.

Wir hatten unsere Katapulte mit und veranstalteten Zielschießen. Wer einen Frosch traf, hatte einen Punkt. Ecki hatte bis jetzt fünf, ich vier Punkte. Dann hatten die Frösche gemerkt, dass irgendwas nicht stimmte und waren abgetaucht.

Wir begannen auf Vögel zu schießen. Ein sitzender Vogel brachte fünf Punkte, einer im Flug zehn. Allerdings hatten wir noch nie getroffen und wahrscheinlich wollten wir auch überhaupt nicht treffen. Ecki hatte eine dicke, schwarze Amsel verfehlt, die auf einer Weide saß. Ich war dran. Ich zielte auf eine ziemlich weit entfernte Schwalbe und schoss. Der Vogel fiel auf den Erdboden und begann verzweifelt mit einem Flügel zu schlagen. Dabei drehte er sich wie verrückt um sich selbst. Ich ging hin und hob die Schwalbe auf. Sie fühlte sich warm und leicht an und ich spürte ganz leise ihren Herzschlag. Dann riss der Vogel den Schnabel auf, zuckte noch einmal mit seinen winzigen Krallenfüßen und war tot.

Ich stand wie versteinert und hätte sonst was darum gegeben, wenn der Vogel wieder lebendig und fröhlich aus meiner Hand davongeflattert wäre. Nie im Leben hatte ich damit gerechnet, ihn zu treffen.

Ich schmiss mein Katapult hoch auf den Bahndamm. Sollte der Zug darüber fahren. Ich würde auf nichts Lebendes mehr schießen.

Ecki sah mich verwundert an, sagte aber nichts.

Inzwischen waren Qualle, Hode, Franz und einige andere aus unserer Klasse aufgetaucht. Wir schöpften Wasser nach oben in die lehmigen Kartoffelfurchen und wälzten uns in der braunen Pampe. Danach sahen wir aus wie die Buschneger, die uns Trautmann in einem Afrikabuch gezeigt hatte. Wir klebten noch saftigen Lehm auf unsere Köpfe und formten Helme daraus. Als der Zug aus der Stadt kam, stellten wir uns am Bahndamm auf und winkten. Die Zurückwinkenden waren in der Mehrzahl.

Franz baute aus einem Ziegelstein und einem Brettstück eine Wippe und Hode brachte einen fetten Frosch an. Er setzte ihn auf das nach unten zeigende Ende der Wippe und Qualle schlug mit aller Kraft auf das hochstehende Ende. Der Frosch flog in die Luft, überschlug sich mehrmals und klatschte mit einem hässlichen Geräusch auf die Erde. Gleich darauf gab es ein zweites klatschendes Geräusch und Qualle schrie: "Bist du blöd geworden, Zimt?"

Ich hatte, aus einem Reflex heraus, Qualle eins auf die Fresse gehauen. Eigentlich nicht meine Art.

Die Stimmung war im Eimer und so nach und nach verschwanden alle bis auf Ecki und mich. Wir machten uns ebenfalls auf den Rückweg, liefen aber oben am Bahndamm entlang. Plötzlich hielt Ecki meinen Arm fest und zeigte schräg nach unten auf die Wiese. In dem hohen Gras bewegte sich etwas. Wir schlichen geduckt weiter. Jetzt erkannte ich die Umrisse einer Frau. Wir robbten auf allen Vieren weiter bis zu einem Busch, der genau oberhalb der Frau neben den Gleisen stand und uns ein sicheres Versteck bot. Als wir nach unten blickten, sahen wir die nackte Frau ganz deutlich. Sie saß rittlings auf einem Mann und bewegte sich rhythmisch vor und zurück und ihre großen Brüste schwangen im Takt ihrer Bewegungen. Mir wurde siedend heiß und in meiner Hose brach Feuer aus.

"Wieso liegt`n der unten?", flüsterte ich Ecki zu. Wir kannten nur Bilder, wo der Mann auf der Frau lag.

"Vielleicht ist der krank", flüsterte Ecki zurück, "oder hat was mit dem Rücken, Kriegsverletzung oder so."

Kam mir irgendwie spanisch vor.

Aber was sich dann entwickelte, war überhaupt nicht mehr zu begreifen. Die Frau verzog das Gesicht wie unter heftigen Schmerzen und begann zu schreien.

Warum machen die das, wenn`s so weh tut, dachte ich. Das würde ich nie mit Pia machen.

Dann stieß der Mann ein tiefes Grunzen aus und die Frau ließ sich auf ihn fallen. Komisch, dass sich das Feuer in meiner Hose jetzt kalt und feucht anfühlte.

Nach einer Weile standen der Mann und die Frau auf, zogen sich an und gingen Richtung Straße. Wir warteten, bis sie verschwunden waren, und machten uns dann schweigsam auf den Heimweg.

***

Die Theatervorbereitungen waren in vollem Gange. Auf die ersten heißen Junitage war eine Abkühlung gefolgt, so dass an Baden nicht mehr zu denken war.

Wir verbrachten unsere Nachmittage in der Turnhalle mit Proben für das Abschlussfest. Polenta war immer da, und auch Ätz tauchte in der letzten Zeit immer öfter auf.

Die Halle hatte an einer der Stirnseiten eine Bühne mit einem alten, schwarzen Vorhang aus der Vorkriegszeit. Geier, der Hausmeister, der eigentlich Rudlow hieß, aber eine mörderische Geiernase hatte, war auf die Idee gekommen, Vorhang und Bühne zu teilen.

Wir hatten vier Bühnenbilder, den Baum, das Wirtshaus, das Gefängnis und den Hinrichtungsplatz, und so konnte auf der halben Bühne gespielt werden und auf der anderen Hälfte wurde umgebaut. Geier stieg gewaltig in unserem Ansehen, zumal er uns in der Turnhalle in jeder Weise half. Vom Schulhof kannten wir ihn nur als keifenden Alten.

Auch Eltern begannen zu helfen. Vor allem beim Kulissenbau.

Männis Vater hatte zum Beispiel in seiner Tischlerei aus Bohlen die Baumkulisse gebaut. Vorn waren Steighölzer angebracht und mit derselben Farbe gestrichen wie der Baum. So konnte der Soldat, in diesem Falle ich, bequem auf den Baum steigen, durch die Öffnung kriechen und auf der anderen Seite auf die gleiche Art und Weise zu den Kisten mit den Hunden wieder hinunterklettern.

Die Mütter halfen vorwiegend bei den Kostümen.

Mitten in eine unserer Nachmittagsproben hinein platzte Hagedorn. Er stand plötzlich in der Turn-hallentür, ließ seine Blicke über unser Getümmel schweifen und blieb an Polentas Pullover hängen. "Sind Sie hier die Lehrerin?", fragte er und schob seine Trinkgeldpfote in die Jackentasche.

"Sieht so aus", gab Polenta etwas ungehalten zurück. Bei den Theaterproben ließ sie sich nur ungern stören. "Gibt es einen besonderen Anlass, der die Staatsmacht zu uns führt?"

Das Wort Staatsmacht klang dabei nicht so, wie es Hagedorn sicher gern gehört hätte. Das falsche Grinsen verschwand augenblicklich aus seiner Visage.

"Es liegt eine Anzeige wegen unsittlichen Verhaltensweisen von Jugendlichen am Bahndamm vor, der ich als Vertreter der neuen antifaschistischen Ordnung nachzugehen..."

Pause.

" ...muss."

"Habe", kam es aus irgendeiner Ecke.

Hagedorn wurde nervös.

"Ja, und?", fragte Polenta scharf, "was haben wir damit zu tun?"

"Die an dem Vorkommnis beteiligten Jugendlichen sollen etwa vierzehn Jahre alt gewesen sein. Und da an dieser Schule...", das Wort Schule sprach Hagedorn jetzt so aus, wie vorhin Polenta das Wort Staatsmacht..."unsittliches oder schlimmeres Verhalten, wie es scheint, gefördert..."

Sein Blick blieb an Pia hängen, die eben im Kostüm der Prinzessin hinter den Kulissen hervorkam und deren eng anliegendes Oberteil und der weit fallende Rock fantastisch aussahen.

"Äh, und...", Hagedorn geriet ins Stocken, denn Polenta hatte einen Schritt auf ihn zu gemacht und fauchte: "Sagen Sie das bitte noch einmal!" Ihre Stimme zischte wie eine Peitsche. Wenn Sie in diesem

Ton sprach, zogen selbst die jugendlichen Helden der 8a den Schwanz ein, bildlich gesprochen.

"Äh", wiederholte Hagedorn eingeschüchtert, "hat ja wohl in letzter Zeit an dieser Schule einen ziemlich schwerwiegenden Vorfall gegeben oder irre ich mich da?"

"Der Fall ist ordentlich geklärt und der Täter bestraft worden", erwiderte Polenta, jetzt mit viel Eis in der Stimme, "und ich verbitte mir, unsere Schule als Brutstätte krimineller Umtriebe zu verunglimpfen!"

Verunglimpfen fand ich saustark.

"Ich möchte Ihnen natürlich in keiner Weise zu nahe treten, sehr geehrte Frau Polenta (dämliche Schleimbacke, dachte ich), aber Sie werden verstehen, dass ich der Anzeige nachgehen muss."

"Also?" Polenta stand jetzt mit den Armen in der Hüfte vor Hagedorn.

"Also", begann Hagedorn mit einem Zettel in der Hand, "also, am vergangenen Dienstag hat eine Gruppe sexuell verwahrloster Jugendlicher, nackt, splitternackt (Hagedorns Visage verzog sich vor Abscheu) und als Neger bemalt, in der Nähe der Bahngleise unsittliche Tänze aufgeführt und die Werktätigen in einem Personenzug durch Winken und Vorzeigen der entblößten Geschlechtsteile in erheblichem Maße..."

Hagedorn brach ab. Fräulein Polenta riss sich plötzlich die Hand vor den Mund und bekam einen entsetzlichen Hustenanfall. Am Glitzern ihrer Augen, sah ich, dass es ein höchst merkwürdiger Husten sein musste.

"In der Anzeige heißt es weiter", fuhr Hagedorn fort, nachdem der Hustenanfall vorüber war, "dass es sich bei dem Vorfall um eine ernste Gefährdung der öffentlichen Moral (heuchlerisches Schwein, ich dachte an Eckis Mutter) und eine nicht zu tolerierende Diskriminierung unserer farbigen Brüder in Afrika handle."

"Und wann, bitte, soll das gewesen sein?", fragte Polenta mit dicken Hustentränen in den Augenwinkeln.

Hagedorn blickte auf seinen Zettel und sagte: "Dienstag, in der vergangenen Woche, am Nachmittag."

"Tut mir leid, sehr geehrter Herr Hagedorn", aus Polentas Stimme tropfte Schmalz und Honig, "aber Dienstags ist hier am Nachmittag grundsätzlich Probe und bis jetzt hat noch keiner der Jungen eine Probe versäumt. Wäre Ihnen gern bei der Aufklärung des ungeheuerlichen Vorfalls behilflich gewesen, aber von der 8a kann da keiner dabeigewesen sein." Polenta drehte sich zu uns. "Oder hat einer von euch am Dienstag gefehlt?"

Natürlich hatte keiner gefehlt!

"Versuchen sie es halt an einer anderen Schule, Herr Hagedorn, denn von den Jungen kann keiner dabeigewesen sein, wie sie ja selber gehört haben. Wenn es Sie interessiert, können Sie sich ruhig die Probe ansehen."

Hagedorn stolzierte Richtung Tür und lehnte sich breitbeinig mit verschränkten Armen an die Wand.

"Alle Mädchen und Jungen in die Kostüme und dann Positionen einnehmen", rief Polenta.

Nach zwei Minuten waren alle fertig.

Erstes Bild.

Polenta kam als Hexe aus der Kulisse. Schaurig! Über den Pullover hatte sie ein löchriges, schwarzes Umhängetuch geworfen und die roten Haare der Perücke hingen ihr in strähnigen Fransen um den Kopf. Die Krönung war die bestialische Hakennase, deren feuerrote Spitze bis weit über das Kinn hing. Mit ihrer gebeugten Haltung und dem schweren Knotenstock in der rußgeschwärzten Hand jagte sie sogar uns einen gruseligen Schauer über den Rücken.

Dann kam ich die Landstraße entlang: "Eins, zwei! Eins zwei!"

Auf dem Kopf Großvaters Schirmmütze mit auf Hochglanz poliertem Lackschild und viel Silberlitze aus Großmutters Nähkorb. An der rechten Seite der schwarzen, mit roten Generalsbiesen verzierten Anzughose aus Vaters Kleiderschrank, hing der Säbel. Als ich den mit Silberbronze gestrichenen Säbel aus der Scheide zog und damit herumzufuchteln begann, ertönte vom Eingang her ein Schrei.

"Aufhören!", brüllte Hagedorn mit sich überschlagender Stimme.

"Augenblicklich aufhören! Kriegsspiele in der Schule! Und das unter den Augen der Lehrer! Und die machen noch mit! Ungeheuerlich!" Hagedorn war nicht wieder zu erkennen. Seine Augen waren aus den Höhlen getreten und in den Mundwinkeln sammelte sich weißer Geifer.

Wir verstanden nur noch Bruchstücke seines hysterischen Gebrülls wie: "... Kriegsverherrlichung... Militaristenbrut an Schulen... Angriff auf das neue antifaschistisch- demokratische Deutschland... Naziideologie..."

"Der hat wohl den Arsch offen?", kam eine Stimme ziemlich laut von irgendwo aus den Kulissen.

Ecki!

Hagedorn erstarrte. "Wer war das?", brüllte er außer sich vor Wut.

Keine Reaktion.

Hagedorn wandte sich wutschnaubend an Polenta: "Ab sofort ist jede weitere Probenarbeit an diesem Militaristenmachwerk untersagt! Ich werde ihre Entlassung aus dem Schuldienst veranlassen, Sie Keimzelle des Klassenfeindes!" Damit stürmte Hagedorn in Richtung Tür, wo er fast mit Ätz zusammenprallte.

Ätz schüttelte verständnislos den Kopf und kam in die Turnhalle. Als er unsere Gesichter sah, konnte er sich denken, dass wir voll in der Tinte saßen.

Polenta hatte die Perücke abgestreift, die Nase abgenommen und sah jetzt schneeweiß im Gesicht aus. Sie schien sich nur mit äußerster Mühe aufrecht zu halten.

Ätz trat auf sie zu und wollte ihr die Hand geben. Polenta fiel gegen seine Schulter und ein dumpfer Laut kam aus ihrer Kehle. Ätz legte den Arm um ihren Rücken und hielt sie ohne Worte fest.

Ich sah noch, wie ihre Schultern zuckten, dann schlichen wir leise aus der Halle.

***

Unsere Nachmittage verliefen ab sofort trostlos. Keine Proben, keine Mädchen, kein Knistern unter der Hochspannungsleitung.

Aber grenzenlose Wut auf Hagedorn! Jungen wie Mädchen.

Erschießen, langsam über einem offenen Feuer rösten, in Schwefelsäure kochen, Eier abschneiden und und und. Es hätten sich für jede Art der Massakrierung Freiwillige gefunden, auch unter den Mädchen.

Aber nichts von alledem passierte.

Fräulein Polenta war erkrankt, wie es offiziell unser Direktor verkündet hatte. Ätz schob lustlos seine Stunden über die Runden und der Rest des Unterrichts ging so ziemlich an uns vorbei.

Franz hatte die Wiederbelebungsidee. Wir besuchen Fräulein Polenta zu Hause. Frage, wer? Der Streit ging zwei Tage. Es war klar, dass wir nicht alle anrücken konnten und so sehr offiziell wollten wir es auch wieder nicht machen. Wer weiß, was Hagedorn daraus wieder konstruiert hätte.

Zum Schluss einigten sich alle auf Pia, die Prinzessin, und mich, den Soldaten. Wir wollten in unseren Kostümen gehen, aber Männi meinte lakonisch: "Ob das gut ist?" Wir verstanden seine Bedenken sofort.

Die Mädchen malten ein Bild mit einer Hexe drauf und schrieben auf die Rückseite: *Der Besten aller Hexen, die je durch unser Schulhaus geflogen ist.*

Alle unterschrieben. Dann kam das nächste Problem. Was sollten wir mitnehmen? Wir wollten auf keinen Fall mit leeren Händen gehen.

"Schnaps", sagte Qualle. Die Mädchen zeigten ihm einen Vogel.

"Schokolade", sagte Irmgard. Woher nehmen?

"Zigaretten", schlug Ecki vor. Aber keiner hatte Polenta je rauchen sehen.

"Brot", sagte Popel und die Mädchen griffen sich wieder an den Kopf.

"Blumen", sagte Pia. Das war`s.

Es gab die ersten frühen Tulpen und Narzissen vor unserem Haus und am Morgen vor unserem Besuch waren alle Blumen geklaut worden. Unerhört! Die Empörung der Hausfrauen war groß.

Unser Strauß ebenfalls.

Polenta wohnte stadteinwärts in einem halben Haus. Die andere Hälfte war ein Trümmerhaufen, in dem mahnend wie der Finger Gottes ein Schornstein in den Himmel spießte. Zweiter Stock. An der Tür standen außer Polenta noch zwei weitere Namen. Pia klingelte. Nach einer Weile wurde die Tür geöffnet und vor uns stand unsere sprachlose Lehrerin.

Pia und Polenta fielen sich in die Arme und drückten sich. Mir war mulmig zumute. Weiber, dachte ich. Dann war ich dran.

Fräulein Polenta drückte mich an ihren Pullover, es roch nach Zimt, und mir war das vor Pia furchtbar peinlich. Ich genoss es trotzdem, würde aber dieses Mal nichts davon erzählen.

Die Wohnung war ein Zimmer. Dunkle, verschnörkelte Möbel, in der Mitte ein runder Tisch mit vier Stühlen, ein Kanapee aus dunkelrotem Plüsch und eine Kommode mit Waschschüssel und Krug.

"Untermiete oder besser Zwangseinmietung", sagte Polenta, "die Vermieterin besteht darauf, dass nichts in

ihrer heiligen Wohnung verändert wird. Schauderhaft!"
Sie schüttelte sich.

Unsere Blumen waren der einzige Lichtblick in dieser Gruft. Pia und Polenta redeten über Gott und die Welt und dann über die Schule und ich wusste nicht so recht, was ich mit meinen Händen und überhaupt mit mir anfangen sollte. Ich stand auf und ging ans Fenster. Ruinen! Verbogene Stahlträger! Schutt und überall diese in den Himmel ragenden, mahnenden Gottes-finger.

Ich überlegte, ob ich mit meiner Neuigkeit gleich rausrücken oder noch warten sollte.

Polenta entschuldigte sich, dass sie uns außer einem Glas Wasser nichts anbieten konnte. Ich winkte mit der Hand ab und tat so, als würden wir zu Hause in Kuchen und Kaffee nur so schwelgen und dass wir das Zeug kaum noch ersehen konnten.

Dann kam das Gespräch auf Hagedorn und dass Fräulein Polenta vielleicht von der Schule fliegen würde. Pia umarmte Polenta und die zwei heulten, dass mir ganz schlecht wurde. Ich biss mir mit aller Kraft auf die Zunge, aber die Augenwinkel wurden mir trotzdem feucht.

"Wenn die Not am größten, ist Gottes Hilf am nächsten", entfuhr es mir und ich hätte mir am liebsten in den Arsch gebissen. Bei mir war wieder Großmutter durchgeschlagen.

"Ich glaube kaum", sagte Polenta jetzt fast lachend, "dass der liebe Gott mit euch Theater spielt?"

"Der liebe Gott stellt nur die Weichen", sagte ich. Dann ließ ich die Bombe platzen. "Ab morgen können die Proben weitergehen", sagte ich.

Polenta und Pia sahen mich an, als wäre ich stock-besoffen.

"Eckis Idee", sagte ich.

"Red schon", fuhr mich Pia an.

Ich erzählte von unserer Hütte und der Wiese davor und dass wir die Proben dort ohne Probleme fortsetzen könnten.

"Und deine Eltern?", fragte Polenta.

"Wissen Bescheid und finden`s Klasse. Endlich mal `ne ordentliche Idee", hat mein Vater gesagt.

"Seid trotzdem vorsichtig", sagte Polenta, "es gibt da so merkwürdige Gerüchte über Hagedorn und seine undurchsichtigen Verbindungen."

Zum Abschied drückte uns Fräulein Polenta noch einmal an ihren Pullover und ich schämte mich erneut vor Pia, weil ich den Zimtgeruch und das Weiche, Warme unter dem Pullover genoss.

"Grüßt alle ganz herzlich von mir und es wird schon schiefgehen", sagte Polenta zum Abschied und das klang nicht sehr optimistisch.

Am nächsten Tag, in der Hofpause, passierte etwas Ungeheuerliches. Die Mädchen und Jungen der 8a und 8b fügten sich nicht in den Kreis ein, sondern verschwanden hinter der Turnhalle.

***

In der Gerüchteküche brodelten und kochten die verschiedensten Suppen. Polenta soll entlassen werden! Ätz wird an eine andere Schule versetzt! Gegen den Direktor läuft ein Disziplinarverfahren! Bei uns stand Schulstreik auf dem Programm.

Wir reimten uns das, was dann wirklich passierte, in den nächsten Tagen aus den Gesprächen der Eltern zusammen.

Direktor Möllendorf hatte die Versammlung eröffnet und dann das Wort einem Vertreter der Schulbehörde übergeben. Dessen Rede hatte nur so von Schlagworten wie

"...Diktatur des Proletariats...,

...ganze Kraft für den Aufbau des Sozialismus...,

...antifaschistisch-demokratische Ordnung...,

...unter der Führung der ruhmreichen Sowjetunion und ihres genialen Führers Josef Wissarionowitsch Stalin..." getrieft, dass die meisten Eltern eingeschüchtert die Köpfe eingezogen hatten.

Der Mann von der Schulbehörde, dessen rechter Jackenärmel leer war, hatte dann noch von den Aufgaben der sozialistischen Lehrerpersönlichkeit gesprochen und dass gewisse Pädagogen wohl besser daran täten, unsere Schulabgänger auf den Eintritt in die Freie Deutsche Jugend vorzubereiten als militaristische Theaterstücke aufzuführen.

Schweigen im Walde.

Dann hatte sich Direktor Möllendorf erhoben und die Frage gestellt, wer von den verehrten Eltern die Märchen des weltberühmten Dichters Hans Christian Andersen kenne.

Natürlich kannten die Eltern das Märchen vom kleinen und vom großen Klaus und das Märchen vom Däumelinchen und das Märchen von der Prinzessin auf der Erbse und das Märchen vom kleinen Mädchen mit den Schwefelhölzern und so weiter.

Direktor Möllendorf wartete, bis den Eltern die Luft ausging, dann las er das Märchen vom Feuerzeug vor.

Der Herr von der Schulbehörde begann unruhig auf seinem Stuhl hin und her zu rutschen.

"Und dieses Märchen, sehr geehrte Eltern und lieber Genosse Lommatzsch", fuhr der Direktor mit erhobener Stimme und einem Seitenblick auf die Schulbehörde fort, "gehörte zu den Lieblingsmärchen unseres unvergessenen und hochverehrten Genossen Wladimir Iljitsch Lenin. Der Glaube an den Sieg des einfachen Mannes, in diesem Fall des Soldaten, aber es hätte genau so gut ein Bauer oder Arbeiter sein können, über die Tyrannen und Ausbeuter, hier symbolisiert durch die Figuren des Königs und der Hexe, hat den Genossen Lenin bis in seine letzten Stunden begleitet und es soll das letzte gewesen sein, das er sich auf seinem Sterbebett hat vorlesen lassen."

Das jetzige Schweigen im Walde war ein gespanntes.

"Und die Aufführung dieses Märchens als Theaterstück", fuhr der Direktor fort, "unter der Leitung von zwei unserer besten jungen Pädagogen kann doch wohl nicht gegen die hehren Ziele der Sozialistischen Einheitspartei, der Partei der Arbeiterklasse, deren Mitglied ich bin, verstoßen?"

Der mit Lommatzsch angesprochene Herr von der Schulbehörde hatte Schweißtropfen auf Stirn und Oberlippe.

"Es kann sich also in diesem Fall", der Direktor hob leicht die Stimme, "nur um ein bedauerliches Missverständnis von Seiten des Genossen Hagedorns handeln, und ich schlage deshalb vor, die Proben für unsere Abschlussfeier umgehend wieder aufzunehmen. Und zwar unter der bewährten Leitung der beiden Klassenlehrer."

Der Beifall der Eltern und die Liebe Lenins zum Märchendichter Andersen gaben dem Herrn von der Schulaufsicht praktisch das Schlusswort vor.

Er stimmte den Ausführungen des Genossen Direktors vorbehaltlos zu, ging kurz auf die Bedeutung der Wahrung des kulturellen Erbes ein, betonte Lenins Liebe und tiefschürfende Kenntnis der schwedischen Literatur (hier zuckte das rechte Augenlid des Direktors, als hätte einer von uns in Physik Kohäsion mit Adhäsion verwechselt) und verabschiedete sich mit den Worten: "Lernen, lernen und nochmals lernen!"

Männis Vater, der so eine Art Elternsprecher war, soll den Direktor nach dem Elternabend gefragt haben, ob denn die Geschichte mit dem Märchen vom Feuerzeug und Lenins Sterbelager stimme, und der Direktor soll geantwortet haben: "Wenn ich das wüsste, wäre mir wohler."

***

Die Proben gingen am nächsten Tag weiter und in der Turnhalle begann es wieder zu knistern.

"Bin gespannt", sagte ich, "was Hagedorn sich nach der Pleite als Nächstes einfallen lassen wird?"

"Das ist mir so was von scheißegal, das kannst du dir überhaupt nicht vorstellen", erwiderte Ecki.

"Na, he, was hat dich denn gestochen?" Ich war sprachlos.

"Mann", sagte Ecki, "hast du vergessen, das wir noch Prüfung haben?"

Verdammt! An Aufsatz und Eckis himmelschreiende Rechtschreibung hatte ich überhaupt nicht mehr gedacht. Da hatte sich nichts geändert. Eckis Diktate sahen bei der Rückgabe aus, als wäre eine Ziege auf dem Blatt geschlachtet worden. Eine Zeit lang hatte Ecki Nachhilfe von einem um drei Ecken mit der Familie verwandten Cousin bekommen.

"Riesenoberquadratarsch!", war Eckis Kommentar nach der zweiten Stunde. Nachdem er mehrere Wochen mit Lerchen und Lärchen mit Feldrain, Reinfall und Rheinfall, mit Main und mein und solchem Mist (Ecki!) an die Grenze zu epileptischen Anfällen getrieben worden war, hatte Ecki die Sache beendet.

Auf seine Art!

Er hatte die Kloschüssel mit Löschpapier völlig trocken gelegt und dann eine unserer Spezialmischungen, die auf Feuchtigkeit reagierte, darin verstreut. Dann hatte er den Riesenoberquadratarsch mit selbstgemachter Limonade aus Essig und Zucker traktiert, bis den der Wasserdruck an den gewünschten Ort trieb.

Bei den ersten Tropfen zischte es, dann zuckten Miniaturblitze durch die Schüssel.

Der Klugscheißer sprang mit einem Schrei des Entsetzens aus dem Klo, raste durch den Korridor, die

Treppe hinunter und durch das Haus. Im Hof merkte er durch das Geschrei der Frauen, die dort ihrer täglichen Mundgymnastik frönten, dass etwas aus seiner Hose hing.

Ecki hatte zwar von da an seine Ruhe vor dem Folterknecht, aber seine Rechtschreibung war nach wie vor eine mittlere Katastrophe.

"Wird schon irgendwie werden", sagte ich ohne rechte Überzeugung. Ich musste auf die Bühne, die Prinzessin küssen.

Der Hund mit Augen so groß wie Mühlräder brachte die schlafende Prinzessin in meine armselige Bodenkammer und ich gab ihr einen vorsichtigen Kuss auf die Wange.

Pia flüsterte dabei: "Du bist am Sonntag zum Kaffee bei uns eingeladen, Gruß, meine Mutter."

Himmel, Arsch und Zwirn! Beinahe hätte ich Pia fallen lassen.

Das war weitaus schlimmer als Aufsatz.

"Kannst natürlich Ecki mitbringen."

Ein schwerer Seufzer der Erleichterung entfuhr mir und Polenta sagte grinsend: "Übernimm dich nicht, Alex, kannst wieder loslassen!"

***

Am Sonntag, gleich nach dem Essen, begann ich mit meinen Vorbereitungen. Ich schruppte meine ewig schwarzen Fingernägel, putzte mir zur Feier des Tages die Zähne am Mittag und kleisterte mir einen halben Zentner Brillantine in die Haare..

Großmutter fragte, ob ich beim Kaiser von China eingeladen wäre? Ich hatte zwar keine Ahnung, ob China noch einen Kaiser hatte, sagte aber vorsichtshalber ja.

Punkt zwei klingelte ich bei Ecki.

"Und?", sagte Ecki.

"Was und?", sagte ich.

"Krieg ich den Rennlenker?"

"Hm", knurrte ich. So was kann er sich merken, dachte ich, aber den Unterschied zwischen den und dem kriegt der nicht in seine Birne. Manchmal konnte ich richtig gemein sein.

Ecki hatte mir einen Vogel gezeigt, als ich ihm sagte, wir wären zum Kaffee bei Pia eingeladen.

"Du vielleicht."

Erst, als ich ihm den Lenker versprochen hatte, war er bereit mitzugehen.

Das Haus war ein gelber Klinkerbau mit rotem Ziegeldach und sah verdammt vornehm aus.

"Superhütte", staunte Ecki.

Pia hatte mir erzählt, dass ihr Vater als Physiker an der Technischen Universität gearbeitet hatte und dann während des Krieges nach Usedom, Richtung Ostsee, geholt worden wäre.

Seit Kriegsende gab es die widersprüchlichsten Gerüchte. Einmal hieß es, die Raketenleute von der Insel hätten die Russen geschnappt, mal hieß es, sie wären bei den Amis. Pia hatte nur die Schultern gezuckt, als ich sie mal nach ihrem Vater gefragt hatte.

Ich klingelte.

Mein Herz machte sich auf den Weg zum Mittelpunkt der Erde.

Die Tür ging auf und Pia erschien auf der obersten Treppenstufe.

Unglaublich! Mir schoss eine Hitzewelle in den Kopf, dass ich Angst hatte, mir könnte die Birne platzen.

"Phenomenalarschemenippel", murmelte Ecki.

Der eng anliegende rote Pullover musste aus irgend einem magnetischen Material sein und meine Augen hatten wahrscheinlich eiserne Linsen. Das war direkt peinlich, aber ich kam nicht gegen den Eisengehalt in meinen Augen an.

Und das blieb so. Auch in späteren Jahren. Ich sah einer Frau immer erst danach in die Augen.

"Kommt rein", rief Pia, "das Tor ist offen!"

Meine Beine musste in der Nacht jemand geklaut haben und als Ersatz hatte der Räuber mir die rheuma-kranken Stelzen eines Storches eingedreht.

"Ecki ist mitgekommen", sagte ich "weil wir an-schließend noch seine Tante besuchen wollen."

"Meine Tante?"

"Deine Tante", sagte ich und gab ihm einen Rippen-stoß.

"Ach so, die", feixte Ecki.

Pia hatte ein leichtes Grinsen im Gesicht, als sie sagte: "Kommt erst mal rein!"

Sie führte uns in eine vollständig verglaste Veranda mit Korbmöbeln und Grünpflanzen. In der Mitte des sonnenhellen Raumes stand ein runder Tisch mit Glasplatte. So was Verrücktes hatte ich noch nie gesehen. Schöne Scheiße, wenn dir da die Kaffeekanne aus der Hand rutscht, dachte ich.

"Setzt euch", sagte Pia, "meine Mutter kommt gleich mit dem Kaffee."

"Ist aber nicht nötig", flötete Ecki.

"Arschloch!", zischte ich unhörbar durch die Zähne.

Ecki schien sich im Gegensatz zu mir ziemlich wohl zu fühlen. Kein Wunder, hat ja selber mal in so einer Protzhöhle gewohnt, dachte ich.

"Guten Tag, die Herren!" Pias Mutter, langer schwarzer Rock, weiße Bluse, schwebte in die Veranda ein und stellte ein silbernes Tablett mit hauchzarten, weißen Tassen und einer verschnörkelten Kaffeekanne, an deren Schnabel ein mit einem Gummiband befestigtes Stück rosa Schwamm hing, auf die Glasplatte. In der Mitte des Tabletts lagen auf einem mit Goldrand verziertem Teller mehrere arme Ritter.

Mir lief das Wasser im Munde zusammen.

Frau Schwerdtfeger gab uns die Hand.

"Eckehardt Wünschmann, genannt Ecki", sagte Pia.

Ecki machte eine leichte Verbeugung.

"Alexander Ludwig, genannt Zimt", fuhr Pia fort.

Ich merkte, wie ich wieder rot wurde, und machte ebenfalls eine Verbeugung.

"Meine Mutter", beendete Pia die Zeremonie.

Dass es nicht die Großmutter war, konnte ein Blinder mit dem Krückstock sehen.

Ich hatte irgendwie nicht meinen besten Tag heute.

"Greift zu, Jungs", sagte Pias Mutter, "ich darf doch Du sagen?"

Sie durfte. Sie hätte auch Hochwürden oder Euer Durchlaucht sagen können, ich hätte es auf keinen Fall mitgekriegt, denn ich saß auf einem Stuhl ohne

Sitzfläche und unter meinem Hintern züngelten die Flammen eines offenen Feuer.

Ich kostete vorsichtig von der schwarzen, komisch riechenden Brühe in meiner Tasse. Pfui Teufel! Das Zeug schmeckte nach Bitterpilzen und Hundegalle und als Pias Mutter sagte: "Greift ruhig zu, Jungs, die armen Ritter hat Pia gemacht", griff ich sofort zu.

Der Geschmack nach Hundegalle verschwand allmählich. Ich kaute jeden Bissen vierhundertvierundvierzig Mal, obwohl ich im Allgemeinen als schnellster Esser des Universums berühmt war.

Großmutter hatte mir eingeprägt, dass ein gut erzogener junger Mann nicht mit vollem Munde spricht.

Dafür quasselte Ecki wie ein Wasserfall und so genügte es, wenn ich ab und zu ein helles "Ja" oder ein dumpfes "Hm" in die Kaskaden spuckte.

Frau Schwerdtfeger entschuldigte sich nach einer Weile und ließ uns mit Pia allein. Ich kostete anstandshalber noch mal von der Hundegalle und schüttelte mich.

Pia schlug sich an die Stirn, stand abrupt auf und sagte: "Hab doch glatt den Zucker vergessen", und verschwand.

Ich griff nach dem letzten armen Ritter, der noch auf dem Teller lag.

"Mann, lass das Ding liegen, Zimt, ist das Anstandsstück!", sagte Ecki.

Ich zog meine Flosse zurück. Ecki musste es ja wissen.

Dann war Pia wieder da. Mit Zucker. Würfelzucker! Nicht zu fassen, richtiger, weißer Würfelzucker!

Ich schmiss drei Stück davon in die schwarze Brühe, rührte um und kostete. War genießbar.

"Sag mal, habt ihr inzwischen eine Kaffeeplantage und eine Zuckerfabrik geerbt?", platzte ich heraus.

"Aus Amerika", sagte Pia.

"Aus Amerika?" Ecki klang fassungslos.

"Aus Amerika?" Ich hob meinen Zeigefinger Richtung Stirn.

"Aus Amerika", bestätigte Pia, "gestern kam ein Paket von einem Mister Goldstein aus Texas mit vielen Grüßen von allen Verwandten. Meine Mutter hat das erste Mal seit Kriegsende wieder Klavier gespielt und gesungen."

Dann musste der berühmte Bohnenkaffee einen ja ganz schön in Stimmung bringen. Wahrscheinlich wie unser Fusel, dachte ich.

Viele Jahre später war mir klar, dass das nicht am Kaffee gelegen hatte. Und dass die folgenden Ereignisse, die mich in einen rabenschwarzen Sommer stürzten, auch mit diesem Scheißpaket zusammenhingen.

***

In der folgenden Woche zog Familie Fleischberger aus. Franzi verschwand für immer aus unserem Blickfeld, dachte ich.

"Denen ist der Boden unter den Füßen zu heiß geworden", sagte meine Großmutter.

"Denen ist ganz was Anderes zu heiß geworden, bei dem Verkehr", feixte Großvater.

"Dass du dich nicht schämst, vor dem Jungen", empörte sich Großmutter.

"Nur schade um die Zigaretten", fuhr Großvater ungerührt fort.

Mir war unklar, wie es jemand bei knapp zwanzig Grad zu heiß werden konnte. Auf alle Fälle war damit eine unserer Einnahmequellen versiegt. Wobei die Getreidebeschaffung in letzter Zeit sowieso immer riskanter geworden war. Es wurde verdammt spät dunkel und in den Säcken fehlte schon so einiges.

Gott sei Dank hatten wir unsere Fahrradwerkstatt. Die lief wie geschmiert. Alle Welt wollte Räder oder Ersatzteile von uns.

Ecki war für die Beschaffung und ich für Montage und Reparaturen zuständig. Inzwischen konnte ich eine zerrissene Kette reparieren oder einen Rücktritt auseinander - und wieder zusammenbauen, und das Ding funktionierte danach sogar noch.

Ich war gerade dabei, ein Vorderrad mit einer bösen Acht zu zentrieren, was mir noch die größten Probleme machte, als unser gemeinsamer Freund Hagedorn aufkreuzte.

"Na, Jungs, wie laufen die Geschäfte?"

"Geht so", sagte ich, ohne meine Arbeit zu unterbrechen. Ecki begann mit einem Hammer ein Stück Blech zu bearbeiten.

"Ganz schöne Werkstatt, hilft wohl dein Vater mit?"

"Wieso", knurrte ich und dachte: Was will der Arsch mit Ohren von uns?

"Hat dein Vater den Fahrradhandel überhaupt ange-
meldet?"

"Was?" Ich verstand Bahnhof.

Ecki drosch auf sein Blech ein, als wäre es Hagedorns
Visage.

"Ob ihr eine Genehmigung habt, will ich wissen?",
versuchte Hagedorn Eckis Blechtrommel zu über-
brüllen und spie mir dabei seinen fauligen Knob-
lauchatem ins Gesicht.

"Was für`n Ding?", brüllte ich zurück.

"Eine Genehmigung für das Betreiben eines Fahrrad-
handels."

"Was soll`n das sein?", schrie ich und allmählich ahnte
ich nichts Gutes.

Ecki hatte sich inzwischen in einen vom Veitstanz
besessenen Kesselschmied verwandelt.

"Also Schwarzhandel!", brüllte Hagedorn und aus
seinem weit aufgerissenen Maul spritzte mir Geifer
entgegen.

"Sofort aufhören. Die Werkstatt wird geschlossen."
Ecki hatte aufgehört zu hämmern.

Es war totenstill.

"Schwarzhandel", wiederholte Hagedorn und seine im
Allgemeinen rote Rübe hatte jetzt eine violette Farbe
angenommen.

Ecki kam ganz langsam aus seiner Ecke und schlug mit
dem Hammer rhythmisch in seine linke Handfläche.

Hagedorn bewegte sich rückwärts in Richtung Aus-
gang. "Auf Schwarzhandel und Schieberei gibt es zehn
Jahre bis Todesstrafe", zischte Hagedorn.

Der Hammer verfehlte nur um Haaresbreite seinen
Kopf und krachte an einen Balken.

"Dazu tätlicher Angriff auf die Staatsmacht, das reicht für zehn Jahre Waldheim!", brüllte Hagedorn und verschwand.

"Totschlagen oder in die Luft sprengen", sagte Ecki ganz leise mit hängenden Schultern. Seine Augen waren schwarz vor Wut und die Knöchel seiner geballten Fäuste schimmerten weiß.

***

Gegen Ende der Woche zogen neue Mieter in die frei gewordene Fleischbergerwohnung. Nicht, ohne dass vorher der Kammerjäger gründlich geräuchert hatte.

Auf dem Klingelschild stand in Druckbuchstaben SCHNIEBS. Der Mann war mittelgroß und breitschultrig und sah dem Nussknacker, den Großmutter Weihnachten immer ins Fenster stellte, verdammt ähnlich.

Reine Axtarbeit!

Die Frau, kräftig wie der Mann, trug am Hinterkopf einen grauen Gagsch und auf der Oberlippe einen schwarzen, kräftigen Damenbart. Ihre graue Kittelschürze erschwerte ihre rechtzeitige Wahrnehmung in dem ebenfalls grauen Hausflur sehr, wenn da nicht ihre Holzpantinen gewesen wären, die jeden Mieter rechtzeitig warnten.

Insgesamt gesehen, hatte die Frau große Ähnlichkeit mit einem sprechenden Scheuerhader oder, wie Großvater es mit männlichem Charme formulierte, einer Revolverschnauze ohne Ladehemmungen.

Zur Familie gehörten zwei Töchter. Die Ältere, ungefähr sechzehn, ähnelte dem Vater, die Jüngere, ungefähr zwölf, der Mutter. Damit waren beide fürs Leben gezeichnet und für uns ohne jegliches Interesse. Dafür war das Interesse des Herrn Schniebs an uns um so größer. Der Nußknacker war der neue, amtlich bestellte Polizist für unser Sprengel.

"Haleluja!", rief ich, als wir es erfuhren.

"Himmel, Arsch und Zwirn!", ergänzte Ecki.

Am Sonnabend der folgenden Woche saßen Ecki und ich auf dem sonnenwarmen Blech der Aschengrube und rätselten, was wir in Bezug auf unsere Werkstatt unternehmen könnten. Meinen Vater einweihen ging nicht. Der hatte uns bei unserer letzten Eskapade unmissverständlich seine Meinung gesagt. Dazu kam Eckis saublödes Hammerwerfen, was die Sache auf keinen Fall leichter für uns machte.

"Na, die Herren Fahrradfabrikanten, so untätig in der Sonne heute?"

Vor uns stand die reguläre Staatsmacht, später ABV genannt.

Wir waren mit einem Satz von der Aschengrube und standen stramm.

"Keine Kundschaft heute, Jungs?" Die wasserhellen Augen unter den weißen Wimpern musterten uns eingehend, passten aber irgendwie nicht ganz zu dem strengen Gesicht. Sie glitzerten! Wie Einsprenkelungen von Katzengold.

"Unsere Werkstatt ist geschlossen." Meine Stimmbänder klemmten.

"Worden", ergänzte der Nussknacker.

"Auf Anweisung der Staatsmacht", sagte Ecki mit bemüht fester Stimme

"Stimmt genau, junger Mann", sagte der Nussknacker, "bei mir liegt ein Bericht auf dem Schreibtisch über Schwarzmarktgeschäfte, verbotenen Handel mit Buntmetallen, Bereicherung von Schiebern zum Nachteil der werktätigen Bevölkerung und versuchter Körperverletzung mittels gefährlicher Wurfgeschosse."

Ich hielt die Luft an. Kommt noch was, dachte ich.

Nur zwei Namen.

"Die Rede ist", die Staatsmacht legte eine Pause ein, "die Rede ist von einem gewissen Alexander Ludwig und einem gewissen Eckehardt Wünschmann." Das Gesicht des Nussknackers sah furchteinflößend aus.

Nur das Katzengold in den Augen irritierte mich.

"Sollten euch beide wohl bestens bekannt sein!" Das klang wie zwanzig Jahre Sibirien. "Und jetzt möchte ich die Werkstatt sehen, meine Herren Schieber und Hammerwerfer!"

Ecki öffnete das Vorhängeschloss und zog die Lattentür, die innen mit Karton verkleidet war, auf.

"Mann, ihr seid ja nicht schlecht eingerichtet", sagte die Staatsmacht nach einem Rundblick und drehte an dem Vorderrad, das ich zuletzt in der Mache hatte.

"Schöne Acht!"

"Bin nicht fertig geworden", sagte ich mit immer noch belegter Stimme.

Der Nussknacker nahm einen Wäschebock, schob ihn ganz dicht an das eiernde Vorderrad, griff ein Stück Kreide, schob die Kreide auf der Oberkante des Bockes an die sich noch immer drehende Felge und markierte die Ausschläge. Dann drehte er an den

Nippeln der Speichen, versetzte die Felge erneut in Bewegung, markierte, drehte an den Nippeln, markierte, und nach zehn Minuten lief das Rad rund.

Ich stand da und guckte wie das Schwein ins Uhrwerk. Für die Arbeit war bei mir meist ein ganzer Vormittag draufgegangen.

"Und jetzt, meine Herren Mechaniker, hört ihr mir mal genau zu!"

Die Staatsmacht hatte sich zu voller Größe aufgerichtet. Das Katzengold war verschwunden.

"Die Werkstatt ist ab sofort wieder geöffnet. Ihr arbeitet ohne Entgelt. Wenn euch die Kunden einen Obulus entrichten, freiwillig, geht das in Ordnung. Wenn ihr Schiebergeschäfte irgendeiner Art machen solltet, ist Schluss, für immer!"

Pause!

"Und sollte einer von euch beiden Athleten noch einmal Hammerwerfen trainieren - und sei es mit einer Hühnerfeder - dann Gnade euch Gott - oder wer auch immer gerade da oben an der Macht sein sollte."

 Pause.

"Haben wir uns verstanden?"

"Geht klar, Herr Schniebs", sagte Ecki.

"Geht klar, Herr Schniebs", sagte ich.

Und jetzt standen wir wieder stramm - diesmal hätte ich allerdings meinen Hut gelüftet, wie es mein Vater immer machte, aber ich hatte keinen auf.

Als Schniebs weg war, fragte Ecki: "Hast du `ne Ahnung, Zimt, was ein Obulus ist?"

"Nee", sagte ich, "vielleicht so was wie `ne Oblade."

"Was du beim Abendmahl kriegst?" Ecki klang maßlos enttäuscht.

„Dafür mach ich keinen Finger krumm, das Zeug schmeckt nach Bierdeckel."

**

In der letzten Schulwoche liefen die Proben für "Das Feuerzeug" auf Hochtouren. Wir verbrachten jede freie Minute in der Turnhalle. Ecki schien mir in den letzten Tagen nicht ganz bei der Sache zu sein. Der verdammte Aufsatz, dachte ich. Ecki würde das Schuljahr wahrscheinlich wiederholen müssen. Ein verlorenes Jahr!
Zur Hauptprobe am Freitag schob mir Pia einen Zettel in die Hand. *18 Uhr am Kino. P.*
Ich war halb sechs da. Eine undefinierbare Unruhe hatte sich in meinem Inneren breit gemacht. Pia kam kurz vor sechs.
"Russischer Märchenfilm", sagte ich.
"Hast du schon Karten?", fragte Pia.
Ich schüttelte den Kopf.
Pia ergriff meine Hand. Die Hand fühlte sich heiß und trocken an. Wir schlenderten durch die Gärten, über die Felder, vorbei am Bahndamm und landeten schließlich vor unserer Hütte. Ich holte den Schlüssel aus der Dachrinne und schloss auf. In der Hütte war es warm und es stank nach altem Tabakqualm. Ich öffnete das Fenster und machte erst einmal Durchzug. Wir setzten uns auf die Bank an der Hüttenrückwand und hielten unsere Gesichter in die späte Nachmittags-sonne.

Pia sagte kein Wort. Nach einer Weile berührte ihr kleiner Finger meine Hand. Mir rieselte ein Schauer über den Rücken und ich hätte sie am liebsten in den Arm genommen und ihren Kopf an meine Schulter gezogen, aber ich hatte ganz einfach Hemmungen. Stattdessen legte ich meine Hand auf ihre und wir verschränkten unsere Finger ineinander. So saßen wir, bis die erste dunkle Wolke die Sonne verhüllte und ein kalter Wind um die Hütte fuhr.

Pia erhob sich, sah mich merkwürdig an und zog mich zum Eingang. In der Hütte setzte sie sich auf die untere Koje und sagte:" Mach bitte die Tür zu, Alex, mir ist kalt!"

Als ich die Tür geschlossen hatte und mich wieder umdrehte, streckte mir Pia beide Arme entgegen. Ich setzte mich neben sie. In der Hütte wurde es schummrig. Die Sonne war jetzt hinter den Wolken verschwunden und der Wind hatte zugenommen.

Plötzlich entrang sich aus Pias Brust ein tiefes Stöhnen. Sie zog meinen Kopf ganz dicht an sich heran und küsste mich auf den Mund. Doch der Kuss schmeckte salzig und ich spürte, dass Pia weinte. Die Wolken, die draußen die Sonne verdunkelt hatten, machten sich jetzt in meinem Inneren breit. Pias Kuss wurde immer heftiger und sie presste sich gegen mich, als wollte sie sich in mir verstecken. Dann fiel sie nach hinten und zog mich mit, ohne dass sich ihre Lippen von meinem Mund lösten. Ihre Zunge schob sich zwischen meine Zähne und begann das Innere meines Mundes zu erkunden. Mir wurde so heiß, dass ich Angst hatte, die Decke, auf der wir lagen, könnte anfangen zu brennen. Ich legte meine Hand auf Pias

Gesicht und streichelte ihr Ohr. Sie umfasste mit beiden Händen meinen Kopf und drehte sich langsam auf den Rücken, ohne ihren Mund von meinem zu lösen. Dabei glitt meine Hand über ihren Hals, über die Bluse und dann darunter. Ich schob den Stoff, der mir den Weg versperrte, einfach nach oben und dann berührte meine Hand das erste Mal im Leben das, wonach ich mich nächtelang verzehrt hatte.

Als meine heiße Hand Pias nackte Brust mit der harten Spitze fest umschloss, hatte ich das Gefühl, als wiche jedes Leben aus ihrem Körper. Ich hatte plötzlich Angst, mich zu bewegen, und so blieben wir liegen, bis die Dunkelheit uns eingehüllt hatte.

Erst, als ein kalter Windstoß durch das offene Fenster fuhr, kam wieder Leben in uns. Pia zog meinen Kopf zu sich, küsste mich, flüsterte: "Danke, Alex!", zog meine Hand aus ihrer Bluse und erhob sich.

Danke, wofür, dachte ich.

Später, viele Jahre später, verstand ich, was sie gemeint hatte.

Wenn ich an diesem Abend geahnt hätte, welches Elend mich in den nächsten Tagen erwartete, wäre der Abend sicher anders verlaufen.

***

Samstag und letzter Schultag. Abschlusszeugnisse und weitere Katastrophen. Ecki hatte nicht bestanden! Aufsatz! Wie erwartet.

Was ich nicht erwartet hatte, war Eckis Gelassenheit. Ich hatte von Tobsucht bis rabenschwarzer Verzweiflung mit allem gerechnet, aber nicht mit Eckis Gleichgültigkeit. Es war, als hätte das vernichtende Urteil - Das Schuljahr muss wiederholt werden - einen Fremden getroffen.

"Schöne Scheiße", sagte ich auf dem Nachhauseweg.

"Halb so schlimm", sagte Ecki.

"Na, he", sagte ich, "du verlierst ein volles Jahr. Hast du mal drüber nachgedacht, wieviel an Geld das ausmacht? Ein Jahr später in die Lehre, ein Jahr später ausgelernt, ein Jahr später Geld verdienen. Und Kanada?" Ich konnt`s nicht fassen.

"Zimt, du hältst absolut die Fresse über das, was ich dir jetzt sage!"

Ich blieb abrupt stehen.

"Also, ich bin ab morgen fort!"

"Was bist du?" Mein Unterkiefer klappte nach unten und dort blieb er.

"Ich bin ab morgen nicht mehr da", wiederholte Ecki.

Mein Unterkiefer schnappte wieder nach oben.

"Und wo bist du ab Sonntag?"

"In Bernkastel-Kues", sagte Ecki.

Was für ein Kastenküssmichscheiß?", fragte ich immer noch wie betäubt.

"Das ist irgendwo an der Mosel. Meine Mutter hat dort einen Bruder und der betreibt da eine Weinhandlung oder so was."

"Und was willst du dort machen?"

"Mann, Zimt, das weiß ich jetzt selber noch nicht, aber das wird sich finden. Nur weg hier. Hagedorn, das Schwein, belästigt schon wieder meine Mutter. Er

würde mit seinen Beziehungen schon rauskriegen, wo
mein Vater abgeblieben sei. Der will meiner Mutter an
die Wäsche, das ist alles. Aber vorher schneid ich dem
den Schwanz ab, erschlag das Schwein oder jag ihn in
die Luft. Aber davon mal ganz abgesehen, Zimt, du
kannst von drüben über das Rote Kreuz zumindest
Nachforschungen anstellen, hat der Bruder meiner
Mutter geschrieben."
"Und die Vorstellung heute?", fragte ich völlig
benommen. Ein Leben ohne Ecki, das ging überhaupt
nicht.
"Das wird meine Abschiedsvorstellung", grinste Ecki
mit einem merkwürdigen Funkeln in den Augen.

***

Die Turnhalle war rammelvoll. Wir schleppten noch
Stühle aus den Klassenzimmern und trotzdem reichten
die Sitzplätze nicht. Niemand wollte sich das Spek-
takel entgehen lassen. Der Alltag war grau genug!
Unsere Nervosität war fühlbar und wuchs von Minute
zu Minute.
Polenta hatte nassgeschwitzte Achseln. Pia standen die
Schweißperlen auf der Oberlippe. Ich hatte Lähmungs-
erscheinungen.
Nur Ecki hatte ein undefinierbares Grinsen im Gesicht.
Endlich war es so weit. Der Direktor hielt eine kurze
Ansprache und kündigte dann die Theateraufführung,
"DAS FEUERZEUG" nach einem Märchen von Hans

Christian Andersen an. Dargeboten von den Abschlussklassen 8a und 8b.

Mir war völlig unklar, wie ich auf die Bühne kommen sollte, denn ich hatte ein solches Magengrimmen, dass ich sicher war, beim ersten Schritt nach draußen in die Hose zu scheißen.

Der Vorhang ging auf, die Hexe gab mir einen Stoß und ich landete auf der Bühne.

"Eins, zwei! Eins,zwei!", brüllte ich aus voller Kehle, um mir Mut zu machen.

"Brüll nicht so, sondern schmeiß die Beine!", zischte die Hexe hinter mir.

Allmählich fiel mir der Text wieder ein und alles lief wie geschmiert.

Bis die Hunde an der Reihe waren. Popel mit seinen Augen so groß wie Teetassen und Hode mit seinen Augen so groß wie Mühlräder auf die Hexenschürze zu hieven, war kein Problem. Nur Qualle, der Idiot und Hund mit Augen so groß wie Türme, hockte auf seiner Kiste wie ein aufgeblasener Ochsenfrosch und bellte mich an.

"Halt die Schnauze!", zischte ich, aber das musste zu laut gewesen sein, denn in den ersten Reihen gab es Gelächter.

Qualle blieb wie angeleimt auf der Kiste hocken und dachte nicht im Traum daran, mir die Sache zu erleichtern. Der will mir eins auswischen, dachte ich, bückte mich und zog ihn mit einem Ruck an den Ohren nach oben.

Qualle stieß einen Quieklaut aus und versuchte mir in die Hand zu beißen. Ich war blitzschnell hinter ihm und versetzte ihm einen heftigen Tritt in den Arsch.

Mit einem Satz landete er auf der Hexenschürze und hielt sich den Allerwertesten.

Vom Publikum kam Gelächter und der erste Applaus.

Ich füllte meinen Tornister, meine Mütze, meine Taschen und selbst meine Stiefel mit Gold, die Hexe zog mich wieder hoch und dann gerieten wir wegen des Feuerzeugs in einen heftigen Streit. Ich zog kurzerhand meinen Säbel und schlug ihr den Kopf ab. Der Kopf, ein mit Papier und einer Nase beklebter und angemalter Luftballon hüpfte bis an den Bühnenrand, einige kleinere Kinder begannen zu weinen und wurden von ihren Müttern getröstet.

Dann lief alles wie in der Hauptprobe weiter, bis der Teetassenaugenhund mir die Prinzessin in meine Kammer brachte. Pia war so schön in ihrem Kostüm anzusehen, dass die Zuschauer mitten im Stück klatschten, als ich sie küsste.

"Knutsch die Alte zu Boden!", brüllten einige ältere Jungs von hinten aus dem Publikum.

"Aufspießen, die Idioten!", zischte ich durch die Zähne.

Als dann in der dritten Nacht Qualle die Prinzessin brachte und ich sie gerade küssen wollte, gab er mir einen heftigen Stoß in den Rücken, schnappte sich die Prinzessin und gab ihr einen laut schmatzenden Kuss auf den Mund.

Für einige Sekunden stand ich da wie Max in der Sonne.

"Rache ist Blutwurst!", knurrte Qualle und im selben Moment drosch ich ihm meinen Säbel mit aller Kraft auf den Rücken.

Qualle machte einen Satz nach vorn, flog von der Bühne und landete in der ersten Reihe der Zuschauer. Das Publikum brüllte vor Vergnügen.

In der Pause kriegten wir eine saftige Standpauke von Polenta und dann traten wir zur Schlussszene an.

Ich stand bereits auf der Leiter und neben mir der Henker mit dem Strick in der Hand. Um mich herum die Richter und Räte und dahinter, auf einer Gemüsekiste, der König und die Königin. Im Hintergrund stand das Volk, also der gesamte Rest der 8a und 8b.

Ich bat den König um einen letzten Wunsch, nämlich noch einmal mein Pfeifchen schmauchen zu dürfen, und das konnte der König nicht abschlagen.

Als ich mein Feuerzeug anknipste, standen alle drei Hunde bereit.

"Helft mir!", rief ich, "ich will noch nicht sterben." Und augenblicklich stürzten sich die drei Hunde zähnefletschend auf Richter, Räte und Henker, und bald lagen alle in einem wild-wüsten Knäuel auf dem Boden.

Nur der König und die Königin standen noch auf ihrer Obstkiste. Aber das war nicht mehr der König, der da stand. Das war Hilfspolizist Hagedorn! Ecki hatte die nach hinten verdrehte Trinkgeldpfote und die typisch gebeugte Haltung von Hagedorn angenommen.

Das Publikum hielt den Atem an.

Dann platzte das Gelächter wie eine Bombe im Saal.

Qualle, der Hund mit Augen so groß wie Türme, sprang auf allen Vieren mit heraushängender Zunge laut hechelnd auf den König zu. Der König fuchtelte wie wild mit den Armen, stieß dabei die Königin vom

Thron und schrie mit typisch Hagedornscher, sich überschlagender Stimme: "Nein, nein, nein! Ich will nicht! Erst muss die antifaschistisch- demokratische Ordnung..."

Das Publikum tobte.

Qualle hatte Ecki am königlichen Umhang gepackt und zerrte wie wild daran. Ecki trat mit den Füßen nach dem Hund und schrie: "Weg da, Speichellecker des Kapitals, elender Kriegstreiber, Verräter der Arbeiterklasse! Weg mit dir!"

Das Publikum bog sich vor Lachen. Hagedorn war genau so unbeliebt wie er bekannt war.

Der Hund hatte jetzt seine Vorderpfoten fest um den König geschlungen und versuchte, ihm ein Bein zu stellen. Der König geriet ins Wanken und während er fiel, schrie er: "Hilf mir, Josef Wissarionowitsch!"

Dem Publikum stockte kurz der Atem, dann brach der Beifall los. Die Leute klatschten sich auf die Schenkel, umarmten einander und hatten Lachtränen in den Augen.

Bei einer späteren Untersuchung des Sakrilegs behaupteten die meisten Zuschauer, der König hätte: "Hilf mir, Jesus Christus", gerufen.

Man ließ die Sache relativ schnell wieder fallen, da der Verursacher nicht mehr greifbar war.

***

Am nächsten Morgen, es war Sonntag, wachte ich ziemlich zeitig auf, und wie ein Blitz aus heiterem

Himmel fiel mir Ecki ein. Ich sprang in Hemd und Hose, jagte die Treppe hoch und klingelte.

Nichts rührte sich.

Ich klingelte Sturm.

Nichts. Kein noch so leises Geräusch.

Ich schlug mit den Fäusten gegen die Tür und rutschte dann mit dem Rücken zur Tür langsam am Türblatt nach unten.

Ecki war weg.

Mein Magen krampfte sich zusammen und ich hatte das Gefühl, kotzen zu müssen. Langsam erhob ich mich, stelzte mit steifen Beinen wieder nach unten und ging in die Küche.

Großmutter hantierte mit Töpfen, klapperte mit Löffeln und schob mir einen Teller mit Brot zu. Ich schob ihn zurück. Mir wäre wahrscheinlich jeder Bissen wieder hochgekommen.

Dann erzählte sie, dass gestern spät abends Anni noch bei ihr gewesen wäre und sich verabschiedet hatte.

"Verabschiedet?", murmelte ich uninteressiert. Und erfuhr von Großmutter, dass Anni sich in Richtung Hamburg auf den Weg gemacht hatte. Ihre Mutter sei schwer erkrankt. Und Humpel sei einfach so mitgefahren.

Einfach so mitgefahren, dass ich nicht lache. Die beiden hatten was miteinander, das war klar wie Kloßbrühe. Nicht umsonst hatte ich Humpel in letzter Zeit des Öfteren auf unserem Boden gesehen. Was mir letzten Endes allerdings auch scheißegal war.

Mir fiel das Lied von den zehn kleinen Negerlein ein.

Ich schnappte mir eins von den Harald Harst Heften, von denen ein gutes Dutzend bei Großmutter auf dem

Tisch lag, ging zurück ins Bett und versuchte zu lesen. Ich reihte zwar die Buchstaben zu Wörtern zusammen und diese zu Sätzen, aber der Sinn der Detektivgeschichte erschloss sich mir nicht. Meine Gedanken kreisten um Ecki und Pia, um Anni und Humpel und dann fiel ich in einen von Albträumen geplagten Schlaf.

Gegen Mittag erwachte ich schweißgebadet. Durch das weit offene Fenster hörte ich das aufgeregte Gackern der Frauen aus unserem Haus, die sich fast alle im Hof versammelt hatten.

Hagedorn war tot!

Mir fiel das Hemd aus der Hand, das ich gerade anziehen wollte.

Ermordet!

Jungs aus der dritten oder vierten Klasse hatten ihn beim Spielen in der Gartenanlage gefunden. Nur wenige Meter von seiner Behausung entfernt. Unmittelbar vor dem Misthaufen. Mit durchgeschnittener Kehle in einer dicken Blutlache!

Mich befiel ein mulmiges Gefühl und jetzt war ich froh, dass Ecki bereits weit, weit weg sein musste.

Am Nachmittag fuhr ich zum Badeteich. Die halbe Klasse war da und lachte sich immer noch scheckig über Eckis gestrige Einlage. Dass Hagedorn tot war, schien keinen besonders zu interessieren.

"He, Zimt, wo hast`n Ecki gelassen?", rief Qualle.

"Ecki ist fort", sagte ich.

"Wieso fort?", fragte Franz.

"Fort", sagte ich, "gen Westen!",

"Mach kein` Scheiß", sagte Qualle.

"Ecki ist fort, einfach fort", brüllte ich, "in diesen gottverdammten, blöden Westen!"
Totenstille.
"Wenn das einer von deinen blöden Witzen ist, Zimt, ersäufen wir dich", sagte Hode.
"Ist kein Witz", murmelte ich, drehte mein Rad um und fuhr davon.

***

Die Tage bis Mittwoch verbrachte ich im Schweben. Allerdings war das kein Schweben wie auf weißen Wolken in einem blauen Himmel, sondern eher ein Gleiten zwischen dunklen Regenwolken.
Ecki hatte das Blau des Himmels mitgenommen Als der Mittwoch ran war, machte ich mich zeitig auf den Weg zum Kino.
Kinotag mit Pia! Wir hatten uns seit der Theateraufführung nicht mehr gesehen. Ich wartete bis Viertel nach sechs. Die Vorstellung hatte bereits begonnen. Meine Vorfreude trübte sich ein. Dann stand plötzlich Irmgard vor mir und gab mir einen Brief.
Ich erkannte auf Anhieb die Handschrift.
Pia.
"Soll ich dir von Pia geben", sagte Irmgard und war verschwunden.
Ich stand da wie bestellt und nicht abgeholt, im wahrsten Sinn des Wortes. Es gab nur eine Richtung - die Hütte. Ich machte mich mit weichen Knien auf den Weg. Die Wolken in meinem Inneren begannen eine

schwefelgelbe Farbe anzunehmen. In der Hütte warf ich mich auf die Koje, auf der ich mit Pia gelegen hatte und öffnete mit zitternden Fingern den Brief.

Lieber Alex,
wenn du diesen Brief liest, bin ich nicht mehr in deiner Nähe. Wir haben Nachricht von einem sehr nahen Verwandten aus Amerika erhalten und uns dorthin auf den Weg gemacht. Es tut mir leid, dass ich es dir nicht persönlich sagen konnte, aber meine Mutter hat es mir verboten und gesagt, dass es besser wäre, wenn du von nichts wüsstest. Zu deiner Sicherheit und der deiner Eltern.
Lieber Alex, ich werde immer an unseren letzten Abend in der Hütte denken und ich bin dir sehr dankbar, dass es so geendet hat und nicht anders. Obwohl das leicht hätte geschehen können, denn ich war vor Kummer nicht mehr Herr meiner Sinne.
Du weißt, was ich meine.
Danke, Alex.
Vielleicht sehen wir uns eines Tages wieder.
Machs gut, Alex!

Deine Pia

Da waren es nur noch sechs", ging es mir durch Kopf. Dann ließ ich mich fallen und vergrub meinen Kopf in den Decken, aus denen noch der Duft von Pias Haar aufstieg. Ich begann wie im Fieber zu zittern und Magenkrämpfe nahmen mir die Luft. Dann musste ich eingeschlafen sein. Als ich erwachte, herrschte das gleiche diffuse Licht in der Hütte wie an unserem letzten Abend.

Ich habe keine Erinnerung mehr daran, wie ich nach Hause gekommen bin und wie ich die nächsten Tage überlebte. Ich weiß nur noch, dass in den folgenden Tagen am Morgen mein Kopfkissen nass war.

II

Der Sommer verging so, wie alter Sirup vom Löffel tropft. Auf meinen persönlichen Weltuntergang folgte ein lang anhaltendes, graues Tiefdruckgebiet. Was allerdings nur meine Großmutter mitbekam. Der Rest der Familie war mit Überleben beschäftigt. Vater verbrachte die meiste Zeit auf Arbeit und Mutter hatte in diesem Sommer die schlimmsten Migräneanfälle, an die ich mich erinnern konnte. Zwischendurch unternahmen sie Hamsterfahrten ins Umland und verscherbelten so ziemlich alles, was ein hungernder Mensch entbehren konnte und das wiederum war fast alles.

Ich verbrachte die meiste Zeit in meinem Zimmer, las die Detektivgeschichten um Harald Harst und dachte an Ecki und Pia, oder besser gesagt, an Pia und Ecki. Wenn du deinen besten Freund verlierst, kriegt dein Herz einen Sprung. Wenn du mit vierzehn das Mädchen verlierst, das du gern hast, dann zerreißt es dich. Wenn du beides gleichzeitig und für immer verlierst, kannst du dich begraben lassen.

Ich war gestorben, nur Großmutter akzeptierte das nicht.

"Alex, Junge", rief sie meist dann, wenn es mir so richtig schlecht ging aus der Küche, "raus mit dir an die Luft, der nächste Winter kommt bestimmt."

"Sind die Hundstage heiß und trocken, gibt`s im Winter große Flocken", rief ich zurück.

Großmutter lachte. Es war einer ihrer Sprüche.

Scheiß auf die Flocken, dachte ich. Wenn bloß erst Winter wäre.

"Die Zeit heilt alle Wunden", hatte Großmutter gesagt, als für mich die Welt unterging, und mir dabei mit ihrer rauen Hand über die Haare gestrichen.

Omas Spruch in Gottes Ohr, dachte ich.

Genau eine Woche nach unserer Theateraufführung ging ich das erste Mal wieder in unsere Werkstatt. Ich setzte mich auf die Werkbank, ließ die Beine baumeln und war sicher, dass Ecki jeden Moment durch die Lattentür kommen musste.

Und siehe da, die Tür ging auf und herein kam ... Schniebs.

"Tag, Alex", sagte Schniebs, griff sich den Franzosen, den mein Vater als Meisterstück angefertigt hatte, und begutachtete ihn von allen Seiten.

"Tag, Herr Schniebs", sagte ich.

"Schönes Stück, sieht nach Handarbeit aus."

Schniebs legte den Franzosen an seinen Platz zurück, griff sich einige andere Werkzeuge, legte sie wieder hin und setzte sich dann auf die alte Holzkiste, in der wir alle Arten von Ersatzteilen aufbewahrten.

"Dein Kumpel Ecki ist fort?", fragte Schniebs.

"Hm."

"Hast du gewusst, dass dein Blutsbruder mit seiner Mutter abhauen will?"

"Hat was von einer Reise zu irgendeinem Onkel erzählt", sagte ich.

"Wo der Onkel wohnt, hat er nicht zufällig erwähnt?"

"Nee."

"Hatte Ecki in letzter Zeit Probleme?"

"Klar, hatte er", sagte ich.

"Mit wem?", fragte Schniebs, beugte sich unmerklich vor und nahm eine gespannte Haltung ein.

"Mit der Schule, Prüfung und so", sagte ich.

"Und, hat er die Prüfung bestanden?" Die Spannung war aus Schniebs Körperhaltung gewichen.

"Hat er nicht", sagte ich, "Aufsatz!"

"Das wundert mich aber", sagte Schniebs, "wo er doch über so gewisse künstlerische Begabungen verfügen soll."

Dazu sagte ich nichts. War ja auch keine Frage.

Pause.

"Was habt ihr beiden eigentlich am Sonntag noch so gemacht, am Abend, meine ich?"

"Wir haben noch bei Ecki gesessen, Musik gehört, Offiziersskat gespielt und über die Aufführung gequasselt."

"Ja, das Theaterstück soll ja recht interessant gewesen sein. Leider hatte ich Dienst und konnte die besondere Leistung deines Kumpels Ecki nicht miterleben", sagte Schniebs.

Mir wurde warm. Achtung!, dachte ich.

"Wie lange warst du eigentlich bei Ecki, am Sonntag, meine ich."

"Na, so von neun bis halb zwölf ungefähr."

Es hatte sich herumgesprochen, dass die Polente bei allen bisher durchgeführten Befragungen diesen Zeitraum favorisierte.

"Und da bist du ganz sicher, mit der Zeit, Alex?"

"Ganz sicher", sagte ich und hatte schweißnasse Hände.

Nur noch kurze Antworten geben, dachte ich. Wer viel quasselt, hat viel zu verbergen! Und das war nun mal nicht von meiner Großmutter, sondern von Großvater.

"Und das mit Fritz und Anni?", hakte Schniebs nach.

"Keine Ahnung", sagte ich und das entsprach der Wahrheit.

Schniebs erhob sich von der Kiste und streckte mir die Hand entgegen. Ich fuhr schnell mit meiner nassen Flosse über die Hose, ehe ich ihm die Hand gab.

Schniebs guckte mir noch einmal merkwürdig in die Augen und sagte: "Wenn dir noch was einfallen sollte, Alex, du weißt, wo du mich findest", und weg war er.

***

Ab September besuchte ich die Berufsschule. Der Chemiebetrieb, in dem mein Vater arbeitete, hatte mich als Lehrling eingestellt. Die zweite freie Stelle hatte Irmgard aus der 8b erwischt.

Wir kamen in eine Klasse, die mit mir aus sechs Jungen und etwa zwanzig mehr oder weniger hübschen Mädchen bestand. Wobei die Betonung mehr auf weniger lag. Was mich bei Chemie nicht sehr verwunderte.

Dazu kam eine Menge neuer Fächer wie Betriebskunde, Warenkunde, Technologie, Gesellschaftskunde ...

Und zu jedem neuen Fach gab`s einen neuen Lehrer, von denen jeder in die drei bekannten Schubladen passte: *Kannst du glatt vergessen*, oder *bei dem mußt du die Augen schließen und an was Schönes denken* und dann gab es noch den*, der prägt.*

Später, als ich selbst in einer der Schubladen steckte, begriff ich, dass alle drei zusammen Schule erst ausmachten, notwendig waren, sich ergänzten und Schule mit Leben erfüllten.

Damals sah ich das allerdings anders.

Mit Geier, Gegenwartskunde, Hakennase und weißem, äußerst spärlichen Haarwuchs, standen wir von Anfang an auf Kriegsfuß. Er lebte oder besser überlebte nur mit Schlagworten, deren Sinn er aller Wahrscheinlichkeit selbst nie ganz verstand. Auf seinem Pult lag immer griffbereit das Kommunistische Manifest, seine Bibel, an der er sich festhielt, wenn wir das Schiff seines Glaubens an den Sieg des Sozialismus in zu starken Wellengang manövrierten. Wenn sein Schiff allerdings in gefährliches Fahrwasser geriet, rettete sich Geier, indem er das Ruder ganz weit nach links drehte.

An der Tafel stand dann zum Beispiel: *Die Expropriation der Expropriateure! Äußern Sie sich dazu schriftlich!*

Geier hatte ein ganzes Arsenal solcher Pamphlete für den pädagogischen Notfall. Wir zahlten mit gleicher Münze zurück und schrieben dann solchen Scheiß wie *Diktatur des Proletariats, Proletarier aller Länder vereinigt euch* und endeten beim *verfaulenden und absterbenden Imperialismus.* Als gesellschaftliche Gesetzmäßigkeit, versteht sich. Das war Balsam in Geiers Ohren,

Durchschnittsnote zwei, und alle hatten wieder ihre Ruhe.

Bis zum nächsten Schlingerkurs.

Pelikan, ihres Zeichens Lehrerin für Betriebs- und Warenkunde, kam aus der zweiten Schublade. Sie war weiblichen Geschlechts, was man allerdings nicht auf Anhieb feststellen konnte. Böse Zungen behaupteten, sie wüsste es selbst nicht immer genau und müsste morgens vor dem Spiegel nachsehen.

Wir studierten bei ihr weniger Betriebs- als vielmehr Warenkunde, und die Objekte unserer Studien waren nicht die Produkte der chemischen Industrie, sondern die Früchte, die wir unter den Blusen und Pullovern der Mädchen registrierten und mit Preisen versahen.

Ich las während der Pelikanstunden in wenigen Tagen unter der Bank *Das Buch von San Michele* von Axel Munthe und entzog mich so dem einschläfernden Rhythmus des Pelikanschen Singsangs. Ich lustwandelte durch die engen Gassen von Capri, trank in Anacapri den in der Abendsonne funkelnden rubinroten Landwein und drückte auf dem Weg zum Hafen meinen Ellenbogen an die warme Brust meiner schwarzhaarigen, glutäugigen Begleiterin. Tief unten im azurblauen Meer leuchteten die weißen Segel der Yachten und die schönste und größte gehörte dem berühmten Schriftsteller Alexander Ludwig.

Die nächste Klassenarbeit in Betriebskunde brachte mich schnell in die Realität zurück.

"Alexander Ludwig, Fünf! Setzen!"

Aber irgendwie ging mir das glatt am Arsch vorbei.

Was für die meisten Fächer zutraf.

Außer Deutsch! Deutsch wurde meine Leidenschaft. Deutsch bei Hans-Heinrich Peters, dem Lehrer mit der Lederhand, dem Lehrer aus der dritten Schublade, dem

Heineverehrer mit dem Spitznamen Heinrich, der außerdem noch unser Klassenlehrer war.

Nach den ersten Stunden bei Heinrich gab es für mich nur noch das Fach Deutsch, Unterabteilung Literatur. Aus meinem sporadischen Leseverhalten wurde eine regelrechte Lesewut. Ich las alles, was mir in die Hände fiel. Ich las Heine, Keller, Hesse, Jean Paul, Zola, Balzac, Maupassant, Tolstoi, Dostojewski und und und...

Die meisten Bücher lieh mir Heinrich. Und er war es auch, der allmählich und behutsam meine Lesewut in geordnete Bahnen lenkte.

Und so vergingen die ersten Monate. Ich freundete mich mit den Jungen der Klasse an, wir gingen klettern, fuhren in die Pilze, trieben uns in den halb verschütteten Katakomben unter der Stadt herum, bauten Knaller und Stinkbomben, experimentierten mit Lachgas, erzählten uns in den Pausen schweinische Witze und waren trotz unseres aufgeblasenen Gehabes allesamt noch Jungfrauen.

Weihnachten kam ein Päckchen von Anni aus Hamburg.

Bohnenkaffee! Großmutters Augen leuchteten, als wäre sie frisch verliebt, und ihre Nasenlöscher weiteten sich beim Schnuppern an der Tüte auf doppelte Lochgröße.

Von Ecki kam eine Ansichtskarte. Die Weinberge der Mosel.

Von Pia kam kein Lebenszeichen. Ich las über die Feiertage Leonhard Frank, ging einmal lustlos mit Irmgard ins Kino und wunderte mich, dass sie mich total vergnatzt stehen ließ, als ich mich bei ihr nach Pia erkundigte.

Weiber!

Silvester soff ich mit Fritz, der mit mir in eine Klasse ging und mit dem ich mich näher angefreundet hatte, eine Flasche Pfeffi aus, kotzte wie ein Reiher und war zwei Tage krank.

Nie wieder Alkohol! Oh Mann, dieses Nie- Wieder! Diese sogenannten guten Vorsätze. Wie viele davon wurden in meinem Leben ganz einfach vom Winde verweht.

Leider?

Oder- Gott sei Dank!

Wer will das entscheiden?

***

Einen Teil des Sommers, der bisher für uns aus Ferien bestanden hatte, mussten wir jetzt im Betrieb arbeiten.

Mir wurde regelrecht schlecht, als ich daran dachte, dass ich als Kuli ganze zwei Wochen Urlaub pro Jahr haben würde.

Proletarier aller Länder vereinigt euch und kämpft um mehr Ferien!

Mitte August war großes Betriebsvergnügen.

"Ringelpiez mit Anfassen", sagte mein Vater.

"Untersteh dich", erwiderte meine Mutter.

Ich trank mit Josef, der als Kalklöscher arbeitete und zwischen dessen Fingern ständig die Haut vom Kalkstaub weggefressen war, drei Bier, und als die ersten Drehungen einsetzten, fiel mir das grüne Pfeffielend ein und ich machte die Flocke.

Ich schlenderte ziellos am Bach entlang, setzte mich eine Weile in den Schatten einer alten, verkrüppelten Weide und fand das Leben zum Kotzen. Meins jedenfalls, wenn ich es mit dem des Schriftstellers und Arztes Axel Munthe verglich.

Ich stand wieder auf, zog mein Hemd aus, ging zum Wehr und kroch in den Hohlraum zwischen Wehrmauer und herunterstürzender, gläserner Wasserwand. Mir war klar, dass ich keinesfalls mein Leben zwischen Schwefelsäure und Ammoniak, zwischen Filterpressen und Kollergängen, zwischen alten Männern von über dreißig und grauen, reizlosen Frauen in Gummistiefeln verbringen würde.

Durch die gläserne Wasserwand sah ich mich jeden Morgen zu einer stumpfsinnigen, nervtötenden Arbeit gehen, acht Stunden ackern, drei Bier am Bahnhof und ab nach Hause zu Frau und Kindern. Gott scheiß die Wand an! Und am nächsten Morgen die gleiche Leier. Mich fröstelte und das kam nicht nur von der Kälte in meiner Wasserhöhle.

Nee, Alex, nicht mit dir. Dann lieber gleich in den Bleimantelbehälter mit der Schwefelsäure abtauchen wie ein gewisser Arno, der lange vor meiner Zeit durch die morschen Abdeckbohlen gebrochen sein sollte und von dem man nur noch den goldenen Ehering gefunden hatte.

Mich fror jetzt richtig und ich hatte Gänsehaut. Ich kroch zurück in die warme, helle Welt des Sommers. Am Ufer stand Irmgard. In der Hand hielt sie mein Hemd und grinste mich an.

"Wer gegen kaltes Wasser ist", grinste ich, "ist gegen den Frieden!"

"Hätte Geier nicht schöner sagen können", lachte Irmgard.

Wir hatten uns angewöhnt, Geiers neuestes Schlagwort: "Wer gegen uns ist, ist gegen den Frieden", für alle möglichen und unmöglichen Gelegenheiten umzumodeln.

"Auf alle Fälle bin ich jetzt für mein Hemd", sagte ich und griff danach. Mit einer leichten Drehung wandte mir Irmgard den Rücken zu. "Hol`s dir, wenn dir kalt ist." Ich griff von hinten um sie herum nach meinem Hemd. Irmgard hielt sich das Hemd ganz dicht an den Oberkörper. Ich berührte ihre Brüste und zuckte erschrocken zurück.

"Wer sich nicht traut, ist gegen den Frieden", kicherte Irmgard.

"Ich bin sehr für den Frieden", sagte ich, griff nach meinem Hemd und hatte gleichzeitig ihre runden, warmen Brüste in der Hand. Auf jeden Fall trug sie unter der dünnen Bluse keinen BH.

Wir standen einige Minuten, ohne uns zu bewegen, bis oben auf dem Fußweg Schritte zu hören waren.

Ich ließ los und zog mein Hemd über. Trotzdem fror ich wie ein junger Hund. Wir schlenderten am Bach lang, über unsere Brücke, den Bahndamm entlang bis hinaus in die Obstplantagen.

Mir war unklar, wo uns der Spaziergang hinführen würde, natürlich nicht geographisch gesehen. Ich hatte Irmgard nie so super toll gefunden. So beknackt wie in der Schule, als sich Männi bei ihr entschuldigen musste, sah sie zwar nicht mehr aus, aber mein Typ war sie nicht gerade. Was umgekehrt anders zu sein schien.

Ich fror immer noch und suchte mir eine Stelle, wo die Sonne zwischen den Apfelbäumen noch mit voller Kraft auf dem Rasen lag. Ich setzte mich mit dem Gesicht zur Sonne ins Gras. Das Gelände stieg leicht an und Irmgard setzte sich oberhalb von mir ebenfalls ins Gras und lehnte sich an den grauen Stamm eines Apfelbaums. Sie hatte die Beine angezogen und der Rock, der über die Knie reichte, hüllte darunter alles in ein aufregendes, geheimnisvolles Dunkel.

Ich starrte wie das Kaninchen auf die Schlange zwischen ihre Beine. Irmgard hob beide Arme und strich sich die Haare nach hinten. Dabei rutschte ihr Rock weiter nach oben. Das Innere ihrer Oberschenkel leuchtete jetzt weiß im hellen Sonnenlicht.

Dazwischen war es immer noch dunkel. Dieses Dunkle machte mich unruhig. Plötzlich schaute mir Irmgard direkt in die Augen. Ich fröstelte immer noch. Sie sah es und sie nutzte es.

"Ist dir kalt?", fragte sie.

Ich nickte.

Irmgard stand auf, setzte sich neben mich und lehnte ihre Schulter an meine. Die Stelle, an der wir uns berührten, wurde heiß.

Verdammt, dachte ich, was machst du jetzt? Theorie und Praxis, die berühmten zwei Seiten der Medaille. Ich kannte bis jetzt nur die Vorderseite.

Anfassen, dachte ich. Einfach anfassen! Ich legte meinen linken Arm um Irmgards Schulter und griff ihr mit der rechten an die Bluse. Irmgard drehte den Kopf zu mir und küsste mich, wobei sie sofort ihre Zunge in meine Mundhöhle schob. Ich begann mit zittrigen Fingern die oberen Knöpfe ihrer Bluse zu öffnen. Ihre Brust war fest und warm und die Spitze erinnerte mich an die Radiergummis, die an manchen Bleistiften hinten dran waren.

Ich fuhr leicht mit den Fingern über ihre Brustwarze und spürte, wie sie noch größer und fester wurde. Mir rieselte ein Schauer über den Rücken und in meinem Unterleib begann ein Schwarm Hornissen zu summen. Durch meine Berührungen wurden Irmgards Küsse immer heftiger. Plötzlich griff sie an meine Hose und begann die Knöpfe zu öffnen. Mit einer zielgerichteten Bewegung holte sie mein bis zum Platzen ge-schwollenes bestes Stück aus der Turnhose. Gleich-zeitig ließ sie sich nach hinten gleiten und zog mich mit. Ihr Rock war hochgerutscht, sie zog ihren Schlüpfer mit einer Hand nach unten und mit der anderen Hand zog sie mich auf sich. Als ich auf ihr lag, griff sie noch einmal zu, um mir den Weg zu weisen, aber da war es schon zu spät.

Ich fiel wie ein nasser Sack auf sie.

Wir blieben eine Weile liegen und ich dachte: Soll das alles gewesen sein? Und deshalb das ganze Theater! Als sich der Schatten des Apfelbaums über uns legte, standen wir auf und machten uns auf den Rückweg.

"Hast du in der letzten Zeit mal was von Ecki gehört?", fragte Irmgard.

"Hat `ne Ansichtskarte von der Mosel geschickt", sagte ich.

"Na und?", bohrte Irmgard weiter.

"Was, na und?" Ich war sauer, dass ich so wenig von Ecki wusste.

"Macht seine Achte nach und steigt dann ins Wein-
geschäft ein", fuhr ich fort. War ja möglich.

Die Schatten waren länger geworden und Irmgard hatte
nach meiner Hand gegriffen. Mir war das irgendwie
unangenehm, aber ich ließ es zu.

"Was meinst du eigentlich zu Geiers Vorschlag?",
fragte Irmgard wie nebenbei.

"Was für'n Vorschlag?"

"FDJ! Die ganze Klasse sollte in die FDJ eintreten."

"Bin ich blöd oder was!" Mir fiel der Käse wieder ein.
Geier hatte am letzten Schultag vor den Ferien
vorgeschlagen, die Klasse könne doch zum neuen
Schuljahr geschlossen in die FDJ eintreten und damit
ihre Zustimmung zur antifaschistisch-demokratischen
Ordnung unseres neuen Deutschlands dokumentieren.

Bei den Worten antifaschistisch und demokratisch sah
ich Hagedorns Visage vor mir - das reichte.

"Geier hat gesagt, das käme in die Abschluss-
beurteilung und könnte uns später im Beruf von
Nutzen sein", bohrte Irmgard weiter, und ich merkte,
dass sie mich überreden wollte.

"Alle Mann ins Blauhemd! Nee, nicht mit mir. Hatten
wir doch erst. Nur die Farbe war anders."

Irmgard guckte mich merkwürdig an und zog mich
dann unter einen der letzten Bäume, bevor die Straße
kam. Im Westen hatten sich dicke, dunkle Wolken
aufgetürmt und das erste Wetterleuchten zuckte am
Himmel.

Sie lehnte sich gegen den Stamm, zog mich zu sich
heran und legte meine Hand auf ihre Bluse. Die
Knöpfe waren noch offen und ich griff zu.

Dann ging alles sehr schnell.

Sie fuhr mit ihrer freien Hand entschlossen in meine Hose, holte das heraus, was sie brauchte, und beförderte es genau an die Stelle, wo sie es hinhaben wollte. Ich presste sie mit aller Kraft gegen den Baumstamm, und als der erste Blitz zuckte, war es vorbei, und diesmal fand ich es ziemlich aufregend.

"Hab lange darauf gewartet, Alex", flüsterte Irmgard, als wir uns trennten, "und wenn dir mal danach ist...", der Rest wurde von einem gewaltigen Donnerschlag verschluckt.

***

Das zweite Lehrjahr begann. Ich hatte die letzten Ferientage genutzt, um meinen Vorsatz, das Schreiben betreffend, in die Tat umzusetzen. Und musste feststellen, dass das Jonglieren mit Worten schlimmer als jede Strafarbeit war.

Es ging nichts!

Und es fiel mir nichts ein!

Als ich es bereits aufgegeben hatte, fiel mir Panje und die tote Schwalbe wieder ein. Ich musste meinen Verrat an der Tierwelt in irgendeiner Form wieder gutmachen. Und so schrieb ich die ersten Zeilen über einen kleinen, weißen Mustang und einen Indianer-jungen, die zu unzertrennlichen Freunden wurden und gemeinsam den Gefahren der Prärie trotzten. Die Frage war nur, welche Gefahren konnten das sein und wo sollte die Geschichte überhaupt hingehen und wie sollte ich sie zu Ende bringen?

Nicht ganz so einfach, wie ich es mir vorgestellt hatte, das Schreiben. Und außerdem war das Leben viel zu spannend, um es verzweifelt und am Bleistift kauend in den vier Wänden zu verbringen.

Das wirkliche Leben war blond, goldblond, hatte strahlend blaue Augen und die Jungen bekamen Stielaugen, wenn sie über den Hof ging. Sie hieß Linda, was für unsere Zeit ein eher ungewöhnlicher Name war, und gehörte zum ersten Lehrjahr.

Aber nicht nur der Name des Mädchens war ungewöhnlich, sie selbst war es nicht minder, wie ich bald feststellen sollte.

Bei der ersten besten Gelegenheit auf dem Schulhof fragte ich sie, ob sie Lust hätte, mit mir ins Kino zu gehen.

Sie hatte.

Meine Kumpel platzten vor Neid.

Als ich sie nach dem Kino nach Hause brachte, zog sie mich in den Schatten eines Hausvorsprungs und begann mich mit einer Gier zu küssen, dass mir schwindlig wurde. Meine Hand wanderte von ihrer Brust unter ihren Rock und sie fühlte sich heiß und feucht an. Als sie spürte, dass ich vor ihrer Tür stand, drehte sie sich seitwärts.

"Zu gefährlich, diese Woche", flüsterte sie mir ins Ohr und ihr heißer Atem machte mich noch rebellischer. Aber alle weiteren Versuche, mir Eintritt zu verschaffen, scheiterten an ihrer Geschicklichkeit, sich in dem Moment zur Seite zu drehen, wenn ich ich es gerade geschafft zu haben glaubte.

Auf dem Weg nach Hause plagten mich scheußliche Schmerzen im Unterleib.

Eine Woche später, ich kam rein zufällig am Kino vorbei, sah ich sie mit einem langen Lulatsch. Ich wartete, bis die Vorstellung aus war, und folgte den beiden. Vor ihrem Haus, hinter dem mir bekannten Mauervorsprung, sah ich dann voller Entsetzen, dass sie mit dem Langen genau das machte, was sie vor einer Woche mit mir gemacht hatte.

Ich wusste jetzt, woher die Redewendung kam: Wie vom Donner gerührt!

Als meine Kumpel mich fragten, was mit mir und Linda los sei, gab ich nur lapidar zur Antwort: "Ist mir zu langweilig, die Alte", und erntete verständnisloses Kopfschütteln.

Das zweite Lehrjahr ging zu Ende, das dritte begann und die Hälfte davon war um, ehe es richtig begonnen hatte. Ich erhielt ein Abschlusszeugnis, begann Geld zu verdienen, und das Leben bestand aus drei Farben, von denen zwei immer gleich blieben, während die dritte wechselte.

Die erste Farbe war gelb wie Bier.

Die zweite Farbe war grau wie Zigarettenrauch.

Die dritte Farbe war die Haarfarbe der Mädchen. Und die wechselte.

Das Leben lief wie Sand durch meine Finger.

Bis Vater eines Tages ein Machtwort sprach. Da kam so etwas wie *Gummistiefel, Säureanzug* und *bis zum Ende deines Lebens* vor und das Wort *schlurfen*.

Schlurfen traf mich. Das Wort klang nach schleichen, kriechen, tot sein. Ich meldete mich an der Volkshochschule an.

Kurz vor dem ersten Mai hing über dem Podium in der Kantine ein rotes Transparent: VON DER SOWJET-UNION LERNEN-HEIßT SIEGEN LERNEN!

Einer der Schichtmeister hatte beim Betreten der Kantine den Spruch ziemlich laut gelesen. Wobei er das Wort Siegen, dem sächsischen Dialekt angepasst, wie Siechen aussprach.

Der Mann war am nächsten Tag nicht zur Arbeit erschienen und am übernächsten auch nicht. Als er wieder auftauchte, war er sehr still und machte einen weiten Bogen um die Kantine.

Einige Wochen später, am 17. Juni, war schon am frühen Morgen eine undefinierbare Unruhe im Betriebsgelände. Die Luft schien mit Elektrizität geladen zu sein, wie kurz vor einem Gewitter. Um die Frühstückszeit standen die Leute in Gruppen auf dem Hof, rauchten, und immer wieder fiel das Wort Berlin.

Vom benachbarten Elektromotorenwerk kam eine Gruppe Arbeiter und verkündete, dass die gesamte Belegschaft streike. Die Gruppen im Hof wurden größer und die Stimmung heizte sich auf. Bretterstapel wurden zu Rednerpulten.

Auf der Ladefläche eines alten LKW stand der Laborleiter, hatte die TRIBÜNE in der Hand und las laut daraus vor. Ich bekam nur Wortfetzen mit, da es im gesamten Hof wie in einem Bienenschwarm summte: "...zehnprozentige Lohnerhöhung... in vollem Umfang richtig..." Wildes Grölen der Zuhörer. "Arsch offen, Verbrecher am Volk... RIAS... Holzhammerpolitik... Rentner können verhungern..."

Kurz nach dem Mittag standen die ersten russischen Panzer vor dem Werkgelände.

Ausnahmezustand!

Das war`s!

Was blieb, war der *Tag Der Deutschen Einheit*, der dort, wo er es verdient hätte, gefeiert zu werden, nicht gefeiert werden durfte, und dort, wo er gefeiert wurde, es niemand verdient hatte.

***

Das Leben ging weiter. Im darauf folgenden Jahr begann ich mit dem Studium der Naturwissenschaften. Lehrer! Oh Mann!

Ursprünglich sollte es ein Studium der chemischen Verfahrenstechnologie werden, aber damals wurde noch nach Bedarf gelenkt und die Lenker hatten sich bei mir für den Lehrerberuf entschieden; schließlich war ich ein Keim des Proletariats.

Lehrer also! Ich dachte an Trautmann und schüttelte mich.

Dann dachte ich an Ätz und Polenta und das Schütteln ließ nach.

Am Tag lebte ich in Labor und Hörsaal und die Abende verbrachte ich im Cafe Central, kurz CC genannt.

Wir schluckten Bier und giftgrünen Pfeffi. Bier und Pfeffi zu je vierzig Pfennig. Nach einer ausreichenden Anzahl von Strichen auf dem Bierdeckel drehten sich unsere Diskussionen dann um Themen wie "Tauwetter nach dem XX", "Ungarn" oder den "Dritten Weg".

Nach der Verhängung von Zuchthausstrafen gegen Harisch, Janka und andere "Abweichler" und einer Warnung von Roswitha wurde ich vorsichtiger. Roswitha war die Bardame im CC, in die wir alle hoffnungslos verliebt waren und bis Monatsmitte in der Kreide standen.

Sie hatte zu mir von Sicherheitsnadeln gesprochen, die auch im CC im verstärkten Maße herumnadeln würden und deren Stiche gerade jetzt extrem gefährlich sein könnten. Ich konnte mir allerdings beim besten Willen nicht vorstellen, wer in unserer Clique... Meine Akte sollte mich später eines Besseren belehren.

Die Zeit ging wie im Flug dahin. Wir vertieften unsere Kenntnisse in Marxismus - Leninismus und ein Teil von uns glaubte fest an den Sieg des Sozialismus. Ich hatte da so meine Zweifel, wahrscheinlich noch von Großvaters Vergleich zwischen Sperlingen und Kommunisten geprägt. Aber letztlich schwammen wir alle im gleichen Strom.

Als ich eines Morgens aufwachte, befand ich mich in einem Zimmer, das mir völlig unbekannt war. Mir war schlecht, ich hatte brennenden Durst, einen äußerst üblen Geschmack im Munde und hinter meiner Stirn saß eine Brigade von Bergleuten mit ihren Spitzhacken, die unter allen Umständen an der Übererfüllung ihrer Norm arbeiteten. Durch ein offenes Fenster sah ich den Himmel, der sich langsam grau färbte und ich begriff zum ersten Mal die tiefere Bedeutung des Wortes Morgengrauen.

Auf alle Fälle lag ich auf einer Couch und war mit einer leichten Decke zugedeckt. Mein Jackett hing über einem Stuhl und meine Schuhe standen darunter. Ich richtete mich auf, ließ mich aber sofort wieder fallen. Die Brigade hämmerte, was die Hacken hergaben.

Langsam nahm ich das Zimmer wahr. Helle Schrankwand, runder, hochglanzpolierter Tisch mit vier Stühlen, feudale Polstersessel in grau und altrosa und ein dazu passender Teppich.

Verdammt! Wo war ich?

Ich quälte mich noch einmal hoch und ignorierte jetzt die Spitzhacken. Als ich saß, begann sich das Zimmer ganz langsam um mich zu drehen. Ich starrte konzentriert auf meine Schuhe. Das Drehen ließ nach. Ich quälte mich in die Senkrechte und fand irgendwie das Badezimme. Badezimmer im wahrsten Sinn des Wortes mit eingefließter Wanne, Doppelwaschbecken mit Riesenspiegel und einem WC, das nicht auf dem Fußboden stand, sondern an der Wand hing. Und alles stand voller Kosmetikfläschchen, Phiolen, Tuben und und und...

Ich ließ mir kaltes Wasser über den Kopf und durch den Hals laufen, und das leicht nach Chlor schmeckende Nass lief mir durch die Kehle wie Champagner. So ein Käse, als hätte ich jemals im Leben so etwas getrunken. Aber gelesen hatte ich davon.

Hinter mir hörte ich ein Geräusch. Ich drehte mich vorsichtig um.

Roswitha stand in der Tür.

Roswitha!

Ich schüttelte mich.

Es blieb Roswitha. Keine Halluzination.

"Filmriss?", fragte sie und grinste.

"Total", sagte ich.

"Erstaunlich, dass du schon wieder stehen kannst."

"So schlimm?", fragte ich.

"Schlimmer", lachte Roswitha, "du wolltest in deinem Suff Elli heiraten."

"Ach, du Scheiße", entfuhr es mir. Elli, genannt Gummiarsch, gehörte zum Inventar des CC und war älter als die Steinkohle.

"Ich konnte dich nur mit Mühe davon abhalten und musste dir versprechen, heute noch mit dir zum Standesamt zu gehen. Also, mach dich fertig!"

Irgendein undefinierbarer Laut kam aus meiner Kehle und ich steckte den Kopf noch einmal unter den Wasserstrahl. Dann starrte ich Roswitha an wie der Ochse das neue Tor.

Roswitha brach in ein Gelächter aus, dass mir die Trommelfelle aus den Ohren zu fliegen drohten.

Und so plötzlich wie sie mit dem Gelächter begonnen hatte, hörte sie wieder auf

"Abschlussfeier!", sagte Roswitha.

Himmel, Arsch und Zwirn - musste ich besoffen gewesen sein. Mit einem Schlag war alles wieder da. Studienabschluss, Zeugnis, das sich sehen lassen konnte, und große Feier im CC.

Der Rest fehlte. Absturz!

"Hab dich vorsichtshalber mitgenommen, damit die Bar nicht in Verruf gerät", Roswitha grinste hinterhältig.

Wieso ich? Der Gedanke huschte wie eine Fledermaus durch mein immer noch benebeltes Hirn.

"Es gibt zwei Möglichkeiten, Alex. Entweder du machst dich halbwegs frisch und verschwindest oder du duschst heiß und kalt und..."

Ich entschied mich fürs Duschen.

Meine Lebensgeister kehrten zurück. Alle!

Und dann lag ich in Roswithas noch warmem Bett, das leicht nach Marzipan duftete. Es war ein großes Bett, ein Bett für zwei, ein Ehebett. Ohne Ehemann!

Roswitha kam aus dem Bad. Als sie vor dem Bett stand, ließ sie den Morgenmantel fallen. Ihre rötlich-braunen Haare fielen ihr über Brust und Schultern. Ihre Haut war glatt und vom heißen Wasser leicht gerötet. In ihrem dunklen Dreieck hingen noch Wassertropfen und glitzerten in den ersten Strahlen der Morgensonne, die jetzt durch das Fenster schien.

Ich hob die Bettdecke an und Roswitha schlüpfte darunter.

Wachte ich oder träumte ich? Oder war ich immer noch besoffen?

Sollte ich bereits unter Delirium tremens leiden? Ich kniff mich mit aller Kraft in den Oberschenkel und als meine andere Hand etwas berührte, das sich weich, warm und rund anfühlte, war ich sicher, dass es keine Halluzination sein konnte.

Der liebe Gott prüft oft seine dümmsten Bauern, indem er ihnen die größten Kartoffeln in die Furche legt, und dann schaut er zu, was der Einfaltspinsel damit anfängt. Klopft der das Gottesgeschenk ab und stellt fest, dass es innen hohl ist, und er wirft es ins Futter, so hat er wohl daran getan und kann weiter auf Gott vertrauen. Aber wehe, er wirft es ins Saatgut, dann straft ihn der Herr mit sieben mageren Jahren.

Der einzige Hohlraum, der mich im Moment interessierte, war heiß wie der Vesuv, und wir bemühten uns rechtschaffen um den Ausbruch. Gegen Mittag war dann Pompeji endgültig verloren und die beiden letzten Überlebenden gaben mit ihrem schwachen Atem nur noch minimale Lebenszeichen von sich.

Ich hatte Hunger, ich hatte immer Hunger danach.

"Ich habe Hunger", flüsterte ich Roswitha ins Ohr.

"Und ich ersticke ", stöhnte sie. Sie war nicht sehr groß und wog höchstens fünfzig Kilo. Ich versuchte mich aufzurichten, aber unsere Körper klebten aneinander.

"Hilfe, ich krieg keine Luft mehr!"

Ich stemmte mich hoch und ließ mich zur Seite rollen.

"Es ist noch nie eine Maus unter einem Hafersack erstickt, sagt jedenfalls meine Großmutter", grinste ich.

"Vielleicht bin ich eine Maus?", protestierte Roswitha.

"Von Mäusen werden streunende Wölfe zwar nicht satt, aber in der Not frisst der Teufel Fliegen. Ich hab jedenfalls fürchterlichen Hunger."

"Nanu", sagte Roswitha, "ich dachte, Studenten, Hirsche und Wölfe denken in der Brunft immer nur an das Eine, soweit man da von Denken überhaupt reden kann."

Ich griff protestierend nach ihr, grunzte wie ein Wolf, obwohl es eher nach Schwein klang, bohrte meine Mund zwischen ihre Brüste und gab Fressgeräusche von mir.

Roswitha griff nach unten und sagte: "Mann, oh Mann, ich dachte der Hafer ist alle."

"Hafer soll eine der am schnellsten nachwachsenden Getreidesorten sein, sagt meine Großmutter", nuschelte ich.

"Interessante Frau, diese Großmutter."

"Interessante Frau, hier im Bett", sagte ich und wollte noch einmel auf Erkundung gehen, aber Roswitha protetierte energisch: "Was soll deine Großmutter denken, wenn du ausgemergelt wie ein streunender Kater nach zehntätiger Rauze nach Hause kommst?"

Sie wandt sich unter mir hervor und aus dem Bett und ich hörte sie noch im Bad rumoren. Aus einer Nachbarwohnung klang das Dudeln eines Radios und durch das jetzt offene Fenster kam entferntes Kinderlachen. Dann schlief ich ein.

***

Ein halbes Jahr später waren wir verheiratet.

Großmutter war nicht übermäßig begeistert von meiner Wahl. Sie sagte irgendwas von einer schönen Schüssel und dass es sich daraus schlecht essen ließe. Und - dass ich der zweite Löffel wäre.

Aber das war mir egal, da mein Körper zu der Zeit aus fünfundneunzig Prozent Testosteron bestand. Wenn Roswitha sich eine Bockwurst in den Mund schob oder von einer Gewürzgurke abbiss, sah ich vor meinem inneren Auge etwas ganz Anderes. Roswithas leichter Geruch nach Marzipan oder die flüchtige Berührung ihrer Haut lösten in mir Gefühle aus, die mir den letzten Rest von Verstand raubten. Obwohl nach

Großmutters Meinung längst keiner mehr da war. Bewusstseinsverlust in Folge schwerster Stammhirnschädigung.

"Der Junge denkt nur noch mit der Hose," sagte sie.

"Wenn er älter wird", sagte mein Vater, "lässt das nach."

Was ihm einen äußerst mißbilligenden Blick von Großmutter einbrachte.

Von Nachlassen konnte bei uns allerdings nicht die Rede sein. Unser Liebesleben wurde im Gegensatz zu vielen anderen Paaren dadurch erleichtert, dass Roswitha keine Kinder mehr kriegen konnte. Sie hatte es mir schon vor der Hochzeit erzählt.

Mit knapp sechzehn war sie beim ersten Mal schwanger geworden. Ihr Freund, der zwei Jahre älter war, konnte sich mit dem Gedanken, Vater zu werden, absolut nicht anfreunden. Der junge Mann hatte weitreichendere Pläne.

Abtreibung!

Roswitha war einverstanden, zumal ihr Vater aus allen Wolken gefallen wäre.

Seine schöne, wohlbehütete Tochter.

Die Mutter hätte wahrscheinlich der Schlag getroffen.

Die Leute!

Diese Schande!

Mit sechzehn!

Roswitha sprang vom Stuhl und dann vom Tisch.

Das Kind saß fest!

Sie schluckte heißen Rotwein mit Nelken. Ihr wurde schlecht und sie kotzte.

Das Kind hielt durch!

Sie trank gallebitteren Tee und schluckte Chinin-tabletten.

Sie fuhr mit dem Rad über schaurige Wege voller böser Schlaglöcher.

Das Kind hatte beschlossen, am Leben zu bleiben.

Roswitha wollte aufgeben.

Ihr Freund nicht.

Er besorgte von einem Arbeitskollegen, der älter war und bereits drei Kinder hatte, einen Alustift mit Manschette am Ende und den platzierten sie unter unsäglichen Mühen in der Gebärmutter.

Roswitha lief damit achtundvierzig Stunden über Stock und Stein, dann entfernten sie das Metall.

Nichts!

Die Wochen verflossen. Roswitha nahm nicht zu und nicht ab. Manchmal wurde ihr schwindlig.

Sie ging zum Arzt. Und beinahe wäre es zu spät für sie gewesen.

Der Embryo war bereits abgestorben.

Operation in buchstäblich letzter Minute.

Die Mutter wurde eingeweiht, bekam einen Schock, konnte sich jedoch in ihren angeborenen Pragmatismus retten.

Der Vater glaubte fest an den vereiterten Blinddarm, von dem seine Frau gesprochen hatte.

Das arme Kind!

Roswitha und der junge Mann heirateten, als sie achtzehn wurde.

Der Genosse von der Wohnungsverwaltung, der wöchentlich ein Paket mit Lebensmitteln von der in einer HO-Verkaufsstelle arbeitenden Mutter bekam, konnte sein an sich gutes Herz nicht auf Dauer verschließen.

Mussten eben andere etwas länger warten.

Schließlich hatte der Mann in der Wohnungsverwaltung Frau und Kinder.

Und was sind schon acht oder zehn Jahre?

Die Eltern beider Parteien wetteiferten nun miteinander bei der Ausgestaltung des Nestes, ohne zu wissen, dass nicht mehr gebrütet werden würde.

Das junge Paar, das anfangs noch miteinander lebte, lebte alsbald nur noch nebeneinander. Die sexuelle Leidenschaft kühlte ab und es wuchs keine andere Leidenschaft nach.

Der junge Mann bekam jetzt nur noch Gefühle, wenn er den Tank seines unter vielen Mühen zusammengebastelten Motorrades zwischen den Schenkeln spürte und Roswitha war es egal.

Die Liebe war gestorben!

Das Ende nahte! Die Scheidung verlief ohne Probleme, da der junge Mann nur Interesse an seinem Motorrad hatte und die Wohnung an Roswitha fiel.

Er verschwand über Nacht in westlicher Richtung und Roswitha hörte noch ab und an von spektakulären Motorradrennen, an denen er erfolgreich teilnahm, und Weihnachten kam eine Ansichtskarte.

Roswitha hing nach der Scheidung ihren Beruf als Frisöse an den Nagel und wurde Bardame im CC. Es machte ihr Spaß, einmal das Stroh in den Köpfen als auf diesen kennen zu lernen.

***

Die meisten Abende verbrachte ich jetzt als verheirateter Mann zu Hause, bereitete Stunden für den nächsten Tag vor, korrigierte Arbeiten und manchmal nahm ich mir die Geschichte vom kleinen, weißen Mustang und dem Indianerjungen vor, schrieb ein, zwei Seiten und gab auf. Hin und wieder ging ich ins CC, setzte mich an die Bar und half Roswitha, die Zeit totzuschlagen, wenn am frühen Abend nichts los war.

An einem Abend kurz vor Ostern gab`s Krach.

Als ich ins CC kam, saßen zwei Typen an der Bar.

Ich setzte mich daneben und erkannte im selben Augenblick Eggers, Günther Eggers, genannt Ampfer.

Eggers hatte Schlosser gelernt und war dann bei der FDJ in irgendeiner Zentrale gelandet.

Seit der Schulzeit hatte ich ihn nicht mehr gesehen.

Wir begrüßten uns und Eggers gab einen aus. Der Typ neben ihm hatte ein spitz zulaufendes Gesicht, vorstehende Zähne und erinnerte mich an eine Ratte.

"Prost, Zimt", sagte Eggers, "auf die alten Zeiten."

"Prost", sagte ich und wir stießen an.

Aus den Augenwinkeln sah ich, dass Roswitha von meinem Besuch nicht übermäßig begeistert zu sein schien.

"Mann, Zimt, kannst du dich noch an den Keller erinnern?" Eggers klopfte sich begeistert auf die Schenkel "Die Weiber waren spitz wie Schmidts Pfiffi."

Ich nickte mit süßsaurer Miene und bestellte noch eine Runde. Der Gedanke an Pia, der wie ein Wetterleuchten am Horizont in meinem Kopf aufzuckte, machte mir das Ganze irgendwie unangenehm vor Roswitha, zumal ich den Eindruck hatte, dass Eggers samt Kumpel, bevor sie hier landeten, schon woanders getankt hatten.

"Guck dir mal die Titten von der Alten an, Mensch, da haste was in der Hand", grunzte Eggers und starrte der Bardame in den Ausschnitt.

Die Bardame war meine Frau. Meine Kopfhaut begann zu jucken.

"Was machen eigentlich Franz, Popel und die anderen so?", versuchte ich abzulenken.

"Keine Ahnung", erwiderte Eggers und starrte weiter.

"Geile Alte", pfiff Ratte durch die Zähne.

Ich lockerte meinen Schlips und machte den ersten Knopf meines Hemdes auf.

"Hast du mal was von Polenta und Ätz gehört?", fragte ich.

"Scheiß auf die alten Pauker", sagte Eggers, "guck dir lieber die Superdinger von der Tussi an!"

Ein mahnender Blick von Roswitha traf mich.

Wir hatten eine Abmachung: Die Bar war ihr Revier und ich hatte mich unter allen Umständen aus ihren Angelegenheiten herauszuhalten. Egal, was passierte.

Mach das mal, wenn die Urinstinkte erwachen.

"Die ist garantiert scharf wie `ne sibirische Sense", gab Ratte seinen Senf dazu.

Mir klebte inzwischen das Hemd am Rücken.

"He, Schnecke", sagte Eggers, "wie wär`s mit `ner Nummer nach Feierabend auf meinem Schreibtisch?"

Roswitha zeigte keinerlei Reaktion, nur das Glas in ihrer Hand zitterte leicht.

"Halt die Schnauze", warnte ich leise und spürte einen unguten Druck in den Augenhöhlen.

Eggers guckte mich an, als hätte er mich noch nie gesehen. Dann feixte er blöd, legte den Arm um mich und lallte: "Mann, Zimt, die Alte macht`s garantiert auch mit uns beiden. Das verträgt die."

"Du sollst deine verdammte, blöde Fresse halten, hab ich gesagt", zischte ich mit vor Wut heiserer Stimme.

Eggers starrte mich an und begriff allmählich, dass ich es ernst meinte.

"Willst du Arsch mir vorschreiben, wen ich pimpern darf?" Seine Augen waren jetzt Schlitze und funkelten bösartig.

Roswitha war hinter dem Vorhang verschwunden, der die Bar von einem kleinen Raum trennte, in dem die Vorräte lagerten.

Eggers rutschte vom Hocker, machte eine Kopfbewegung in Richtung Toiletten und zischte: "Heute ohne Ecki und Feuerwerk!"

"Affenarsch", zischte ich zurück und schob mich direkt vor Eggers. Der war gut einen halben Kopf kleiner als ich. Sein Pech. In dem Moment, wo wir durch die Tür waren, drehte ich mich blitzartig um und die Spitze meines Ellenbogens landete mitten in Eggers Visage. Es gab ein knirschendes Geräusch und Eggers fiel mit einem ächzenden Laut auf den bepissten Fußboden.

Ich ging wieder zurück an die Bar.

Roswitha stand wieder hinter dem Tresen und polierte Gläser.

Ratte hielt ihr die Faust mit dem Daumen zwischen Zeige- und Mittelfinger entgegen und grölte: "He, Alte, wie wär`s mit `ner Nummer hinter der Theke?"

Ich trat mit aller Wucht gegen den Barhocker und Ratte flog voll auf die Fresse, war aber genauso schnell, wie er auf dem Fußboden gelandet war, wieder auf den Beinen.

Mit einer blitzschnellen Bewegung hatte er sich eine Flasche gegriffen und knallte sie mir auf den Kopf. Im Fallen hörte ich noch den Schrei einer Frauenstimme, dann wurde es dunkel.

***

Die Sache hatte ein Nachspiel. Eggers hatte mich wegen Körperverletzung angezeigt.

"Der junge Herr Ludwig, seines Zeichens Pädagoge und Kneipenschläger, nein, so was aber auch", grinste Schniebs, "oder darf ich noch Alex sagen."

"Sie dürfen", sagte ich.

"Tja, Alex, da liegt ein dickes Ding auf meinem Schreibtisch. Anzeige wegen Körperverletzung und Sachbeschädigung. Dachte erst, muss doch `ne Verwechslung sein. Alex in `ner Kneipenschlägerei - nie und nimmer."

"Es soll`n schon Pferde vor der Apotheke gekotzt haben", sagte ich und mir war klar, dass es blöder nicht ging." Schniebs hatte als ABV in unserem Sprengel keinen schlechten Ruf. Radfahrer ohne Licht konnte er glatt übersehen, aber bei Schlägereien war nicht gut Kirschen essen mit ihm.

"Die Pferde haben sich beim Kotzen aber wohl kaum die Nasen gebrochen? Oder?"

Ich sagte nichts.

"Was war los, Alex?"

"Notwehr", sagte ich.

"Notwehr?"

"Notwehr!", wiederholte ich.

"Mann, Alex, die Aussagen decken sich. Du hast einen Gast grundlos vom Hocker geknallt und einen in der Toilette die Nase gebrochen und in die Pissrinne befördert."

Na und, dachte ich, Hauptsache, der Idiot lag drin.

"Also, was war los?" Aus Schniebs` Stimme war alle Freundlichkeit gewichen. "Hast du überhaupt eine Ahnung, wo der arbeitet?"

Ich schüttelte den Kopf.

"Stadtbezirksleitung", knurrte Schniebs, "du kannst froh sein, dass sie dich nicht gleich abgeholt heben."

"Scheiße", sagte ich.

"Also?" Schniebs wartete.

"Ist was Persönliches.",

"Deine Frau?", hakte Schniebs nach.

"Meine Frau", sagte ich.

"Wird dir bloß vor Gericht nichts nützen, wenn du schweigst, meine ich."

"Ich lass es `drauf ankommen."

"Musst du wissen, Alex. Tip von mir: Geh zu dem Kerl und entschuldige dich. Wenn ich nicht irre, seid ihr zusammen in die Schule gegangen."

Ich schüttelte den Kopf.

"Wie gesagt, Alex, das musst du selber entscheiden."

Schniebs holte eine Schachtel F6 aus der Schublade seines Schreibtisches und bot mir eine an. Ich konnte der Qualmerei immer noch nichts abgewinnen, rauchte aber ab und an eine mit.

Als der Rauch zwischen uns hing, fragte Schniebs: "Und, mal was von deinem Blutsbruder Ecki gehört?"

Vorsicht, dachte ich und sagte: "Nicht viel, arbeitet in `ner Weinhandlung."

Letztes Weihnachten war ein Brief mit drei Bildern gekommen: Ein Fachwerkhaus, ein Weinberg und Ecki mit einem gewaltigen Bauch. Auf der Rückseite des letzten Bildes stand: Haus, Weinberg, Wampe - mir fehlt bloß noch `ne Schlampe. Das war Ecki, wie er leibte und lebte.

"Schön für den Jungen", sagte Schniebs, "im Wein liegt bekanntlich Wahrheit. Apropos, wie sieht`s denn bei dir mit dem Wein aus?"

Ich hatte verstanden.

"Hat sich nichts geändert bei mir, weder am Wein, noch an der Wahrheit."

Obwohl kein Name fiel, wussten wir beide, wovon wir sprachen.

***

Die Kneipenkeilerei ging nicht vor Gericht. Roswitha war ohne mein Wissen bei Schniebs gewesen und hatte ihm den tatsächlichen Hergang erzählt. Die Angelegenheit wäre für den Genossen Eggers in der Öffentlichkeit ziemlich peinlich geworden und so gab es eine interne Regelung.

Ich wurde aus Bedarfsgründen an den äußersten Stadtrand versetzt und damit war der Gerechtigkeit Genüge getan.

Für mich kein Problem, ich war motorisiert. Sport-Awo! Das Motorrad aller Zeiten! Mit Kickstarter! Zwölf PS!

Die ganze Familie hatte zusammengelegt und die AWO hatte am Tag meiner Krönung zum Lehrer in der Werkstatt gestanden.

Roswitha hatte mir ein glashartes CC-Verbot ausgesprochen und so schien wieder überall die Sonne.

Bis...

Ja, bis Roswitha der Hafer stach.

Eine ihrer besten Freundinnen war im Januar mit Mann und Kind nach Dortmund gegangen, und die Briefe mit Bildern, auf denen eben diese Freundin an einem lackglänzenden Auto lehnte, machten Roswitha wuschig. Sie begann zu drängeln. Die große, weite Welt lockte.

Vater sagte an einem unserer Kneipenabende, die wir beide einmal im Monat veranstalteten: "Die Welt ist nur groß, Junge, wenn du das große Geld hast!"

Ich wollte nicht.

Mir gefiel meine Arbeit.

Und ich schimpfte wie alle anderen unzufriedenen, kleinen Scheißer über den Scheißstaat, wie es alle taten und immer tun würden, egal, wer gerade an der Macht war, und dafür war der Staat ja schließlich da. Zu irgendetwas musste er ja schließlich von Nutzen sein. War aber im Grunde genommen mit meinem Status zufrieden. Trägheitsgesetz! Die wirkenden Kräfte waren zu schwach, um die Kugel ins Rollen zu bringen.

Und dann war plötzlich eine Mauer da.

Der dreizehnte August betonierte uns ein.

Das war's.

Klappe zu, Affe tot!

Der Affe war ich, wie sich bald herausstellen sollte.

Roswitha war stocksauer. Ich erfuhr zum ersten Mal so richtig, wie Frauen reagieren können, wenn ihre Träume wie Seifenblasen im rauhen Wind des Lebens zerplatzen.

Unser Liebesleben entsprach von da an der Phase beim Roulett, wenn der Croupier sagt: Nichts geht mehr!

Der Croupier war Roswitha.

***

Dann ging alles ziemlich schnell.

Roswitha erhielt von einem Schauspieler aus Berlin, der eine Gastrolle bei uns im Stadttheater hatte und seine Freizeit im CC verbrachte, das Angebot, sich doch mal im berühmten Berliner Künstlerclub umzusehen. Vielleicht wäre da was zu machen.

Plötzlich war die Welt wieder groß und weit.

Als sie von ihrer Dreitagesreise zurückkam, erwähnte sie bei jeder passenden und unpassenden Gelegenheit Namen wie Sartre, Signoret, Montand, Gerard Philipe, Klaus Kinski und und und.

Namen , die im Gästebuch standen.

Brecht hatte sie gegrüßt und das klang so, als würde sie demnächst die Rolle der Polly in der Dreigroschenoper spielen.

Größenwahn weiche von ihr, dachte ich.

"Hochmut kommt vor dem Fall", sagte Großmutter.

Im Januar des folgenden Jahres war alles geregelt. Roswitha zog vorübergehend und probeweise nach Berlin. Ich blieb in unserer Wohnung.

Zweihundert Kilometer und Erlebnisse, die Lichtjahre auseinanderlagen, läuteten das Ende ein.

Bis dass der Tod euch scheide!

Amen!

Scheiße!

Alles Käse!

Lug und Trug, das ganze Heiratstheater.

Ein Jahr später reichte Roswitha die Scheidung ein.

Ich war zwar nicht sehr überrascht, trotzdem traf mich die Keule.

Am heftigsten schockierte mich, dass ich in dem Schreiben des Gerichts als Verklagter bezeichnet wurde.

Verbrecher!

Räuber!

Mörder!

Anrüchig, der Mann, höchst anrüchig!

Wieder einmal kreuzte ein Tiefdruckgebiet meine Lebensbahn. Es hielt sich, wie jedes ordentliche Tief in unseren Breitengraden, vier bis fünf Tage und wurde dann durch zwei Hochdruckeinflüsse verdrängt. Der erste Einfluss war ein Einfluss im wahrsten Sinn des Wortes und bestand aus einer Flasche Doppelkorn. Der zweite Einfluss war mehr ein Ausfluss. Eine junge Kollegin, die sich bereits frisch und fröhlich durch das halbe männliche Kollegium gebumst hatte und als Hobby Männersammeln zu betreiben schien, hatte bereits mehrfach bei mir angeklopft.

Ich war bereit, zurückzuklopfen.

Es wurde ein heißes Wochenende. Ich holte alles aus mir heraus, was sich über Monate hinweg angestaut hatte. Die Dame verließ mich am Montagmorgen in vollster Zufriedenheit und ich schmiss das gesamte, total versaute Bettzeug in den Müll.

Das Schlafzimmer war entweiht und ich fühlte mich endlich zu Recht als der Verklagte - und irgendwie befreit.

Die Tage der offenen Tür waren eröffnet.

Meiner Tür.

Paarungsbereite Hündinnen sollen Gerüche absondern, die von Rüden über weite Entfernungen wahrgenommen werden, kilometerweit. Beim Menschen schien es umgekehrt zu sein. Anders konnte ich mir die Häufung eindeutiger Angebote nicht erklären.

Durchgangsverkehr!

Die älteren Damen der Hausgemeinschaft begannen ihre welken Nasen zu rümpfen und hinter meinem Rücken gab es Sprüche wie: "Und so was will Kinder erziehen" oder "Die wird schon gewusst haben, warum sie weg ist."

Was mir glatt am Arsch vorbeiging.

Eines Abends stand Irmgard vor der Tür. Der Geruch, der von mir auszugehen schien, musste sich ziemlich weit ausgebreitet haben, denn Irmgard wohnte am entgegengesetzten Ende der Stadt. Sie war inzwischen verheiratet und hatte drei Kinder. Was mich bei ihrer Gier nicht verwunderte.

Wir schwatzten, tranken Rotwein und tauschten Körpersäfte aus.

Bis Irmgard erzählte, dass sie in Scheidung lebte.

Nachtigall, ick hör dir trapsen, dachte ich.

Oder wie Großmutter gesagt hätte: Vorsicht ist die Mutter der Porzellankiste.

***

Das Murmeln eines Baches, der sich an bemoosten und mit Farn bewachsenen Ufern entlang schlängelt, über polierte Kiesel springt, durch knorrige Wurzeln alter Bäume kriecht und über Wehre springt, gehört wohl mit zu den schönsten und beruhigendsten Geräuschen, die das Ohr des Wanderers in der Stille des Waldes erreichen können.

Ganz anders, wenn der Fluss des Lebens nur noch plätschert, keine Stromschnellen überwinden muss, kein Wassersturz den Fluss mit frischem Sauerstoff versorgt und alles in täglicher Routine zu versanden droht.

Mir fehlten die Stromschnellen und mir fehlte der Sauerstoff.

Der Punkt war erreicht! Was tun, sprach Zeus...? Hier konnte nur Münchhausen helfen. An den eigenen Haaren aus dem Sumpf ziehen.

Ich zog!

Und zwar- um! Im vergangenen Jahr war Großvater gestorben. Im November, dem Sterbemonat der alten Leute. Er hatte sich am Abend ins Bett gelegt und am Morgen nicht mehr gerührt.

Großmutter hatte noch mit ihm geschimpft: Langschläfer und so, aber das hatte er nicht mehr gehört.

Ich gab die Wohnung auf und zog zurück in das Zimmer meiner Kinder- und Jugendzeit, des Umsorgtseins, der Geborgenheit und der vertrauten Gerüche und Geräusche. Nahm wieder Besitz von unserer alten Werkstatt, bastelte an meiner AWO und reparierte nebenbei Fahrräder.

Das Geld konnte ich bei meinem Hungerlohn gut gebrauchen.

Eines Tages stand Schniebs in der Werkstatt. Wie in alten Zeiten, dachte ich.

"Na, Herr Schulmeister, wie laufen die Geschäfte?"

"So la la, Herr ABV", sagte ich und fand, dass das eine angemessene Erwiderung auf den Schulmeister war.

Schniebs grinste. "Scheint ja so allerhand anzufallen, wenn sogar am Wochenende gearbeitet werden muss?"

Ich sagte nichts.

"Anzeige", sagte Schniebs, "wegen ruhestörenden Lärms am Sonntag."

Gernegroß, dachte ich. Dieser verdammte Krippen-setzer!

Gernegroß war so eine Art neuer Hagedorn, nur gewiefter. Er kannte die neuesten und politisch schärfsten Witze, spielte den absoluten Kumpel, schimpfte am lautesten über die Kommunisten, soff mit jedem und arbeitete bei der Versicherung. Es gab Leute, die sagten, man könne das "Ver" ruhig weg-lassen.

"Gernegroß, das Arschloch!", sagte ich, "kann er mir ja selber sagen, wenn er sich mittags auf den Sack legen will!"

"Aber, aber, Herr Schulmeister", grinste Schniebs.

Wenn mich was so richtig auf die Palme brachte, schlug meine proletarische Erziehung voll durch. Schließlich hatte ich ihm seine alte Karre aus der Steinzeit kostenlos repariert.

"Der Sonntag ist der Tag, den der Herr gemacht hat", seufzte Schniebs.

"Lasset uns freuen und fröhlich darin sein", nuschelte ich zurück.

"Verwirf mich nicht von deinem Angesicht", setzte Schniebs noch einen drauf.

"Und nimm deinen heiligen Geist nicht von mir", ergänzte ich, bückte mich und holte zwei Flaschen Radeberger unter der Werkbank hervor.

"Prost, auf die innere Einkehr", sagte ich.

"Womit dieser Fall wohl erledigt wäre. Prost Alex!"

Dieser Fall?

"Gibt es denn noch andere Fälle?", fragte ich vorsichtig.

"Ach, Alex, nur so alte Klamotten eben, wie den Tod in Gartenanlagen oder das Verschwinden von Leuten bei Nacht und Nebel und solches Zeug halt. Das klebt wie alter Dreck auf einer Polizistenseele, und da kannst du wischen und wischen, das sitzt wie eingefressen." Schniebs nahm eine langen Schluck und sah mich an.

"Prost", sagte ich.

***

Manchmal ist ein Wort ein Wort zu viel. Zweitausend sind es auf jeden Fall. An einem Mittwoch im August schneite es in Prag und über Nacht starb der Frühling, der sich bis in den Sommer gehalten hatte.

Ich traf Meyer im Lehrerzimmer, wo er genausowenig zu suchen hatte wie ich. Schließlich waren noch Ferien.

"In Prag hat`s geschneit", sagte Meyer.

"Hab`s gehört", sagte ich, "der Schnee soll so hoch liegen, dass die Touristen nur noch mit Kettenfahrzeugen durchkommen."

"Und die Kälte soll katastrophal sein. Die kriegen jetzt russischen Wodka, polnischen Slibowitz, ungarischen Palinka, bulgarischen Rakia und sogar Doppelkorn aus Nordhausen", grinste Meyer.

"Mein Gott, können die saufen", sagte ich.

"Viele werden das nicht vertragen und kotzen", erwiderte Meyer leise.

"Die meisten", sagte ich.

"Sind richtig zu beneiden", sagte Häwelmann, der am Stundenplan stand und eigentlich Hebbel hieß, Geschichte und Russisch unterrichtete und so dürr war, dass er ohne Probleme auf einer Kreidestaubwolke durch das Schlüsselloch hätte fahren können. Das größte an ihm waren seine Ohren, die er, ohne das Gesicht zu verziehen, in verschiedene Horchstellungen bringen konnte.

"An so viel Schnaps sind schon ganze Völkerstämme zu Grunde gegangen", sagte Meyer.

"Wie die Indianer", ergänzte ich.

Häwelmann drehte sich zu uns um und seine Basedowaugen stießen fast an die Brillengläser: "Was`n für Indianer?"

"Oder Neger", fuhr Meyer fort, "da gibt es einen Stamm in Afrika, der steckt seine zahmen Affen, wenn die versuchen wieder wild zu werden, in eine Kiste und macht den Deckel zu. Klappe zu, Affe tot!"

"Manche Stämme", sagte ich, "legen noch einen Stein auf den Deckel, vorsichtshalber."

"Sagt mal, habt ihr schon früh gesoffen?", fragte Häwelmann.

"Bei so viel Schnee im August", erwiderte Meyer, "geht das nicht ohne, wenn du nicht erfrieren willst." Häwelmann stand da wie Max in der Sonne und fuhr sich bedeutungsvoll mit dem Zeigefinger an die Stirn.

Wir ließen ihn mit den Indianern, Negern und Affen stehen, gingen in die Börse und bekämpften die Kälte in unserem Inneren trotz achtundzwanzig Grad im Schatten.

***

Die Jahre segelten wie Wolken am Himmel dahin. Irgendwann kam eine Postkarte von Pia. Mein Herz setzte für zwei Jahre aus und begann dann zu hämmern, als müsste es vier Jahre nachholen. Die Karte kam aus Mailand. Pia wollte ihre Mutter, die als Witwe in Frankfurt lebte, besuchen und fragte an, ob wir uns nicht eventuell dort treffen könnten. Mädchen, wo lebst du eigentlich, dachte ich. Uns trennten zwar keine Welten, aber ein antifaschistischer Schutzwall. Eine hohe Barriere, schützte mich davor, im Sumpf des sterbenden Imperialismus zu versinken.

Das Leben ging weiter. Ich unterhielt mehrere lockere Beziehungen zu mehreren lockeren Damen. Eine davon war Irmgard.

Reine Bequemlichkeit.

Dann starb Großmutter. Sie starb wie Großvater, legte sich am Abend ins Bett und wachte am Morgen nicht mehr auf.

Es traf mich sehr.

III

Dann kam wie ein Blitz aus heiterem Himmel der 9. November. Unverhofft kommt oft, hätte Großmutter gesagt. Wobei ich sicher bin, dass es sie nicht allzu sehr erschüttert hätte. Großmutter war ein unpolitischer Mensch, der durch zwei große Kriege, Inflation und Weltwirtschaftskrise, diverse Hungersnöte, einen blinden Mann und vierzig Jahre blinde Planwirtschaft zum Fatalisten geworden war.

Na, he! Der Mensch ist ein anpassungsfähiges Lebewesen. Vielleicht nicht ganz so wie die Kakerlake, aber immerhin!

9. November, ein Donnerstag.

Der antifaschistische Schutzwall verwandelte sich in einen Schweizer Käse. Und es war auch hier die Gärung, die die Löcher machte.

Die ersten fliegenden Obst - und Gemüsehändler boten ihre Waren feil, und vieles davon hatte der Ossi (dessen Name gerade geboren wurde) noch nie zu Gesicht bekommen, geschweige denn, bisher gegessen.

Der Ossi kaufte mit Vorsicht!

Der Wessi lächelte voller Nachsicht!

Himmel, Arsch und Zwirn! So`n Haufen Geld! Westgeld! Der Hunderter wird zur materiellen Gewalt, wenn er die Massen ergreift.

Die Völkerwanderung begann!

Die Ostgoten wanderten gen Westen und holten sich ihren Goldklumpen wie Hans im Glück.

Die Westgoten zogen in umgekehrter Richtung. Im Gepäck nagelneue Autos, zumindestens was den Lack betraf. Computer, nach denen der neue, bildungshungrige Ostgote gierte.

Riesige Zeltmärkte boten alles an , was der Ostgote vorher noch nie gesehen hatte, jetzt aber plötzlich dringend brauchte.

Der Tausch begann!

Am Ende war Hans seinen Goldklumpen endlich wieder los. Der hatte ihn sowieso nur gedrückt.

Der Fluss (des Geldes), nicht mehr den Gesetzen der Natur gehorchend, floss rückwärts.

Was eben nur der Fluss des Geldes kann.

Der Fluss des Lebens fließt nie zurück, er kann nur stehenbleiben wie das Herz meiner Mutter. Es war stehengeblieben, still und leise und ungerührt vom hektischen Treiben einer sich neu formierenden Welt.

Vaters Lebensnerv war getroffen. Er zog sich in sich selbst zurück und wurde zum stillen Beobachter. Und was er sah, brachte ihn nicht immer zum Lächeln.

Einmal lebte Vater noch so richtig auf. Das war, als die ersten Immobilienmakler das Land nach Beute zu durchstreifen begannen. Er war Alleinerbe des riesigen Grundstücks, das Großvater hinterlassen hatte, und damit ein äußerst schmackhafter Bissen im Immobilienhaifischbecken.

Vater machte genau das, was wir als Jungen hinter der Hecke an der Bahnhofstraße gemacht hatten. Das Portmonee lag auf dem Fußweg und war unsichtbar mit einem dünnen Faden verbunden, der bei uns endete. Griff jemand nach der Geldbörse, schwupp, war sie weg. Die meisten Leute taten dann so, als hätten sie sich nach ihrem Schnürsenkel gebückt und gingen leicht verschämt ihres Weges.

Nicht so die Immobilienjäger. das waren hart- und ausgekochte Leute, die kamen, wenn sie aus der Tür flogen, durchs Fenster wieder rein.

Und das gefiel meinem Vater.

Er spielte! Am Ende des Spiels waren wir stinkreich.

Aus der Sicht des Ostgoten natürlich.

Sechs Nullen an einer Zahl hinten dran, in DM. Wahnsinn!

"Kapitalist", sagte ich zu Vater.

"Kapital ist", antwortete Vater, "und das ist besser als Kapital wäre."

"Geld verdirbt den Charakter, hat Großmutter gesagt", sagte ich.

"Ohne den kannst du zur Not leben, aber ohne das nötige Kleingeld bist du Schütze Arsch im dritten Glied. Du wirst es noch merken, Alex. Also, halt die Moneten zusammen!"

"Prost", lachte ich, "auf den Tempel der Juno!"

"Prost", sagte Vater, „Hauptsache der Mensch bleibt Mensch

Der Rotwein war vom Allerfeinsten. Vater brannte sich eine Zigarre an und der Duft nach heißer Sonne, trockener Erde und den braunen, kubanischen Zigarrenwicklerinnen ließ in mir ein Gefühl von Fernweh aufkommen.

***

Große Ferien.

Beim Kramen in der Küche fiel mir eine Ansichtskarte von Anni in die Hände. Mit Telefonnummer. Ich rief an. Anni überschlug sich vor Freude. Ja, natürlich könnte ich jederzeit kommen, ihr ging es gut, Fritz war voriges Jahr verstorben, sie hatte noch immer ihre Kneipe in der Nähe der Hafenstraße, und Tochter und Schwiegersohn halfen und ich könne bleiben, so lange ich wollte und und und ...

Ich schrieb Pia und Ecki, dass ich ab dem zwanzigsten Juli bei Anni in Hamburg wäre.

Und dann stand ich an den Landungsbrücken, trank ein Bier, hielt mein Gesicht in die Sonne und blickte über die Elbe. Meine Elbe, nur viel, viel breiter, aber auch hier konntest du nur die Kiesel nah am Uferrand sehen..

Wenn mir vor fünf Jahren einer gesagt hätte, dass ich mit sechzig in Hamburg an den Landungsbrücken stehen würde, hätte ich mitleidig gelächelt und die Wischbewegung meiner Hand vor dem Gesicht wäre eindeutig gewesen.

Hamburg, trotz aller Häwelmänner, von denen jetzt keiner mehr einer sein wollte.

Ich schlenderte über die Hafenstraße, bog in die Davidstraße ein und bummelte über den Hans-Albers-Platz.

Reeperbahn am Tag.

Um Gottes Willen! Tu das nie bei Tage! Mich wunderte nur, dass die Fußwege nicht in die Höhe schossen, bei der Düngung. Ich hatte selten so viel Hundescheiße auf einmal gesehen.

An einer Imbissbude ließ ich mir eine Bratwurst mit Pommes geben. Als ich mich umdrehte, stieß ich mit einem Mädchen zusammen und die Wurst flog in hohem Bogen in den Dreck. Das Mädchen murmelte eine Entschuldigung, bückte sich, hob die Wurst auf und hielt sie mir hin. Ich starrte wie hypnotisiert auf den Scheißhaufen, neben dem die Wurst gelegen hatte, und schüttelte den Kopf.

"Danke", sagte das Mädchen, biss in die Wurst und verschwand.

St. Pauli!

Ich fragte mich zu Annis Kneipe durch - dann stand ich vor ihr. Wir starrten uns an. Anni kam ganz langsam hinter dem Tresen hervor, blieb vor mir stehen, sagte leise und feierlich: "Alex!", nahm mich in die Arme, drückte mich und schmatzte mich ab, dass mir die Augen feucht wurden. Wir hielten uns fest und Anni schluchzte laut auf. Dann schob sie mich einen Meter von sich und sagte: "So eine blöde Alte!" Ihre wie eh und je strahlenden, blauen Augen musterten mich von oben bis unten und von unten bis oben.

"Siehst deinem Vater ähnlich, Junge."

"Und du siehst aus wie die Anni von damals, jedenfalls fast", sagte ich lachend.

"Werd` nicht frech, Alex", lachte sie und drohte mir mit dem Finger.

Die Gaststube war jetzt am frühen Nachmittag fast leer. Wir setzten uns in eine Ecke und Anni brachte Kaffee und eine Flasche Davidoff Extra, von dem der erste Schluck nach Seife schmeckte und von dem man ab dem dritten nicht genug bekommen konnte.

Vorausgesetzt, du trinkst Wasser dazu oder Kaffee. Mit Bier haut er dich für drei Tage vom Hocker.

"Prost", sagte Anni, "auf unser Wiedersehen. Hätte nie gedacht, dass ich je einen von euch wieder zu Gesicht bekommen würde. Das war alles so endgültig. Und irgendwie hatte man sich damit abgefunden."

"Unverhofft kommt oft", sagte ich.

"Mann, Alex, du klingst ja wie deine Großmutter", lachte Anni.

"Der Umgang formt den Menschen", erwiderte ich, musste Anni aber Recht geben. Großmutter lebte in mir.

"Dann pass bloß auf, dass du in den nächsten Tagen nicht zu sehr verformt wirst", sagte Anni, "eine gewisse Pia hat sich für morgen angekündigt".

Pia! Mir stieg mit einem Ruck alles Blut in den Kopf.

Anni sah mich an, grinste und sagte: "Sieh zu, dass das Blut in den nächsten Tagen in die entgegengesetzte Richtung fließt."

"Prost", sagte ich.

"Prost", sagte Anni, "dein Kumpel Ecki kommt übermorgen. Und jetzt wird erst mal gegessen, Alex."

Vor unserem Tisch stand eine junge Frau, die Anni verblüffend ähnlich sah. "Meine Tochter Karin", erklärte Anni. Und: "Alex, aus alten Zeiten."

Wir gaben uns die Hand und der Händedruck war fest und warm wie der von Anni.

Es war ein ziemlich großer Teller, den Karin da vor mir auf den Tisch stellte.. Trotzdem hingen Kopf und Schwanz der Scholle über den Rand und die Portion Bratkartoffeln hätte gut und gern für drei ausgehungerte Siebenundvierziger gereicht.

Dann bezog ich mein Zimmer. Der Fisch und der Kognak vertrugen sich so gut, dass ich erst gegen Abend erwachte.

Es wurde eine lange Nacht. Anni schlug vor, es mal mit einem Whisky zu probieren, zwölf Jahre gelagert, mit wenig Eis, ohne Wasser. Es wurde der Trost meines Alters.

Anni erzählte. Sie war damals bei Nacht und Nebel mit Fritz in ihre alte Heimatstadt Hamburg gefahren. Fritz hatte sich unsterblich in sie verliebt und sie hatten es am Anfang nicht leicht miteinander gehabt. Sie waren bei ihrer Mutter untergekommen. Ein Zimmer, Toilette eine Treppe tiefer.

Anni wollte in ihr altes Gewerbe zurück. Als sie Fritz davon etwas andeutete, setzte der sich ihr gegenüber an den Küchentisch, zog sein Fleischermesser und den Wetzstahl und begann sein Messer zu schärfen. Nach einer Weile sagte er: "Dem ersten Kerl, der ihn bei dir reinsteckt, schneide ich den Schwanz ab!" Dabei fuhr er liebevoll mit dem Daumen über die rasiermesserscharfe Klinge.

Fritz fand eine Anstellung in der Markthalle. Anni versuchte dies und das und landete am Schluss doch bei dem, was sie gelernt hatte und wobei sie sich wohl fühlte. Nur heimlich musste es passieren. Das war das Problem. Anni mietete in einer Absteige auf der Reeperbahn ein Zimmer und verlegte ihre Aktivitäten auf den Vormittag. Sie hatte gleichzeitig mit der Chefin eines großen Bettenhotels Verbindung aufgenommen und die schickte ihr die Kunden, die am Vormittag ihren Rausch ausgeschlafen hatten und denen der Lendendruck und die Bilder der Nacht erst so richtig am nächsten Tag zu schaffen machten. Die vorangegangene Nacht hatte der Alkohol meist so heftig zugeschlagen, dass nur die Augen auf ihre Kosten gekommen waren.

Bei Anni bekamen sie am Vormittag das, was sie in der Nacht versäumt hatten. Preis und Leistung stimmten, die Kunden waren zufrieden und bei Anni klingelte die Kasse. Das Geld kam auf ein geheimes Konto.

Bis..., ja bis eines Tages eine sogenannte gute Freundin bei einer Kneipenfeier Fritz einen Tipp gab. Als sie in dieser Nacht nach Hause kamen, zog Fritz die Schublade des Küchentisches auf, griff sich das Messer, schnitt sich mit einer blitzschnellen Bewegung das erste Glied des Kleinfingers ab und legte ihn vor Anni auf den Tisch.

Anni sah das Blut spritzen, sah das Fingerglied, rutschte vom Stuhl und landete auf dem Fußboden. Als sie wieder zu sich kam, saß Fritz in der gleichen Haltung wie zuvor am Tisch. Aus dem Fingerstumpf lief das Blut über das graugrüne Linoleum der Tischplatte und tropfte auf den Fußboden. Anni verband den Fingerstumpf, und dann ordneten sie ihr zukünftiges Leben. Anni schwor Liebe und Treue und Fritz liebte sie dafür bis in den frühen Morgen.

Als nichts mehr ging, ließ Fritz von ihr ab, rollte sich zur Seite und schlief augenblicklich ein. Seine Seele genaß in dieser Nacht und Anni wusste mit dem Instinkt der Frau, dass Fritz getroffen hatte.

Sie war schwanger.

Und sie hielt den Schwur dieser Nacht.

Mit dem heimlich Ersparten und einer kleinen Unterstützung der Mutter eröffnete Anni einen Imbiss in der Nähe der Landungsbrücken. Ihre Fischsemmeln wurden zum Renner. Fritz half am Sonntag regelmäßig auf dem Fischmarkt, und eines Tages hatte er einen eigenen Stand. Und da half ihm dann Anni.

So arbeiteten beide sieben Tage in der Woche. Allmählich kam der Wohlstand. Die Tochter gedieh problemlos in der Fürsorge der Mutter, die sich für Dienstleistungen der besonderen Art allmählich zu alt vorkam, und da es seit längerer Zeit keinen Krieg mehr in Europa gegeben hatte und wahrscheinlich auch in absehbarer Zeit keinen geben würde, konnte man vertrauensvoll die Zukunft planen.

Anni und Fritz kauften das völlig heruntergewirschaftete Eckhotel in der Nähe der Hafenstraße zu einem moderaten Preis und mit Hilfe eines Bankdarlehens wurde aus der Spelunke eine Goldgrube.

Anni selbst wurde der absolute Kneipenrenner. Sonntags, wenn der Fischmarkt schloss und die Leute gerade so richtig in Stimmung waren, griff Anni zum Schifferklavier und spielte und sang alte Shantys. Einmal hatte sie mit Freddi gesungen und das war in die Geschichte der Kneipe eingegangen. Drei Fotos über dem Tresen legten Zeugnis davon ab.

Aber Anni spielte auch zu vorgerückter Stunde am Wochenende und die Kneipe war an solchen Abenden rammelvoll.

Das Geschäft und Anni blühten um die Wette.

Während Anni in ihrer Reife immer schöner wurde, begann Fritz zu kränkeln. Seine Gesichtsfarbe hatte jetzt meist einen grauen, ungesunden Farbton, seine

Haltung wurde leicht gekrümmt, er hielt sich immer öfter eine Hand auf den Magen und war erst zum Arzt gegangen, als es für ihn zu spät war. Die Magenschmerzen hatte er mit Schnaps bekämpft, und als die Ärzte ihn aufmachten, war er bereits voller Metastasen. Anni goss uns noch einen ein.

"Prost, auf Fritz, er war ein guter Mann", sagte Anni und stieß mit mir an.

"Prost", sagte ich, "alle Männer sind gute Männer."

"Die Ausnahmen bestätigen die Regel", konterte Anni und lachte.

"Du musst es ja wissen", sagte ich.

"Ich weiß es", sagte Anni.

Bei mir begann allmählich der Whisky zu wirken. Während ich von Kognak müde wurde, schien mich der Whiskye voll aufzudrehen und am liebsten wäre ich noch einmal losgezogen.

"Morgen ist auch noch ein Tag, würde deine Großmutter sagen, und was für einer", sagte Anni.

Das wird sich zeigen, dachte ich.

***

Am nächsten Morgen erwachte ich ohne Kopfschmerzen, ohne Übelkeit und hatte das Gefühl, als hätte ich am vergangenen Abend nur Mineralwasser getrunken.

Ich rasierte mich, zog ein weißes Hemd und eine leichte, helle Leinenhose an und begab mich nach unten.

Anni brachte mir zum Frühstück Kaffee, Mineral-wasser, Thunfisch mit Knoblaucholiven, Matjeshering, getostetes Weißbrot und einen winzigen Whisky.

Als ich vom Tisch aufstand, waren die Teller leer. Ich drehte den Schluck Whisky eine Weile im Mund, winkte Anni zu und ging nach draußen. Die sonn-tägliche Morgenluft war frisch und der Himmel blau und ohne Wolken. Ich schlenderte zu den Landungsbrücken, trank ein kleines Bier, stieg in eine Barkasse und startete zur großen Hafenrundfahrt. Ich hätte genauso gut zum Mond fliegen oder zum Mittelpunkt der Erde kriechen können. Mein Auf-nahmevermögen war blockiert.

Pia!

Pia kommt, summte es leise in mir.

Allmählich wurde das Summen lauter, ich legte den Kopf in den Nacken, hielt mein Gesicht der Sonne entgegen und es summte und summte und summte.

Plötzlich stieß mich ganz leicht eine Hand an.

"Alles in Ordnung, junger Mann?", fragte die ältere Dame, die neben mir saß.

Junger Mann, dachte ich. Klingt gut.

"Alles in bester Ordnung", sagte ich und lachte die Dame an.

"Sah aus, als wären Sie auf einer sehr weiten Reise", lächelte die Dame.

"Wolke sieben", sagte ich.

"Sie Glückskeks! So billig zu fliegen!"

Wird sich zeigen, dachte ich. Wer hoch fliegt, kann tief fallen, hatte Großmutter immer gesagt.

Am Nachmittag war ich zurück.

"Und", fragte Anni, "Hamburg erobert?"

Ich zuckte die Schultern und Anni grinste hinterhältig.

Am Tresen trank ich noch ein herrlich kaltes Holsten, ging dann hoch auf mein Zimmer und legte mich auf das kühle, weiße Laken.

Als ich aufwachte, schien die späte Nachmittagssonne ins Zimmer und in einem Sonnestrahl tanzten Staubteilchen wie die Seelen der Verlorenen. Hallo! Ich griff mir an den Kopf, hatte ich Fieber?

Meine Stirn fühlte sich heiß an.

Ich spritzte mir kaltes Wasser ins Gesicht, rieb mich mit einem herrlich erfrischenden Rasierwasser, das mir Anni geschenkt hatte, das gesicht ab, zog ein frisches Hemd an und drehte noch eine Runde in Richtung Altona. Die innere Unruhe blieb, obwohl mir bereits die Fußsohlen brannten.

So wird das nichts, dachte ich und winkte ein Taxi.

"Hummel Hummel", sagte ich , als das Taxi vor mir hielt.

"Hallo Quiddje", sagte der Fahrer und grinste.

Der Mann war eine seltenes Exemplare von Taxifahrer in dieser Stadt, ein Hamburger.

"Hafenstraße", sagte ich und stieg ein. "Und was, bitte, ist ein Quiddje?", fragte ich.

"Einer, der so tut, als ob," lachte der Fahrer. Und er erzählte mir die Geschichte vom mürrischen Wasserträger, den die Kinder ärgerten, indem sie Hummel Hummel hinter ihm herriefen, obwohl er Bentz hieß (Hummel war sein fröhlicher, bei den Kindern beliebter Vorgänger gewesen), und da er sich unter seiner schweren Wasserlast, die oft über einen halben Zentner wog, nicht anders zu wehren wusste, antwortet er mit Mors Mors.

"Und?", fragte ich.

"Klei mi am Mors", lachte der Fahrer

"Und?", ich verstand immer noch nicht.

"Mors ist das Produkt, das aus einer Presse mit zehn Tonnen Druckkraft hinten rausfällt, wenn du vorn `Leck mich am Arsch` reinrufst."

Ich gab ein sehr großzügiges Trinkgeld, weniger für die Fahrt als vielmehr für die linguistische Aufklärung.

Die Kneipe war inzwischen voll. Es brummte und summte, Bestecks klapperten, Gläser stießen aneinader und Qualmwolken schwebten durch den Raum wie Morgennebel über der Elbe.

Ich setzte mich an den Stammtisch, ließ mir ein Bier bringen und begann einen Schwatz mit dem pensionierten Studienrat, den mir Anni schon gestern vorgestellt hatte und bei dem ich den Verdacht hatte, dass er nicht nur wegen des guten Bieres hier saß.

Plötzlich verstummten die Geräusche im Raum.

Das Lokal schien den Atem anzuhalten.

Ich drehte mich um.

In der Tür stand Pia.

Ich versuchte aufzustehen, aber irgendetwas war mit meinen Beinen.

"Ist Ihnen nicht gut?", fragte mich der Studienrat.

"Geht schon", sagte ich und kam doch noch hoch. Und stakte Richtung Tür.

"Alex", sagte Pia ganz leise.

"Pia", formten meine Lippen, aber es wurde nur ein heiseres Krächzen.

Dann lagen wir uns in den Armen. Wir dachten nicht daran, uns wieder loszulassen, bis ein Witzbold aus irgendeiner Ecke rief: "Ausziehen! Ausziehen!"

Wir ließen uns los und Pia lachte und drohte dem Rufer mit dem Zeigefinger.
Dann sahen wir uns an.

***

Wir riefen ein Taxi.
"Hallo", sagte der Fahrer, "wohin die Herrschaften?"
"Spaghettifactory, bitte."
"Gute Wahl", sagte der Fahrer.
Anni hatte es uns empfohlen und gesagt, dass wir am besten mit dem Taxi zurechtkämen.
Auf der Fahrt griff ich behutsam nach Pias Hand und spürte den Ring. Pias warme, weiche Hand erwiderte meinen Druck.
"Wie im Kino", sagte ich. Pia dreht sich zu mir, sagte aber nichts.
Das Restaurant fiel terrassenförmig in die Tiefe. Die Sitzmöbel bestanden aus abgesägten alten Ehebetten und die Lampen über den Tischen verbreiteten eine intime Atmosphäre.
Die Speisekarte erschlug mich. Unvorstellbar, was man aus Nudelteig alles machen konnte.
Pia lachte, als sie mein ratloses, verdutztes Gesicht sah. "Soll ich bestellen?"
"Wird wohl das beste sein", sagte ich, "und bestell den Wein gleich mit."
Wir aßen Salat mit Shrimps und ich kaute auf sehr hohen Zähnen. Shrimps waren nicht unbedingt meine Welt. Das Gewürm erinnerte mich an unsere hei-

mischen Engerlinge und ich versuchte, sie im Ganzen zu schlucken. Die Safrannudeln mit Hummer-soße entschädigten mich und der Chianti schmeckte so, wie sein Name es versprach.

"Reeperbahn?", fragte ich Pia, als wir wieder oben standen.

"Reeperbahn bei Nacht, was sonst", sagte Pia.

Wir riefen ein Taxi und ließen uns an der Davidswache absetzen.

Die hässliche, graue, dreckige Ente Reeperbahn hatte sich bei Nacht in einen schillernden Karussellschwan verwandelt.

Wir ließen uns treiben, wurden aufgesogen vom Strom der Passanten und verschwanden in der Anonymität der Masse.

Ich griff wieder nach Pias Hand.

"Schön", sagte Pia, "deine Hand in meiner:"

"Der Preis für mehr als vierzig lange Jahre", sagte ich.

"Ist er dir zu hoch?"

"Hoch ist er schon", sagte ich, "aber was soll`s, zum Teufel mit den hohen Preisen."

Ich blieb stehen, drehte Pia zu mir herum und küsste sie auf den Mund. Pia drückte sich an mich und erwiderte meinen Kuss. Wir ließen erst voneinander, als ein Mädchen neben uns kicherte und sagte: "Die Alten hat`s erwischt."

Ich ließ Pia los, lachte das Mädchen an und sagte: "Stimmt!"

Das Mädchen lachte zurück und sagte: "War nicht bös gemeint, Opa!"

Der Opa verschlug mir die Sprache. Pia lachte, bis ihr die Tränen kamen. "Opa Alex und das Gesicht dazu. Filmreif, der Opa."

"Und die Oma?", fragte ich.

"Zwei Enkel", sagte Pia, "und du?"

"Alles ist möglich, aber nichts Genaues weiß man nicht, wie man so zu sagen pflegt", lachte ich.

"Ich hab Durst auf ein Bier", sagte Pia, "und wie du aussiehst, Alex, kannst du wohl einen Schnaps vertragen."

Wir gingen in das erstbeste Restaurant. Es war die Theaterkneipe neben dem St. Pauli-Theater. Es war voll und verqualmt, aber wir fanden einen Tisch rechts vom Eingang.

Ich bestellte zwei Bier.

"Schickt sich das für eine Dame, ein großes Bier?", fragte Pia.

"Es schickt sich nicht", sagte ich, "genausowenig wie öffentliches Knutschen in dem Alter!"

"Ja, Opa", sagte Pia und in ihren Augen tanzten Funken.

Ich bestellte mir noch einen Malteser zum Bier.

Pia lehnte ab.

Der Malteser war eiskalt und das Glas vereist. Er lief wie Öl durch die Kehle und bildete dann einen Feuerball im Magen.

Als wir wieder draußen standen, fühlte ich mich leicht und beschwingt und küsste Pia auf die Nasenspitze.

"Mann, oh Mann, so zurückhaltend kennt man den Herrn ja überhaupt nicht," lachte sie.

"Es muss sich ziemen", sagte ich und wusste nicht so recht, woher dieses Satzvehikel kam.

"Der Malteser?", fragte Pia und ihr Gesicht begann wieder zu zucken.

"Meine vornehme Erziehung", erklärte ich.

Das war zu viel. Pia bog sich. Ich hielt sie fest. Die Leute machten einen Bogen um uns.

"Koks vor Mitternacht hat schon manchen umgebracht", sagte einer im Vorbeigehen.

"Herbertstraße?", Pia lachte.

"Muss nicht sein", sagte ich.

"Ziemt sich nicht mit einer Dame", kicherte Pia, und wir mussten uns sehr zusammennehmen.

"Panoptikum?"

"Klingt schon besser!"

Kurz nach Mitternacht waren wir wieder bei Anni. Pia sah sehr blass aus.

Anni brachte Whisky, zwei Gläser, Eis und sah Pia fragend an.

"Einen kleinen Martini", sagte Pia.

Wir setzten uns. Die letzten Gäste waren im Aufbruch. Anni verteilte Eis in die Gläser, goss den Whisky ein und holte den Martini.

"Auf unser Wiedersehen", sagte Anni.

"Auf Hamburg", sagte ich.

"Auf mein Bett", flüsterte Pia, und ihr fielen fast die Augen zu.

Wir tranken, schwatzten über alte Zeiten und gingen dann nach oben.

Pia wankte vor Müdigkeit.

An ihrer Tür blieben wir stehen.

Ich sagte nichts.

Pia nahm mein Gesicht in beide Hände, küsste mich auf den Mund, ließ mich wieder los und sagte: "Schlaf gut, Alex, ich fall gleich um!"

Dann schloss sich die Tür hinter ihr.

Ich duschte, zog meinen Schlafanzug an und war ein wenig enttäuscht, was ich mir aber nicht eingestand. Ich goss mir noch einen Whisky ein, nahm einen kräftigen Schluck, versuchte noch ein Weilchen in Robert Merles DER TAG DES AFFEN zu lesen und hoffte inbrünstig, dass ich mich nicht zum Affen machen würde.

Dann musste ich mit dem Buch in der Hand eingeschlafen sein.

Der Traum kam gegen Morgen.

Es war ein Sonntag im September. Vater hatte mich zu einer Fahrt übers Land mitgenommen. Er trug einen ziemlich großen und ziemlich schweren Rucksack, in dem es knirschte und aus dem es nach Leder roch. Wir fuhren mit der Kleinbahn, liefen dann über Felder, an Weidezäunen entlang, durchquerten ein Waldstück, gingen über eine Brücke, die ein weißschimmerndes Birkengeländer einfasste und kamen zu einem Bauernhof. Der Bauer kam uns entgegen. Er hinkte und ich hatte ihn irgendwo schon einmal gesehen, wusste aber nicht wo. Vater sprach mit dem Bauern. Ich verstand nur die Worte Pferd und bestes Leder.

Vater setzte mich auf einen Stapel nach Erde riechender, alter Kartoffelsäcke und sagte: "Bleib hier sitzen, bis ich zurück bin!"

Aber er kam nicht zurück.

Mich beschlich eine entsetzliche Angst. Ich hätte allein nie wieder nach Hause gefunden.

Als es anfing dunkel zu werden, fing ich an zu zittern. Angst schnürte mir die Kehle zu. Ich rief nach Vater, aber es wurde nur ein heiseres Krächzen. Ich wollte aufstehen und Vater suchen, aber ich kam nicht hoch. Meine Beine waren gelähmt. Ich wusste, Vater würde nie, nie mehr zurückkommen.

Ich fing an zu weinen.

Plötzlich stand Großmutter vor mir und strich mir mit ihrer warmen Hand über die Wange. Ich versuchte mich ganz klein zu machen und meinen ganzen Körper in diese tröstende Hand zu drücken, aber irgendwie ging das nicht.

Die Hand fuhr mir jetzt über die Stirn und strich mein Haar zurück.

Ich erwachte. Die Hand streichelte weiter mein Gesicht. Ich öffnete die Augen.

Pia!

Die Morgensonne schien durchs weit offene Fenster und von der Elbe hörte man dumpf die Schiffssirene eines großen Dampfers. Ich hob die Bettdecke an und blickte Pia in die Augen. Doch sie schüttelte den Kopf. In ihren Augen sah ich für den Bruchteil einer Sekunde so etwas wie Bedauern aufblitzen. Dann lachte sie mich an und rief: "Aufstehen, Herr Langschläfer, Anni wartete mit dem Frühstück auf uns."

***

Als wir nach unten kamen, war der Morgenschoppen in vollem Gange.

Anni spielte auf dem Akkordeon und sang: "Junge, komm bald wieder, bald wieder nach Haus, und wenn du dann da bist, gibst du einen aus." Gläser klirrten und Tabakqualm zog in dicken Schwaden an der Decke lang zur offenen Tür. Die Gäste sangen mit und die Stimmung war so, wie Anni es liebte.

Wir steuerten auf unseren Tisch zu.

Besetzt! Da saßen ein breiter Mann und eine dünne Frau. Ich blieb leicht verwundert stehen und sah aus den Augenwinkeln, wie Anni grinste.

Da stand der Mann auf.

Er war fast so groß wie ich, hatte aber mindestens den doppelten Umfang.

"Ich werd´ zur hinterabessinischen Schwanzwedel-ratte", brüllte der Mann, "wenn das nicht Alex, der alte Trapper, ist!" Der Mann warf sich mir entgegen, umklammerte mich, hob mich hoch, küsste mich wie verrückt auf beide Backen und brüllte wieder: "Alex, der alte Trapper!"

"Ecki", brüllte ich zurück und dann sprangen wir zwei, einer den anderen fest im Griff, durch die Kneipe wie zwei verrückt gewordene Holzfäller, die statt Whisky Benzin gesoffen und denen jemand ein Streichholz an den Hintern gehalten hatte.

Die Gäste bogen sich vor Lachen und dachten sicher, das gehöre zum Programm.

"Sach ma, is das hier immer so verrückt?", fragte jemand an einem der Tische, an denen wir mit Tempo achtzig vorbeischossen.

Ich blieb abrupt stehen und sagte: "Nee, Kumpel, nur wenn zwei alte Trapper heil den Rothäuten entkommen sind." Und Ecki rief: "Sauf aus Kumpel, kriegst `n Neues!"

Ich guckte Ecki an.

"Bist `n ganz schöner Bulle geworden, Alter."

"Bist `n ganz schöner Hering geblieben", erwiderte Ecki.

Dann zog ich ihn in Richtung Tresen, wo sich Pia vorsichtshalber in Sicherheit gebracht hatte.

"Pia", rief Ecki außer sich, "komm an mein Herz, du Traum unserer schlaflosen Jungennächte!" Er drückte Pia an sein Herz, beziehungsweise an die gewaltige Wölbung seines Bauches, bis Pia "Hilf mir Alex, ich ersticke!", rief.

Ecki gab Pia frei, schob sie auf Armeslänge von sich, musterte sie von unten bis oben und brüllte: "Gottverdammt, was für ein herrliches Weib!"

Und Pia wurde rot.

Ecki nahm uns beide an die Hand und zog uns zum Stammtisch.

"Meine Frau", stellte Ecki vor.

Die Dame, die vor mir stand, war schlank und zierlich, hatte lange, schwarze Haare und trug ein bordeaux-farbenes Lederkostüm. Ich blickte noch einmal auf Eckis Bauch, dann wieder auf die Dame und mir fiel augenblicklich Großmutters Hafersackstory ein.

Ich grinste hinterhältig und Ecki grinste noch hinterhältiger zurück.

"Kriegt man hier keinen Begrüßungskuss? Oder küssen sich in Hamburg nur die Männer?"

Die Stimme!

Das Glitzern in den Augen.

Plötzlich klappte mir der Unterkiefer nach unten.

Franziska!

"Franzi!", rief ich.

"Alex", rief Franzi, drückte mich fest an sich und schmatzte mich ab.

Jetzt wurde ich rot und Pia grinste vergnügt.

Franzi, unsere Sexualkundelehrerin vom Dachboden.

Und Ecki.

An den Ringen sah ich, dass sie verheiratet waren.

Ich machte Franzi und Pia miteinander bekannt und dann setzte wir uns.

Karin brachte Schwarzbrot und Spiegelei, einen Teller Rollmöpse und Kaffee. Ecki bestellte zwei große Pils und ich zwei große Malteser. Den Kaffee überließen wir den Damen.

Irgendwann merkte ich, dass es reichte, und wenn der Nachmittag noch zu retten sein sollte, mussten wir jetzt mittagessen.

Labskaus! Ecki hatte auf einem typisch Hamburger Essen bestanden. Und war begeistert. Er verdrückte noch Franziskas Portion, die nur vom Spiegelei probiert hatte.

Sehr gewöhnungsbedürftig, dachte ich.

Pia schüttelte sich und aß nur die Garnierung.

Dann gingen wir hoch auf unsere Zimmer. Anni hatte für den Nachmittag einen Hamburgbummel unter ihrer Führung vorgeschlagen, falls wir mit einer alten Fregatte wie ihr vorlieb nehmen würden. Wir protestierten heftig und Ecki meinte, ein guter Anstrich könne aus einem alten Dampfer sogar wieder ein Schiff auf Jungfernfahrt machen.

Anni gab ihm einen freundschaftlichen Klaps, drohte ihm mit dem Zeigefinger und sagte: "Verheiratet und immer noch frech wie Oskar."

***

Harrys Basar.
Harry und Anni umarmten sich und Anni lachte: "Du kitzelst, Harry!"
"Seit wann hast du was gegen Kitzeln", brummte Harry und reckte seinen grauen Rauschebart nach vorn.
"Du riechst nach Katze, Harry! Ich steh nicht auf Katzen."
"Eher Kater?", feixte Harry.
"Lang, lang ist`s her, Harry", sagte Anni und dann umarmten sich die beiden noch einmal und Anni drückte ihr Gesicht fest in Harrys graue Wolle.
Als wir im Basar waren, erzählte uns Anni, dass Harry, der seinen Beruf als Seemann aus gesundheitlichen Gründen hatte aufgeben müssen, die größte Rumpelkammer der Welt gegründet hatte. Eigene Mitbringsel aus aller Welt und Käpt`n Haases Nachlass bildeten den Grundstock für ein einmaliges Museum, das Harry dadurch erweiterte, dass er Seemännern , die in Hamburg an Land gingen, alle möglichen und unmöglichen Raritäten abkaufte.
Es war unglaublich!
Die Gänge waren verstaubt und grau wie Harrys Bart und schienen endlos. Perlmuttschillernde Muscheln,

ausgestopfte Sägefische, schaurige Geisterfiguren, Fruchtbarkeitspuppen und indonesische Schattenspiele. In einer Ecke gab es Speere und Kriegermasken, bei den Schrumpfköpfen schüttelten sich die Frauen.

Und über allem wachten Harrys Katzen. Vor einem dicken, goldglänzenden Buddha blieb ich stehen, bis Ecki neben mir stand. Die Frauen waren einen Gang weiter. "Verdammte Ähnlichkeit", grinste ich und sah Ecki von der Seite an.

"Ein guter F... wird immer dicker", lachte Ecki.

"Ich dachte, ein guter Hahn wird selten fett."

"Komm du erst mal in mein Alter", sagte Ecki. Er hatte acht Tage Vorsprung.

"Und Franzi?", fragte ich.

"Was und", sagte Ecki.

"Seit wann?"

"Seit fünfundachtzig", klärte mich Ecki auf, " war so eine von den genehmigten Westreisen anlässlich einer Beerdigung."

"Und wie hat sie dich gefunden?"

"Die Verbindung ist nie ganz abgerissen", sagte Ecki.

"Und ihr habt geheiratet?" Ich konnt`s irgendwie nicht fassen.

"Ich hab sie geheiratet, Alex. Heimweh kann verdammt weh tun. Wenn du nicht dort geboren bist, wirst du nie richtig heimisch."

"Und, hat`s geholfen?"

"Franzi ist ein Naturtalent", sagte Ecki.

"War sie doch wohl schon immer", erwiderte ich.

Ecki lachte, schlug mir auf die Schulter und sagte: "Mein ich ganz im Ernst, Alter, nicht was du denkst, aber das auch. Sie schmeißt die Wirtschaft, organisiert den Verkauf, und das Geschäft läuft auf Hochtouren. Vor allem, seit ihr wieder dabei seid."

"Aufrücken, die Herren", rief Anni, "die Damen fürchten sich."

"Wir rücken", rief ich, aber Ecki hielt mich zurück.

"Und Pia?"

"Hm", brummte ich.

"Was hm?", bohrte Ecki weiter.

"Wenn ich`s wüsste, könnt ich`s dir sagen."

"Ihr saht aber heute Morgen nicht so aus, als hättet ihr das elfte Gebot gebrochen, Zimt ", sagte Ecki.

"Blödmann", sagte ich und wir wussten beide, dass wir wieder vierzehn waren.

Dann hatten wir die Damen eingeholt und Ecki fragte Anni, ob jemand wüsste, wieviele Einzelstücke der Basar enthielt.

"Frag Harry", sagte Anni.

Ecki fragte und Harry sagte:

"Einundachtzigtausendzweihundertdreiundachtzig, kannst du gut und gern nachzählen."

"Armer Ecki", lachte Franzi in der staubtrockenen Luft."

Es wurde ein Nachmittag, der sich bis weit in den Abend hineinzog.

***

Die Nachtluft wehte kühl und erfrischend durch das weit offene Fenster und die Geräusche der Nacht lagen im Sterben. Ich lag auf dem Rücken und starrte zur Decke, als Pia in mein Zimmer kam.

"Woran denkst du, Alex?"

"An nichts", antwortete ich.

"Das geht nicht, Alex, man denkt immer an etwas."

"An dich", sagte ich.

"Hast du oft an mich gedacht?"

"Ich habe nie aufgehört an dich zu denken:"

"Das muss schrecklich für dich gewesen sein, damals."

"Es war schrecklich, Pia. Es war wie unschuldig zum Tode verurteilt."

Ich griff zum Nachttisch und wir tranken von dem kühlen Weißwein.

"Es war,", sagte ich, "wie wenn du mitten im Wald die Orientierung verlierst, im Kreise läufst und merkst, dass du nie wieder die Straße findest, die nach Hause führt."

Pia nahm meinen Kopf in beide Hände, küsste mich und murmelte: "Armer Alex."

Ob das die Straße ist, die nach Hause führt, dachte ich und hatte so meine Zweifel.

"Du bist verheiratet?", fragte ich.

"Bin ich", sagte Pia.

"Dein Mann?"

"Es geht ihm schlecht, aber er trägt es mit Würde."

"Er braucht dich?"

"Er braucht mich!"

Ich wusste, dass ich die Straße nicht gefunden hatte.

"Ich liebe dich", sagte ich. Pia sagte nichts, aber in ihren Augenwinkeln sah ich eine Träne. Ich zog sie zu mir herunter und küsste ihre Augen. Sie drückte sich fest an mich und ein tiefes Stöhnen entrang sich ihrer

Brust. Ihr Mund suchte meinen und wir küssten uns, als würde uns morgen der Henker holen.

***

Am nächsten Morgen fuhr das Taxi vor. Ecki und Franzi stiegen ein und das Taxi fuhr davon. Pia, Anni und ich standen vor dem Eingang des Hotels und winkten, bis das Taxi um die Ecke bog.

Ecki hatte mich für die Herbstferien eingeladen, aber ich war mir nicht sicher, ob ich das Angebot annehmen würde. Pia war ebenfalls eingeladen. Unsere Blicke hatten sich getroffen und Pia hatte ganz leicht den Kopf geschüttelt.

Pia würde morgen abreisen.

Den Abend verbrachten wir mit Anni.

An diesem Abend erfuhr ich von Anni, was in der Nacht nach unserer Theatervorstellung geschehen war.

Fritz hatte sich unsterblich in Anni verliebt. Sie war die erste Frau, die ihn in die Geheimnisse der Liebe eingeweiht hatte und Fritz war nicht mehr von ihr losgekommen. Anfänglich hatte der Altersunterschied Anni gestört, aber dann hatte sie sich daran gewöhnt, zumal sie sich auf Fritz in jeder Situation verlassen konnte. Was sich alsbald zeigen sollte.

Die beiden hatten einen Schwarzhandel mit Damen-unterwäsche aufgebaut, der wie geschmiert lief. Und schmieren musste Anni reichlich. Und zwar Hagedorn. Der war den beiden auf die Schliche gekommen.

Zuerst wurde er am Geschäft beteiligt: Schnaps, Zigaretten und Geld. Doch bald wollte Hagedorn mehr. Er wollte Anni an die Wäsche, beziehungsweise darunter. Doch das wollte Anni auf keinen Fall, da sie sich vor dem schmierigen Kerl ekelte. Als er zudringlich wurde, schmiss sie ihn aus der Wohnung und Hagedorn drohte damit, die Sache auffliegen zu lassen. Anni hatte nichts gegen ihn in den Händen, was ihn hätte als Mittäter entlarven können. Die Strafen für Schieber waren drastisch und es gab Fälle, wo sogar die Todesstrafe gefordert wurde.

Anni weihte Fritz ein.

Fritz sagte kein Wort, nahm eine Flasche vom besten Wodka und verschwand in der Nacht. Als er zurückkam, sagte er Anni, dass Hagedorn auf jeden Fall schweigen würde. Anni und Fritz packten noch in derselben Nacht ihre Koffer und gingen auf Reisen.

"Und nun ist er tot", sagte Anni und meinte Fritz, "und keiner kann ihn mehr zur Rechenschaft ziehen. Die Sünden der Jugend werden erst im Alter so richtig lebendig, hat er in seinen letzten Jahren immer wieder gesagt. Es hat ihm zu schaffen gemacht."

"Prost", sagte ich, "auf dass Fritz dort, wo er auch immer sein mag, seine Ruhe findet." Was Ecki betraf, fiel mir eine zentnerschwere Last von der Brust.

"Er war ein guter Mann", sagte Anni und hob ihr Glas.

Pia sah mich an und schien zu ahnen, was ich über die Jahrzehnte mit mir herumgeschleppt hatte.

"Entschuldige, Ecki", murmelte ich leise.

"Und das war sein letzter Wunsch", sagte Anni, "ich sollte, für den Fall, dass wir uns je wiedersehen sollten, dir die Wahrheit über Hagedorns Ende sagen."

Wir tranken unsere Gläser aus und gingen nach oben.

Am Horizont zuckte Wetterleuchten und die Luft war schwül und schwer. Pia nahm mich in den Arm und fuhr mir übers Haar.

"Hast du wirklich geglaubt, dass es Ecki war?", fragte sie ganz leise.

"Ich hatte einfach keine andere Erklärung, obwohl ich es mir nicht vorstellen konnte."

"Du hast Ecki gedeckt."

"Ich habe Ecki gedeckt und würde es wieder tun", sagte ich.

Pia küsste mich und sagte dann: "Du solltest Eckis Angebot annehmen, Alex. Es wird dir gut tun."

Als ich in der Nacht erwachte, heulte draußen der Sturm und Blitze zuckten übers Firmament. Das Gewitter stand direkt über Hamburg. Ich stand auf und schloss das Fenster. Dann setzte ich mich in die Sesselecke, goss mir einen Whisky ein und wusste, dass ich wieder einmal verloren hatte.

Am Morgen war der Himmel über Hamburg grau und ein feiner Nieselregen hüllte die Stadt in tiefe Trostlosigkeit.

Es hatte sich merklich abgekühlt.

Das Taxi stand vor der Tür.

Pia stand vor mir.

Ich war unfähig, mich zu bewegen.

Ich war unfähig, meine Arme um Pia zu legen.

Wir blickten uns an und ich wusste, dass es ein Abschied für immer war.

Pia wusste es ebenfalls.

Sie schlang ihre Arme um mich.

Ich stand und konnte mich nicht rühren.

Pia küsste mich auf den Mund.

Mein Kopf war völlig taub.

"Mach`s gut, Alex", sagte Pia und in ihren Augen glitzerten Tränen.

Ich biss mir mit aller Kraft auf die Zunge, bis es süßlich nach Blut schmeckte. Dann nahm ich alle meine Kräfte zusammen, umarmte Pia, drückte sie noch einmal fest an mich, drehte mich um und floh ins Hotel.

Die Tür des Taxis klappte zu. Anni nahm mich in den Arm und und drückte mich.

Ich war wieder vierzehn.